Elisabeth Sennhenn

# *Sie hat auf ihn gewartet*

Familiendramen im Dritten Reich



rosenheimer

Für meine liebe Großmutter Gisela und alle Mütter (und Väter) dieser Welt, die in Krieg und Leid ihre Würde und Stärke bewahren.


www.rosenheimer.com

Titelfoto: © Bundesarchiv, N 1578 Bild-0224
Lektorat: Christine Rechberger, Rimsting
Satz: Carmen Oberlechner, Rosenheim
Druck und Bindung: GGP Media GmbH, Pößneck
Printed in Germany

ISBN 978-3-475-54921-2

# Inhalt

*Das glückliche Paar bei seiner Hochzeit*

# »Ich heirate dich, und niemanden sonst!«

## Gisela und Rudolf

Dunkelrot leuchteten die reifen Früchte unseres alten Kirschbaums in Berlin-Britz. Unter ihm standen wir, als Rudi und ich uns an einem schwülen Tag im August 1939 im Garten meiner Eltern verlobten. Was war ich stolz darauf, meinen feschen Leutnant an meiner Seite zu wissen. Rudi war damals knapp 22 Jahre alt, ich stand kurz vor meinem 18. Geburtstag. Wie schick er doch aussah in den kurzen Hosen, die damals so modern waren, und dem Jackett, das die Schultern etwas breiter wirken ließ. Und wie sportlich gestählt seine Beine waren. Mein Verlobter gehörte zu den besten Läufern in ganz Berlin, und er hatte nur wenige Wochen vor unserem großen Tag bei den Deutschen Leichtathletik-Meisterschaften im Olympiastadion eine Silbermedaille abgeräumt.

Ich trug ein schönes, weißes Sommerkleid, und Rudi hatte mir immer wieder versichert, wie hübsch ich darin aussehe. Er hatte mir zur Verlobung einen schlichten, silbernen Ring in einem dunkelblauen Samtkästchen geschenkt, was mich an diesem Tag zum glücklichsten Mädel der Stadt machte. Wir strahlten beide um die Wette, und sogar Mutti musste bei unserem Anblick lächeln. Dabei war sie von Anfang an gegen unsere Verlobung gewesen. Vor allem, weil sie mich wegen meiner großen Liebe oft leiden sah.

Rudi und ich sind im selben Viertel zur Schule gegangen, er war drei Klassen über mir. Er machte Abitur, ich ging auf Wunsch meiner Eltern nach der zehnten Klasse ab – so war das eben damals. Wir waren bereits ein Paar, als Rudi 1937 seinen Abschluss machte und seinen lang gehegten Wunsch in die Tat umsetzte, auf die Militärakademie nach Hannover zu gehen. Dorthin begab man sich nicht, um ein einfacher Soldat zu werden, sondern um eine Offizierslaufbahn einzuschlagen – der Eintritt in die Kriegsschule kam also einer Verpflichtung gleich. Spätestens ab da hingen bei uns zu Hause einmal in der Woche mindestens zwei Dutzend frisch gewaschener Stofftaschentücher auf der Wäscheleine.

»Kannst du denn nicht hier in Berlin studieren, wie alle aus deiner Klasse?«, schniefte ich an Rudis Schulter, wenn wir uns sonntags davongestohlen hatten. Rudi war in vielen Dingen begabt, er konnte herrlich zeichnen, liebte Musik und Literatur. Eine Zeit lang hatte er damit geliebäugelt, Lehrer zu werden. Doch der ferne Ruf der Kriegsschule übte eine noch stärkere Wirkung auf ihn aus.

Rudi seufzte, nahm mein Gesicht in seine Hände und sagte: »Ich will nicht das machen, was andere tun. Ich will eben Soldat werden, versteh das doch.« In seinem Zimmer hatte er Stapel von Büchern über den Ersten Weltkrieg: eine Kriegschronik, ein Buch über militärische Taktiken, ein Lexikon der

Uniformen. Eine Faszination, der er sich nicht entziehen konnte. Nein, verstehen wollte ich das nicht. Ich hatte stattdessen die Gespräche meiner Eltern über die gefährliche, dramatische, entbehrungsreiche Zeit des Ersten Weltkriegs im Ohr. Warum sollte sich jemand freiwillig diesem Schrecken aussetzen? Wenn ich dieses Argument vorbrachte, wurde Rudi erst richtig enthusiastisch:

»Gisa, hör doch mal: Heutzutage würde man einen Krieg ganz anders führen, viel fortschrittlicher als damals«, begeisterte er sich dann, »mit modernen Fahrzeugen und neuartigen Waffen. Es würde weniger Opfer geben, ein Land wie unseres könnte sich viel besser verteidigen.«

Ich seufzte dann immer und warf die Worte meines Vaters ein: »So schnell wird es keinen Krieg mehr geben, diese Lehren sollten alle inzwischen aus der jüngsten Vergangenheit gezogen haben. Deutschland hat sowieso kein Geld für einen neuen Krieg.« Wie sollte ich mich irren.

Und auch Rudi tat sich zunächst nicht so leicht, wie er es sich vorgestellt hatte. So war er zwar wegen seines guten Abiturs, seiner Sportlichkeit und guten Empfehlungen seiner Lehrer an der Militärakademie angenommen worden und verbrachte nun die meiste Zeit in Niedersachsen. Aber er hatte unterschätzt, wie wichtig in militärischen Kreisen die Herkunft ist. Und da gab es für Rudi gleich zwei Probleme: Er war nicht adelig und sein leiblicher Vater war tot. Rudolf, nach dem auch mein Rudi benannt war, ein Hutmacher, war im Ersten Weltkrieg auf dem Feld in Flandern umgekommen. Dieses tragische Ereignis machte Rudi schon bei seiner Geburt zu einer Halbwaise. Alles, was ihm von seinem Vater geblieben war, ist ein kleines, verblichenes Bild, auf dem ein Soldat mit Pickelhaube aus Hartleder mit ernstem Blick den Kopf aus einem Zugfenster reckt. Ein Bild des Abschieds. Aus Schmerz über den Verlust seines Vaters und aus einem Gefühl der Loyalität ihm gegenüber hat Rudi Zeit seines Lebens verweigert, den Nachnamen seines Stiefvaters anzunehmen. Dieser hatte seine Mutter geheiratet, als Rudi ein Jahr alt gewesen war. Rudi liebte ihn zwar innig, doch adoptiert werden wollte er von ihm nicht. Und so musste er sich in den neuen Kreisen, in denen sich die »von und zus« tummelten, immer wieder erklären. Nein, sein Stiefvater führte keinen Gutshof, war kein Professor oder Ministerialrat, sondern betrieb eine kleine, gemütliche Drogerie in unserem Viertel. Wie immer, wusste Rudi dennoch, sich durchzusetzen: Mit seinem Charme, Berliner Witz und eiserner Disziplin erlangte er rasch die Anerkennung seiner Vorgesetzten in der Akademie. Er lernte dort reiten und schrieb mir begeisterte Briefe über die Ausbildung. Hin und wieder ließ er in der Drogerie seines Vaters Fotos entwickeln. Eines aus dieser Zeit zeigt ihn stolz auf dem Rücken eines Pferdes, dessen Fell mit Rudis Stiefeln um die Wette zu glänzen scheint.

Und ich? Weinte mich in den Schlaf, wenn es wieder mal hieß, dass Rudi nicht übers Wochenende mit dem Zug nach Berlin kommen würde. Es fiel mir schwer, auf den Mann meiner Träume zu warten.

»Wenigstens hat er Abitur und ist ein guter Junge«, bekräftigte Vati oft, wohl auch, um Mutti zu besänftigen.

»Aber was hat das Mädchen nur für einen Kummer wegen diesem Blondschopf«, klagte diese, wenn ich wieder einmal wortkarg am Tisch saß. Sie hätte mich lieber mit einem Studienrat gesehen. Oder mit dem adretten Sohn unseres Hausarztes. Ich aber war schwer verliebt in meinen Rudi mit den hellen Locken und wollte keinen anderen.

Die schlaflosen Nächte nahmen für mich auch kein Ende, als er die Militärschule mit Auszeichnung beendete. Denn was fängt man mit so einer Ausbildung an? Man zieht in den Krieg. Wir haben es alle nicht für möglich gehalten, dass es noch einmal so weit kommen würde, doch als wir endlich begriffen hatten, was politisch vor sich ging, hatte unser Kanzler Adolf Hitler bereits einen neuen Krieg heraufbeschworen.

Bei unserer Verlobung war Rudi schon offiziell Soldat. Er hatte seinen Traum vorerst erreicht, doch was wurde aus meinen Träumen? Ich wollte heiraten, eine Familie gründen, und fand, ich sei genau im richtigen Alter dafür. So mulmig mir beim Gedanken an einen Krieg auch war, so hatte es seine angenehmen Seiten, mit einem Soldaten zusammen zu sein: Wenn wir sonntags in Berlin unter den Linden flanieren gingen und Rudi seine schmucke Uniform trug, das war schon was! Die Herren lupften ihren Hut, und so manches Mädel sah sich noch mal nach ihm um. Aber an seinem Arm hing keine andere als ich, und an meinem Finger glänzte sein

Ring. Wir hatten so vieles gemeinsam, auch wenn wir ganz unterschiedlich aufgewachsen waren. Beide haben wir uns zum Beispiel geweigert, bei der Hitlerjugend oder beim Bund Deutscher Mädel mitzumachen. Adolf Hitler war uns nicht ganz geheuer. Die Pläne des »Führers« waren Rudi nicht besonders wichtig. Er würde vielmehr tun, was immer die Wehrmacht mit ihm vorhatte. Rudi wollte unbedingt unser Vaterland verteidigen. Dabei hatte er stets das Schicksal seines eigenen Vaters vor Augen, als könnte er dessen Tod ungeschehen machen, indem er selbst an einem Krieg teilnahm, in dem alles anders laufen sollte. Voller ehrfürchtiger Wertvorstellungen war Rudis Kopf. Deutschland sollte einfach wieder gut dastehen in der Welt, so war das aus seiner Sicht, und so dachten wir alle damals.

Als dann tatsächlich wenige Tage nach unserer Verlobung der Marschbefehl kam, sah er seine Zeit gekommen. Nach Abenteuer hat es freilich auch gerochen. Vati hat Rudi auf eine gewisse Art verstanden, war doch sein eigener Kriegseinsatz noch nicht lange her.

»Eine Uniform macht stolz, sie verpflichtet«, hörte ich ihn sagen. Doch er sah mich, das einzige Kind, nicht gern unglücklich. Er war mir sehr zugeneigt und versuchte, mich zu trösten:

»Das ist ein braver Junge, der kommt schon wieder zu dir zurück. Bete nur fest zum lieben Gott.« Das war seine Art, die Dinge zu regeln. Mutti hielt sich mit solchen Aussagen lieber zurück. Wenn sie gemischte Gefühle hatte, dann sprach sie nicht gern darüber. Fühlte ich mich bang, so besuchte ich daher nach dem Sonntagsgottesdienst Rudis Mutter Emmi und seinen Vater Viktor, die beide warmherzige Menschen waren, und wir redeten uns gegenseitig gut zu.

Zunächst schien es, als würde Rudi es in vollen Zügen genießen, raus aus Berlin zu kommen – er war zum Zugführer des 6. Schwadrons im Panzer-Aufklärungs-Regiment 9 ernannt worden, das über Krems nach Polen vorrückte. Genau so hatte er sich das vorgestellt: moderne Kriegsführung in einem noch nie dagewesenen Gefährt, das eigens für diesen Zweck angefertigt worden war. Von jedem Ort, den er seit der Mobilmachung Ende August passiert hatte, schickte mir Rudi eine hübsche Postkarte. Diejenigen aus Polen zeigten dichte Wälder, raue Berge. Als ich las, dass Rudi und seine Kameraden jeden Tag im Sonnenschein saßen und abends sogar mit polnischen Dorfbewohnern die Weinflasche kreisen ließen, war ich fast schon neidisch. Rudi war auf Reisen, und ich saß zu Hause fest! Da er für sein Leben gern zeichnete, schaffte er es sogar in dieser Situation, das Panorama der Hohen Tatra mit Bleistift in einem kleinen Block festzuhalten. Dort wolle er eines Tages mit mir Urlaub machen, wenn die »ganze Sache« vorbei sei, schrieb er mir begeistert. Und dass an seinem Panzer ein Hufeisen hänge.

Am 1. September 1939 war offizieller Kriegsbeginn. Rudis Nachrichten wurden seltener. Nur an seinem 22. Geburtstag, dem 6. September, schrieb er mir noch mal ein paar Zeilen. Dann kam kein Lebenszeichen mehr. Wir wussten nicht genau, was unsere Soldaten in Polen zu tun hatten. Niemand, den wir kannten, hatte großes Verständnis für die Kriegspläne des Führers, und sämtliche Mütter, Schwestern und Ehefrauen waren in Sorge vor dem, was kommen könnte. Gebannt lauschte ich täglich den Radiomeldungen und wartete sehnsüchtig auf eine Nachricht von Rudi.

Die bekam ich schließlich auch, allerdings nicht aus Polen, sondern aus einem Reservelazarett in Wien. An den Schrecken, den mir der kleine blaue Brief einjagte, erinnere ich mich noch genauso gut wie an den süßlichen Duft der reifen Kirschen zu unserer Verlobung. So nah liegen Freud und Leid beieinander. Als ich Rudis heiß erwartete Feldpost in den Händen hielt, war mir schon beim Lesen der ersten Zeilen klar, dass sein Einsatz mit Abenteuer nichts mehr zu tun hatte. Der Sommer unterm Kirschbaum war auf einmal ganz weit weg.

Am 10. September hatte ein feindliches Geschütz Rudis Panzerspähtrupp voll von vorn getroffen. Immer und immer wieder habe ich versucht, mir diese Szene vorzustellen, die sich auf einem Acker im polnischen Przemyśl abgespielt haben musste: Sein Panzer fuhr brennend von der Straße in einen Heuschober. Alle Insassen waren schwerstverletzt, aber Rudi hatte es am schlimmsten getroffen. Nur drei von sechs Kameraden kamen lebend aus dem zerstörten, qualmenden Ungetüm heraus. Wie es Rudi geschafft hatte, weiß niemand mehr, vielleicht ist er selbst herausgekrochen, oder einer seiner Kameraden hat ihn aus dem brennenden Wrack gezogen, bevor eine Explosion es nahezu zerstörte. Rudi blieb im Graben zwischen Acker und Straße liegen, und als die anderen sein zerschmettertes linkes Bein sahen, hielten sie ihn für tot.

Aber mein Rudi war schon immer einer, der das Glück auf seiner Seite hat, auch wenn es Spitz auf Knopf stand. Ob es am Hufeisen lag? Polnische Bäuerinnen haben ihn, wohl aus Mitleid, auf einen Leiterwagen gehievt. Drei Tage lang wurde er von einem Feldlazarett zum nächsten gekarrt. Das galt dann zugleich als Kriegsgefangenschaft, bis man sich seiner erbarmte. Mit einer schweren Sepsis und mehr tot als lebendig landete er schließlich in einem der deutschen Reservelazarette in Wien.

»Stern, an mich darfst Du nicht denken! Du sollst nicht auf meine Heimkehr warten, mit mir kannst Du nichts mehr anfangen, Mädelchen! Ich habe mich eingesetzt bis zum Letzten. Mein gesundes Blut habe ich vergossen, nur Schmerzen gelitten, die nicht zu nennen sind, manche Träne geweint in Qualen«, das war das erste, was Rudi mir nach seiner Verwundung in einem Briefchen schrieb. Die Schrift nicht groß und ausladend wie sonst, sondern klein und krakelig, sodass ich die Buchstaben gerade noch entziffern konnte. Immerhin, er hatte sofort an mich gedacht!

Was er mir nicht schrieb: dass sein Bein zu diesem Zeitpunkt bereits knapp unterhalb des linken Knies amputiert worden war. Er teilte mir überhaupt nicht viel von seinem Gesundheitszustand mit, auch später nicht. Er war zu stolz, um zuzugeben, was für ein Wahnsinn dieser Krieg war und dass er Soldaten zu Mördern machte. Aber vor allem wollte er mich wohl schonen. Ich war ja eher ängstlich. War etwas gar zu aufregend für mich, konnte es sein, dass ich keine Luft mehr bekam, dann wurde mir schwarz vor Augen und ich kippte ohnmächtig um.

Diesmal aber behielt ich alle meine sieben Sinne. Als hätte mich die schlechte Nachricht stärker gemacht. Ich wollte sofort zu ihm, als ich erfuhr, wo er sich befand.

Auch lief ich gleich hinüber in die Fritz-Reuther-Allee, wo Rudis Eltern Emmi und Viktor wohnten, und schrie schon am Gartentor, sodass sich meine Stimme überschlug:

»Post von Rudi!« Es gab in den normalen Haushalten noch keine Fernsprecher, und Rudi musste Briefpapier sparen, also schrieb er aus dem Lazarett meist nur mir, mit dem Hinweis, ich solle seine Eltern grüßen.

Die Armen waren schwer getroffen, als sie von Rudis Verwundung erfuhren. Aber als wir die erste Aufregung mit einem Likör hinuntergespült hatten, sprach Rudis Mutter aus, was ich auch schon insgeheim gedacht hatte:

»Nun liegt er zum Glück im Lazarett und kann nicht mehr an der Front sterben!« Da wussten wir noch nicht, dass Rudi es uns nicht so leicht machen würde.

Mutti hatte mir zunächst verboten, zu einem Lazarettbesuch nach Wien zu reisen.

»Zu gefährlich für eine junge Dame«, fand sie. Und dachte vielleicht, dass ich Rudi über die Entfernung hinweg vergessen könnte. Da sollte sie sich heftig täuschen! Mir ging es nur darum, möglichst rasch den Rest meines Reichsarbeitsdienstes im

Privathaushalt bei Oberstudienrat Franz Hirn hinter mich zu bringen. Als Absolventin der Höhere-Töchter-Schule hatte ich es mit dieser Stelle ganz passabel getroffen. Es hätte nämlich auch ein Dienst in der Landwirtschaft auf mich zukommen können, und als Stadtmädel war mir diese Vorstellung ein Graus. Im Haushalt bekam ich etwas Geld, und ich hatte nichts anderes damit im Sinn, als mir davon eine Fahrkarte nach Wien zu besorgen.

Dann kam die erste Kriegsweihnacht ohne Rudi, und ich weinte die ganzen Feiertage über bitterlich. Da besorgte mir Vati kurzerhand selbst eine Bahnfahrkarte nach Wien, und wir haben es Mutti schonend beigebracht, dass ich die Reise antreten würde.

Bevor ich am 27. Dezember 1939 am Anhalter Bahnhof in den Fernzug stieg, haben wir noch zusammen gebetet. Das war bei uns daheim so üblich, ich bin streng katholisch erzogen worden. Jeden Sonntag ging es in die Kirche und jede Woche zur Beichte. Vati trug immer ein kleines Büchlein mit sich herum, in welches er während der Predigt Worte des Pfarrers eintrug, sich Bibelzitate merkte oder kirchliche Liedtexte notierte. Rudi dagegen kam aus einem protestantischen Haushalt. Seine Eltern nahmen es nicht so ernst mit der Religion. Wenn ich am Sonntagvormittag aus dem Gottesdienst kam, wartete Rudi schon ungeduldig mit dem Fahrrad auf mich, damit wir in unser geheimes Birkenwäldchen am Rande der Siedlung fahren konnten. Oder in den Britzer Schlosspark. Das hat Mutti nicht besonders gern gesehen. Ich musste zum Nachmittagskaffee wieder da sein.

»Nicht, dass noch etwas passiert«, war immer ihre Devise, wenn ich mit Rudi unterwegs war. Mein lebenslustiger Schwarm war ihr nicht ganz geheuer. Ich dagegen war schwer geschmeichelt. Wir sorgten in der Schule und in der Nachbarschaft auch für einigen Gesprächsstoff, glaube ich: Die schüchterne, blasse Gisela und der allseits beliebte, kesse Rudi. Wer hätte das gedacht, dass die mal ein Paar sein würden!

Was war ich froh, als ich nach Weihnachten endlich im Zug nach Wien saß. Ich habe gespürt, dass es jetzt richtig anfängt, das Erwachsenwerden. Mein Köfferchen war einigermaßen schwer, weil mir meine künftige Schwiegermutti allerhand aus ihrer Drogerie für Rudi mitgegeben hatte: Seife, Zahnpasta und Rasiercreme. Auch für seinen Zimmernachbarn sollte ich etwas mitbringen, sowie Mullbinden als Spende für das Lazarett. Und Bücher für Rudi. In meiner Handtasche trug ich außerdem meine kleine Bibel, die ich zur Erstkommunion geschenkt bekommen hatte. Zum lieben Gott betete ich während der Fahrt mehrfach, weil ich nicht wusste, was mich in Österreich erwarten und was sonst noch alles kommen würde: Weiterhin auf Rudi warten zu müssen, etwa. Oder darauf, dass er eine Prothese angepasst bekäme, mit der er wieder halbwegs auf zwei Beinen laufen konnte.

Am Wiener Hauptbahnhof angekommen, musste ich mir zu Fuß den Weg zum Reservelazarett im fünften Bezirk suchen, wo Rudi lag. Dort angekommen, wussten die Schwestern gleich Bescheid, zu wem ich wollte: Mein Verlobter hatte anscheinend nichts von seinem Charme eingebüßt und gehörte zu den Lieblingen unter den versehrten Soldaten. Als ich dann mit klopfendem Herzen sein Zimmer betrat, blieb mir doch kurz die Luft weg. Aufrecht saß er im Bett, gekleidet in ein weißes Leinenhemd, das ihn noch blasser machte, als er schon war. Rudi war schon immer schlank und drahtig gewesen, doch jetzt wirkte er abgemagert. Sein sonst so heiteres Gesicht war eingefallen.

Tapfer versuchte er sich an einem Witz: »Haste nicht gedacht, dass wir uns im Nachthemd wiedersehen, was?« Ich umarmte ihn zaghaft. Als meine Hände über seinen Rücken glitten, spürte ich deutlich seine hervortretenden Rippen.

»Vorsicht«, mahnte er mich, und als ich mich zu ihm aufs Bett setzte, wurde mir schlagartig bewusst, dass da, wo ich normalerweise sein linkes Bein spüren würde, nichts unter der Bettdecke war. Er bemerkte meinen Blick.

»Willst du's sehen?«, fragte er mich. Ich schüttelte schweigend den Kopf. Aus irgendeinem Grund interessierte es mich gar nicht, wie sein Bein aussah. Wir fassten uns an den Händen. Rudi schluckte.

»Das Knie ist noch dran«, erklärte er mir, und dass das gut sei. Sein Bein war schon mehrfach operiert worden, und die verschiedenen Ärzte hatten sich alle Mühe gegeben. »Jetzt warte ich auf mein Ersatzbein«, sagte er, als ginge es um ein Paket, das die Post bringen sollte. Dann rückte er mit den Gedanken raus, die er sich all die Zeit über im Lazarett gemacht hatte: »Sternchen«, setzte er leise an, »meine Gisa, du brauchst mich nicht mehr zu heiraten.

Nimm einen anderen. Ich bin doch nur noch ein halber Mann.«

Nach und nach erfuhr ich, was Sache war. Er litt noch immer unter den Folgen der schweren Blutvergiftung, die er sich in Polen zugezogen hatte. Sie machte ihn so schwach, dass er sich zeitweise nicht einmal sitzend aufrecht halten konnte. Überall in seinem Körper steckten kleinste Metallsplitter, »die kann man nicht alle rausholen«. Einer steckte knapp rechts neben seinem Herzen, in der Lunge.

»Der bleibt mir auf jeden Fall erhalten«, meinte er. »Vielleicht bin ich am Ende ein Flickenteppich, den du dir nur noch vors Bett legen kannst.«

Als er mir all das erzählte, spürte ich, dass es mir in diesem Moment kaum etwas ausmachte. Hatte ich während der Zugfahrt noch große Ängste ausgestanden und mir ausgemalt, wie schlimm es um Rudi stehen würde, war ich jetzt ganz ruhig. Ich dachte an die wunderbare Hochzeit in einem herrlichen weißen Kleid, die wir feiern würden, und an die schöne Wohnung, die wir eines Tages zusammen einrichten wollten. Ich würde endlich mein eigenes Reich haben, mein eigenes Leben führen. Eines, in dem Mutti nicht mehr streng über mich wachen würde. Ohne ihre Kontrolle vorm Zubettgehen, ob ich auch brav mein Abendgebet gesprochen hatte. Ohne ihren strengen Blick, wenn ich einen Blusenknopf zu viel offen gelassen hatte. Dieses neue Leben an Rudis Seite wollte ich mir nicht nehmen lassen!

Es war mir egal, dass er nur noch ein Bein hatte, ich wollte ihn als Ehemann und niemanden sonst.

Die Verlobung wollte ich auf keinen Fall lösen, so wie Mutti mir das vor der Abreise als Möglichkeit mit auf den Weg gegeben hatte. Ich stellte mir vor, wie meine Eltern in diesem Moment zu Hause auf dem Sofa säßen, begierig darauf, zu erfahren, mit welchen Nachrichten ich aus Wien zurückkäme.

»Red keinen Unsinn«, sagte ich schließlich zu Rudi, »natürlich heiraten wir. Du wirst wieder gesund, und dann feiern wir in Berlin alle zusammen, wenn der blöde Krieg endlich zu Ende ist.«

Mir war, als hätte Rudi nach meiner Abreise – ich sollte gleich am nächsten Tag wieder heimkommen und durfte zum ersten Mal in meinem Leben eine Nacht allein in einer Pension verbringen – wieder seinen Lebensmut gefunden. Er schrieb mir noch am selben Tag, er freue sich auf den kommenden Sommer und sei überzeugt, dass wir zusammen »noch ganz froh« werden würden. Ab da kam jede Woche mindestens ein Brief von ihm. Immer so, dass ich ihn möglichst am Sonnabend erhielt.

Obwohl der Zweite Weltkrieg an Fahrt aufnahm und der erste Kriegswinter uns im Griff hatte, funktionierte die Postzustellung einwandfrei. Lag die Feldpost aus Wien im Postkasten, war das Wochenende für mich gerettet. Geöffnet habe ich die Briefe immer erst am Sonntag, nach der Kirche. Mutti wollte stets wissen, was Rudi mir schrieb, aber bald schon konnte ich ihr die Briefe nicht mehr leichten Gewissens vorlesen. Ich bekam ja schon rote Wangen, wenn er mich seinen »allerliebsten kleinen Spatz« nannte. Seitenweise schrieb er, wie sehr er mich vermisse. Dass er zärtlich zu mir sein wolle und mich überall hin küssen möchte, wo er etwas zum Küssen sehen könne. Und noch ganz andere Sachen.

»Er schreibt vom Essen im Lazarett und von seinen Zimmernachbarn«, log ich dann. Und versteckte die Briefe unter meiner Matratze, weil ich nie sicher sein konnte, ob Mutti sie heimlich doch las.

Als das Jahr 1940 begann, arbeitete ich tagsüber beim Landesfremdenverband Mark Brandenburg an der Schreibmaschine. Mutti hatte eingesehen, dass ich nicht nur zu Hause herumsitzen konnte, solange mein Leutnant nicht da war, um mich zur Frau zu nehmen. Ich verdiente nun etwas eigenes Geld. Und mit meinem Arbeitsplatz hatte sich auch die Lösung für all die Feldpost ergeben: Rudi schrieb mir fortan an die Adresse des Verbands. Was gab es da freitags für ein Hallo unter meinen Kolleginnen, wenn wieder ein in Wien abgestempelter Brief in meinem Fach lag!

»Lies schon, was schreibt er?«, hieß es dann von links und rechts. Aber ich hielt die Briefe eisern bis zum Sonntag verschlossen und las sie still und heimlich, wenn ich für Mutti außer Reichweite war. Dann konnte ich ein wenig meinen Träumen nachhängen. Aber es mischten sich auch zunehmend Sorgen hinein.

Denn der Krieg rückte immer näher an Berlin heran. Zuerst ging der Alltag in der Stadt fast normal weiter. Weil Vati Handelsvertreter der Textilfabrik Angenete & Scholle war, hatten wir immer Zugang zu Stoffen, Wolle und Kurzwaren. Mutti und ich nähten für uns und versorgten auch Emmi und

Viktor mit Stoff. Man ging weiter ins Kino und zum Tanzen. Wir Berliner sollten nicht merken, wie ernst die Lage inzwischen war. Kriegsbegeistert war nach dem Überfall auf Polen allerdings nun wirklich kaum jemand mehr, besonders Mutti saß der Schrecken des Ersten Weltkriegs noch in den Knochen.

»Kurz bevor du auf die Welt kamst, haben wir noch Hunger gelitten«, erzählte sie regelmäßig.

Derweil riefen Rundfunk und Zeitungen uns Frauen dazu auf, den Männern an der Front allen Widrigkeiten zum Trotz die Treue zu halten – speziell wir jungen Frauen waren angesprochen, mit Geduld auf unsere Verlobten und Frischvermählten zu warten. Mutti schüttelte immer den Kopf, wenn sie das las. Sie hoffte inständig, dass Rudi nach seiner Verwundung den Soldatenberuf an den Nagel hängen und doch noch Lehrer werden würde.

Ich hatte verkündet, dass ich ihn unter allen Umständen heiraten wollte, egal mit welchem Beruf. Mein Vater erinnerte uns dann jedes Mal daran, dass Rudi noch immer Soldat wäre und sein Kommando jederzeit wieder Zugriff auf ihn habe. Aber Rudi war schlau. Er hegte im Lazarett Pläne, wie es mit uns weitergehen könnte. Schon kurz nach unserem Treffen hatte er den neuesten Film von Heinz Rühmann in Wien gesehen, »Hurra! Ich bin Papa!«, und er teilte mir mit, so einen kleinen Jungen wie im Kinostreifen wolle er auch einmal haben. Er wollte mich unbedingt heiraten, aber noch dringender wollte er davor noch Oberleutnant werden. Vom Lazarett aus bemühte er sich, in ein Berliner

Genesungsheim verlegt zu werden, was aber noch dauern sollte.

Während Rudi und ich Zukunftspläne schmiedeten, schürte die Lebensmittelrationierung bei Mutti erneut die Existenzangst. Knapp zwei Kilo Brot, ein Pfund Fleisch und genau 270 Gramm Fett gab es pro Person in den ersten beiden Kriegsjahren jede Woche. An richtigen Kaffee kam man nur auf dem Schwarzmarkt. Die Kohle wurde so knapp, dass in Berlin die Schulen für drei Monate geschlossen wurden. Im Wiener Lazarett gingen Holzscheite aus der Bevölkerung als Spenden ein, wir jedoch froren in unserem Britzer Häuschen, weil nur noch einmal frühmorgens eingeheizt wurde. Ich war seit jeher anfällig für Infektionen, was mir als Kind verhasste Kuren an der Ostsee eingebracht hatte, und fing mir eine Erkältung nach der anderen ein. Rudis Mutter sorgte sich meinetwegen: Sie dachte, die künftige Ehefrau ihres Sohnes sollte gesundheitlich robuster sein. Ich beschwerte mich bei Rudi in einem Brief darüber, aber zu meinem Leidwesen amüsierte ihn das nur.

Auch Mutti sorgte sich sehr, aber weniger wegen mir, sondern weil sie kaum noch Vorräte anlegen konnte. Sie verfiel in eine ahnungsvolle Hektik: Sie ordnete unsere Papiere und unterrichtete mich peinlichst genau darin, wo wichtige Dokumente lagen. Meine Aussteuer, die sie trotz ihres leisen Widerstands gegen Rudi gewissenhaft zusammentrug – Baumwollbettwäsche, weiße Tischdecken, mit meinen Initialen bestickte Handtücher, Silberbesteck und etwas Schmuck, alles Geschenke von meinen Eltern und Verwandten –, verwahrte sie in einer Truhe in ihrem Schlafzimmer. Es kam vor, dass ich heimlich dort hineinschlich und einen Blick in die Truhe mit meinen Schätzen warf. Dann wurde mein Herz schwer. Angesichts der Kriegsgefahr in Deutschland bereiteten viele meiner ehemaligen Schulfreundinnen Nothochzeiten vor, die man feierte, sobald die Verlobten für zwei oder drei Tage auf Fronturlaub in die Stadt kamen. Ich dagegen schien zum Warten verurteilt.

Zu allem Überfluss hörte ich eines Tages, wie Mutti zu Vati sagte: »Zur Not können wir die Sachen aus der Truhe verkaufen.« Das wollte ich nicht zulassen! Sollte der Krieg uns letztlich doch mit voller Wucht einholen, so wollte ich bis dahin zumindest verheiratet sein. Ich schrieb Rudi, ob es nicht ein wenig schneller gehen könnte mit dem Ersatzbein. Ob er Offizier war oder nicht, war mir egal.

Mein Verlobter in Wien hatte dagegen Angst, ich könnte ihm während seiner Genesung abhandenkommen. Die Sorgen hätte er sich nicht zu machen brauchen, es waren ja alle jungen Herren aus der Nachbarschaft im Krieg. Daheim waren nur noch die Väter, sofern sie nicht noch rüstig genug waren für den Einsatz. Wir Frauen machten uns derweil untereinander Gedanken, wie es sein würde, wenn wir erst einmal »richtig« mit unseren Männern zusammen wären. Vor allem ich, die neben ihrem Bett einen kleinen Altar zum Gebet aufgebaut hatte, zerbrach mir den Kopf darüber. Mir ging es nicht nur ums Verheiratetsein, sondern auch um die Zeit davor, vor der mich Mutti immer so sehr warnte.

Aber Rudi lachte mich aus. Er werde fein auf mich aufpassen, dass mir auch nichts passiere, was nur bei jenen Leuten sein dürfe, »die Ringe trügen, ein eigenes Schlafzimmer und außerdem eine solide Wiege hätten«, beruhigte er mich in seinen Briefen.

Solche Worte versöhnten mich stets mit der Welt und gaben mir wiederum die Kraft, ihn zu trösten, wenn er selbst traurig war. Einmal schickte er mir ein gepresstes Kleeblatt, das aber zerbrochen war.

»Es erinnert mich an mich selbst, ich bin ja auch ein bisschen kaputt gegangen«, schrieb er dazu. Manchmal war er über sein Schicksal so traurig, dass er wünschte, er wäre besser gefallen. Zur Aufmunterung schickte ich ihm mein goldenes Halskettchen und ein Stofftüchlein, auf das ich mein Parfüm sprühte.

Und siehe da: Trotz der trüben Lage und des eisig kalten Berliner Winters gab es für mich einen Anlass zum Feiern. Rudi wollte an Ostern nach Britz kommen, »und zwar auf zwei Beinen«. Denn in Wien arbeitete man endlich an der Fertigung einer vorläufigen Prothese.

»Wenn ich erst ein richtiges, gutes Bein habe und gut laufen kann, bin ich zu mindestens 85 Prozent wieder da«, versprach er mir. Und wie zum Beweis humpelte er mit einer provisorischen Prothese durch Wien, kaufte mir ein Geschirrservice und schickte es, sorgfältig verpackt, nach Berlin. Denn ich hatte mich bei ihm beklagt, dass meine Truhe so etwas nicht hergab. Als Rudi im März zwei Kisten voller Bücher zurück nach Berlin schickte, um nach seinem Oster-Urlaub zur Genesung ganz in Berlin zu bleiben, war die Vorfreude für mich kaum auszuhalten.

Er bekam vor seiner Abreise eine Lederprothese und lief mit einem Spazierstock in Wien im Operationssaal herum. Als er erfuhr, dass er das Bein aber erst in 14 Tagen wiederbekommen sollte, weil noch etwas daran geändert werden sollte, war er ganz verzweifelt. Am liebsten hätte er es gleich anbehalten.

Hatte ich Zukunftsängste, scherzte Rudi, dass er wohl später nicht derjenige von uns beiden sein würde, der abends das Licht ausmacht. Er würde mich darum bitten müssen. Und dass er das Treppensteigen üben müsse. Es war schwer vorstellbar, wie es sein würde mit einem kriegsversehrten Ehemann. Ich sagte immer zu mir selbst: Wenn er so tapfer ist, muss ich es auch sein!

Mutti lächelte über meine Gedanken: »Der Rudi ist ein guter junger Mann. Aber, Gisela, du kannst es dir immer noch überlegen.« Sie erzählte von einer Nachbarstochter, die ihre Verlobung gelöst habe, nachdem ihr Zukünftiger an der Front beide Arme verloren hatte. Er hätte sie schließlich nie umarmen können!

Wenn sie so etwas sagte, regte sich erst recht der Trotz in mir. Zugleich war ich aber tief verunsichert. Was, wenn Mutti am Ende recht hatte? Ich beschloss, mit unserem Pfarrer darüber zu reden.

»Steh zu deinem Verlobten«, redete er mir gut zu, »er hat schließlich unser Vaterland verteidigt«. Dann lächelte er und meinte: »Mit einem Bein kann man auch durchs Leben kommen. Dein Leutnant scheint ein munterer Bursche zu sein und dich von Herzen zu lieben, warum solltest du nicht darauf vertrauen, dass am Ende alles gut wird?«

Leider war Rudi zwischenzeitlich der Meinung, es könne noch geschlagene drei Jahre dauern, bis wir heiraten könnten!

»Schließlich will ich erst vollständig genesen und mich bei der Wehrmacht nach einer neuen Verwendung für mich umsehen«, schrieb er mir. Da wusste ich erst einmal nicht, was schlimmer für mich war: Dass Rudi mit keiner Faser daran dachte, dem Militär den Rücken zu kehren oder der Gedanke, noch so lange bei meinen Eltern wohnen und an der Schreibmaschine sitzen zu müssen.

Die Arbeit im Büro machte mir nämlich keinen großen Spaß. Ich wollte mich viel lieber darauf vorbereiten, eine gute Hausfrau und Mutter zu sein. Rudi und ich hatten beide keine Geschwister – was daran lag, dass unser beider Eltern aus jeweils sehr kinderreichen Familien stammten und es einmal leichter haben wollten – und wünschten uns eine große Kinderschar. Allerdings war es zu Kriegszeiten schwer, an Hausrat zu kommen. Bettwäsche zum Beispiel gab es nur auf Bezugsschein. Wenn es jemand trotzdem schaffte zu heiraten, sammelten Verwandte Wäsche-Scheine und gaben sie an die Braut weiter. Möbel waren ebenso schwer aufzutreiben. Holz wurde keines mehr eingeführt, Möbelfabriken und Schreinereien mussten schließen, weil entweder die Mitarbeiter im Kriegseinsatz waren oder für die Rüstung arbeiten mussten. Alles in allem keine gute Zeit, einen eigenen Hausstand zu gründen. Vielleicht war es tatsächlich besser, drei Jahre zu warten? Dann, so dachten wir, wäre der Krieg sicher längst vorbei.

Die psychische Belastung stieg in dieser Zeit: Allein seit Kriegsbeginn hatte es in Berlin ein halbes Dutzend Luftschutzalarme gegeben, jedoch noch ohne einen echten Angriff. Dazu kamen die Fehlalarme. Der ganze Spuk dauerte jedes Mal zwei Minuten und legte praktisch die ganze Stadt lahm. Man wusste nie genau, wann die Flieger kamen. Tagsüber oder nachts, ob man gerade beim Arbeiten war oder in der Straßenbahn saß. Nicht zu wissen, ob tatsächlich eine Bombe fallen würde, war schrecklich. Ich war sehr sensibel und geriet bei jedem Alarm in Panik. Mutti musste mir sogar ein paarmal eine Ohrfeige verpassen, weil ich anfing, zu hyperventilieren. Ich hatte Angst zu sterben, ohne Rudi je wiedergesehen zu haben.

Es gab immer wieder Alarme, bei denen wir üben mussten, unsere Fenster zu verdunkeln. Es hieß, bald würden auch die echten Bomber kommen. Wir packten Notkoffer, die man mit in den Bunker nehmen sollte. Vati war nun nicht mehr als Handelsvertreter im Land unterwegs und hütete mit einer Sekretärin, die Jüdin war, das Hauptstadt-Büro der Textilfabrik. Mutti fürchtete, er könnte trotz seines fortgeschrittenen Alters – er war über fünfzig – noch eingezogen werden.

Dennoch hatte es seit dem Frühjahr die eine oder andere Abwechslung gegeben, zum Beispiel den neuen Film von Hans Albers, Ein Mann auf Abwegen, und im Schöneberger Sportpalast gab es

Eiskunstlauf-Wettbewerbe. Die Illustrierten, die es noch zu lesen gab, bemühten sich, trotz der Stoff-Knappheit die neueste Mode zu zeigen.

Mich aber konnte kaum etwas vom Gedanken ablenken, ob ich auch eine gute Ehefrau hergeben würde. War ich doch ängstlich und unsicher und hörte von meiner Mutti viele Klagen über »die Männer«. Meine eigenen Eltern waren nicht besonders zärtlich im Umgang miteinander. Und ich wünschte mir oft, dass sie auch liebevoller zu mir wären. Große Umarmungen oder Neckereien gab es nicht bei uns, es ging eher ernst und gediegen zu. Ich verstand noch nicht richtig, dass die erneute Angst vor Krieg, Arbeitslosigkeit und Hunger meine Eltern mürbe gemacht hatte. Schon einmal hatten sie die völlige Geldentwertung erlebt, ihr gesamtes Vermögen verloren und ihr Haus wieder aufbauen müssen.

So teilte ich Rudi meine Sorge mit, ob wir wohl eine gute Ehe führen würden. Mit allem, was so dazugehört. Auch, das Bett zu teilen. Würden wir viel streiten? Am Ende immer auf der Hut vor einem schweren Schicksal sein wie unsere Eltern? Oder würde er mich schon sehr bald langweilig finden?

Zum Glück hat Rudi gleich verstanden, worum es mir ging.

»Sternchen, ich liebe ja nicht das, was wir tun oder tun könnten, ich liebe doch dich, Gisela, das Mädchen. Oder dich, den liebenswerten Menschen«, tröstete er mich. Und er schrieb mir einen Satz auf, der mich auch dann aufbaute, wenn ich nachts mit klopfendem Herzen aufwachte: »Glaubst du, ein liebendes Herz kann so ärmlich sein, dass es müde wird, weil es einmal ganz reich beschenkt wurde?«

Ich gab mir Mühe, ihm meine Gefühle für ihn ebenso mitzuteilen, aber so frei heraus wie Rudi konnte ich es nicht formulieren. So sagte ich ihm, dass ich ihn »furchtbar lieb« habe. Für Rudi waren meine einfachen Worte die Erfüllung: Das sei das einzig wahrhafte Glück, das ihm bisher im Leben gewährt wurde, »mehr als Liebe kann kein Mädchen schenken«. Er konnte so poetisch sein, vielleicht ist sogar ein Schriftsteller an ihm verloren gegangen. Er jedenfalls freute sich aufs Heiraten: »Weil ich dich immer behalten will.«

Am Karfreitag 1940 kam Rudi dann tatsächlich mit dem Zug an. Ganz, wie er es wollte, nahm ich ihn allein am Anhalter Bahnhof in Empfang. Für die Verwandtschaft sollte es eine Überraschung sein. Er stand vor mir auf zwei Beinen, als ob nichts passiert wäre. Dass eines der Beine aus Holz war, merkte man erst, wenn er sich in Bewegung setzte. Ein Gehstock half ihm, das Gleichgewicht zu halten. Es war ein regnerischer Tag, aber wir bemerkten den Regen gar nicht. Zärtlich fielen wir uns in die Arme, und die Welt gehörte nur uns in diesem Moment. Mit der Straßenbahn ging es nach Britz zu seinen Eltern, die schon sehnsüchtig auf ihn warteten.

Tage später, als wir gemeinsam einige Bekannte besuchten, die alle aus der Ferne an Rudis Schicksal Anteil genommen hatten, rief er einer ehemaligen Schulfreundin kess zu:

»Guck mal, wie mein Holzbein quietscht!« Seinen Humor hat ihm niemand nehmen können. Leider auch nicht seinen Stolz, ein Soldat zu sein.

Noch während er in Berlin-Charlottenburg in einem Lazarett weiterbehandelt wurde und sein Bein trainierte, nahm er seinen Dienst bei der Panzer-Aufklärungs-Abteilung 7 wieder auf. Logistik und Strategie waren seine Schwerpunkte. Ich war trotzdem froh, ihn nun in meiner Nähe zu haben und ihn, so oft es die Zeit erlaubte, sehen zu können. Aber nach Hochzeit sah es immer noch nicht aus: Rudi wollte erst unbedingt in den nächsten Dienstgrad aufrücken, weil er sonst zu wenig für uns beide verdient hätte.

Mitten im Sommer war unsere romantische Zeit zu zweit wieder jäh vorbei: In der Nacht zum 26. August fielen zum ersten Mal Bomben auf die Stadtteile Reinickendorf, Pankow, Malchow und Wartenberg. Ein paar Nächte später drangen britische Bomber in den Berliner Luftraum über Kreuzberg ein, und nahe dem Kottbusser Tor starben erstmals unschuldige Menschen. Jetzt wurde es also ernst. Bei jedem Alarm suchten wir schnellstmöglich Zuflucht in einem der nächsten Bunker. Wenn es nachts losging und keine Zeit mehr war, zum Bunker zu laufen, verkrochen wir uns in unserem Keller. Ich wünschte mir dann, Rudi könnte bei mir sein und meine Hand halten, aber wir waren immer getrennt, wenn es zum Luftangriff kam.

»Ich will nicht sterben«, soll ich oft geschrien haben, erzählte Mutti mir. Aber ich konnte mich hinterher meist an nichts erinnern. Doch litt ich nach jedem Angriff tagelang an dem Gefühl, die Wände würden wackeln, und hörte wieder und wieder das dumpfe Grollen, Pfeifen und Tosen der fallenden Bomben.

Zu allem Überfluss, und das sollte auch noch einmal Rudis und mein Schicksal herausfordern, plante Hitler nun den Krieg gegen Russland. Man wollte es bis zum Frühjahr 1941 »erledigt« wissen und sah 120 Wehrmachtsdivisionen für die Ostfront vor. Rudis Panzerdivision gehörte dazu. In den Wehrmachtsabteilungen wurde der Angriff auf die Sowjetunion vorbereitet, und mir war angst und bange, dass Rudi erneut in den Krieg ziehen würde.

Anfang September 1940 bombardierten die Briten den Flughafen in Tempelhof, der sich damals noch im Bau befand. Das erschütterte uns bis ins Mark, denn die Anlage war von unseren Häusern in Britz nur wenige Kilometer Luftlinie entfernt. Bis November gab es mehrere Angriffe der Royal Air Force auf Berlin, und Tempelhof war fast immer unter den Zielen.

Ebenso begannen die Truppenverschiebungen Richtung Osten, und weil Russland keinen Wind davon bekommen sollte, musste das alles gut getarnt sein. Als aussichtsreich sahen die Generäle einen Angriff im Süden über Rumänien an. Rudi wollte unbedingt mit auf den Feldzug! Es gab Pläne, über die Karpaten nach Russland vorzudringen.

»Wie um Himmels willen willst du denn mit einem Bein durchs Gebirge klettern?«, fragte ich ihn fassungslos.

Doch Rudi war zu meinem Entsetzen genauso begeistert wie damals vor dem Polenfeldzug.

»Sie stellen Soldaten, die nicht gut zu Fuß sind, Mulis zur Verfügung«, schwärmte er, der seit seiner Zeit auf der Militärschule ein guter Reiter war, »diese Tiere kommen selbst durch das unwegsamste Gelände«.

Ich versuchte mit allen Mitteln, ihm dieses Hirngespinst auszureden.

»Du darfst nicht noch einmal in den Einsatz«, bettelte ich, »ich habe Angst, dass du damit dein Schicksal erneut herausforderst!«

Doch Rudi plagte ein Problem: »Du musst doch verstehen, dass ich im Krieg noch gar nicht richtig meinen Beitrag geleistet habe.« Er schämte sich dafür, dass er gleich in den ersten Gefechtstagen verwundet worden war und kam sich nutzlos vor.

»Der liebe Gott hat dir eine zweite Chance gegeben«, erinnerte ich ihn, »was soll außerdem aus mir werden? Ich will nicht noch einmal monatelang um dein Leben bangen müssen. Mit einem einbeinigen Mann kann ich leben, aber mit weniger auch nicht!« Selten hatte ich ihm jemals so klar meine Meinung gesagt. Ich hatte das dringende Gefühl, meinen Verlobten wachrütteln zu müssen.

Er blieb erst einmal stur, und damit hatten wir unseren ersten richtigen Streit.

Vielleicht hatte eine höhere Macht ein Einsehen, denn plötzlich kam die Wende: Für Rudi gab es keine neue Mobilmachung, sondern ihm wurde ein Genesungsurlaub im Wehrmachtserholungsheim am Chiemsee in Bayern angetragen. Den hatte er rasch anzutreten, denn selbst Urlaub war beim Militär ein Befehl.

Da war ich nun fast wieder neidisch. Während wir uns in Berlin auf einen neuen Kriegswinter vorbereiteten, mit wenig Kohlen, Bekleidungsmarken und Aussicht auf Zichorien-Kaffee und mit Kastanien gestrecktes Kartoffelbrot, befand sich mein Verlobter im Spätherbst in der herrlichen bayerischen Voralpenlandschaft. Am Chiemsee nutzte er die Zeit, um zu zeichnen, und durfte auf dem Liegestuhl in der Sonne dösen. Schließlich erreichte ihn die Nachricht, dass er sich Anfang Oktober zu seinem neuen Truppenteil, der Ersatz-Abteilung 7 für motorische Aufklärungseinheiten, zu begeben habe. Doch dies würde ihn nicht nach Berlin zurückführen, sondern nach München.

Es war selbstverständlich für Rudi, das nicht zu hinterfragen und mich nicht um meine Meinung zu bitten – er ging dorthin, wo er gebraucht wurde. Aber ich war selig: Alles konnte ich akzeptieren, nur keinen neuen Marschbefehl an die Front! Eines musste er mir versprechen, und da stimmte Rudi sofort mit mir überein: Zur Waffen-SS, die in München sehr prominent vertreten war und die Wehrmachtssoldaten umwarb, würde er auf keinen Fall gehen. Diese dunkle Truppe war uns nicht geheuer.

Bald schwärmte mir Rudi vor, wie schick und modern München sei. Und wie herzlich die Bayern.

»Sogar mitten im Krieg reisen Urlauber in die Stadt«, staunte er, und dass man dort viele Italiener sehe. Ich war begeistert von dem, was ich hörte. Berlin kam mir wie ein großer, grauer Moloch vor. München dagegen schien sauber, gemütlich und zugleich mondän zu sein.

Wieder schmiedeten wir Zukunftspläne. Wie wäre es, wenn wir uns in Bayern niederließen? Dieser Krieg musste doch bald mal ein Ende haben! Rudi wollte uns in München eine Wohnung suchen, und wenn er endlich Oberleutnant sein würde, sollte ich nachkommen.

Meine Eltern waren angesichts dieser neuen Lage zwiegespalten: Einerseits hatte es 1940 nur einen einzigen relevanten Luftangriff auf München gegeben, und die Stadt erschien ihnen zunächst sicherer als Berlin. Mutti aber war nicht begeistert, dass ich so weit weggehen wollte. Insgeheim hoffte sie wohl noch immer, dass am Ende aus unserer Ehe nichts werden würde. Sie glaubte nicht, dass Rudi mir wirklich treu bleiben könnte.

»So ein junger Adjutant vergnügt sich abends bestimmt nicht nur beim Kartenspielen mit seinesgleichen«, mutmaßte sie. Aber da kannte sie meinen Rudi nicht! An freien Tagen verbrachte er seine Zeit in Kunstgalerien, sah sich die antiken Statuen in der Glyptothek an, stöberte in den Münchener Antiquariaten, traf sich mit Kameraden in der Oper und im Kino. So ein Leben wollte ich auch führen!

Rudi bezog ein Zimmer in der Borstei an der Dachauer Straße, wo er aber keinen Damenbesuch empfangen durfte. Meine Eltern erlaubten mir aufgrund der Kriegsentwicklung nicht, in den Zug zu steigen und in München in einem Hotel zu übernachten. So hieß es für mich wieder: warten. Das machte mich zunehmend mürbe. Und ungeduldig. Ich machte ihnen ein schlechtes Gewissen: Vati müsse sich langsam um den Stoff für mein Brautkleid bemühen, das könne Wochen dauern, wagte ich einen Vorstoß im Januar 1941. Selbst Mutti schien schließlich einzusehen, dass ihre Zweifel nichts bringen würden.

Irgendwann wurde auch ihr die Warterei zu viel und sie räumte ein: »Der Junge muss jetzt endlich Nägel mit Köpfen machen, bevor unsere Tochter eine alte Jungfer an der Schreibmaschine wird.«

Vati dagegen war traurig, weil seine Firma kriegsbedingt kaum noch Umsätze machte und sein Arbeitslohn uns nur noch knapp über Wasser hielt.

»Gisela, deine Hochzeit werden wir nur im kleinsten Kreis feiern können«, bedauerte er. Aber das sollte meine Sorge nicht sein – ich kannte keine Frau, die in diesen Zeiten eine prunkvolle Traumhochzeit gefeiert hätte.

Unterdessen bemühte sich Rudi in München, einige freie Tage im Sommer zu bekommen und für uns eine Unterkunft zu finden. Ich musste schließlich wissen, wohin ich meine Aussteuer schicken sollte! Unmöglich würden wir alles mit dem Zug transportieren können. Denn eines stand für mich fest: Nach der Hochzeit würde ich zu Rudi nach Bayern ziehen, keinen Tag länger wollte ich in Berlin bleiben. Ich konnte mir nicht vorstellen, als verheiratete Frau weiter bei meinen Eltern zu wohnen. Mutti und ich ließen bei einer Schneiderin ein schlichtes, weißes Brautkleid für mich anfertigen. Bei diesem Anlass wurde uns bewusst, wie dünn ich geworden war.

Zum ersten Mal seit Langem zeigte sich Mutti mir gegenüber lieb und strich mir über die Wange: »Du Arme, wir haben so schlecht gegessen in letzter Zeit, und du hast dir so viele Sorgen machen müssen. Du wirst sehen, alles wird wieder gut.«

Die Schneiderin gab uns am Ende einige Meter vom Stoff, den sie nun nicht für das Kleid brauchte, mit nach Hause.

»Daraus kann man noch ein Taufkleidchen nähen«, zwinkerte sie mir zu. Um an den Stoff zu kommen, hatte Vati alle Hebel in Bewegung gesetzt, wollte mir aber partout nicht sagen, was er dafür in Kauf genommen hatte. Vermutlich ein Tauschgeschäft, damit aus mir eine schöne Braut werden konnte.

»Mach dir mal keine Gedanken, mein Kind«, sagte er zu mir. Meine und Rudis Eltern taten alles, um uns einen unvergesslichen Hochzeitstag zu bescheren.

Im Juli schließlich hatte Rudi durch Kontakte und etwas Glück eine Wohnung gefunden: Sie lag über einem Offizierskasino, hatte keine eigene Küche und musste mit einem Holzofen beheizt werden, aber es gab zwei Zimmer nur für uns allein. Unsere Eltern organisierten nun in Windeseile die nötigsten Möbel für uns – dafür löste meine Familie sogar ein Sparbuch auf. Rudi konnte einen Teil zu den Umzugskosten beitragen: Weil ihm während der kurzen polnischen Kriegsgefangenschaft und seiner Lazarettaufenthalte Bekleidung abhandengekommen war, bekam er von der Wehrmacht eine Gutschrift von 350 Reichsmark.

Am 21. August 1941 war es endlich so weit: Im Beisein unserer Eltern und meiner Lieblingscousine Thea hatten wir in Britz geheiratet, Rudi ganz stolz in seiner Uniform samt Verwundetenabzeichen in Silber.

»Geh bitte auf keinen Fall langsam wegen mir durch die Kirche«, bat er mich vor der Trauung, »ich bringe dich jetzt so schnell ich kann zum Altar! Und ich bin ganz schön flott unterwegs, wenn es sein muss.« Es war nicht einfach gewesen, an goldene Ringe zu kommen. Mutti hatte dafür Familienschmuck einschmelzen lassen. Ihr war es zudem gelungen, einen Strauß weißer Lilien für mich aufzutreiben. Und einen Möbelwagen, der nur einen Tag später unser Hab und Gut nach München fuhr. Mitsamt meiner wertvollen Truhe. So sehr sie anfangs gegen unsere Verbindung gewesen war, hatte Mutti am Ende doch dafür gesorgt, dass ich meine kleine Traumhochzeit bekam. Sie tischte Hasenbraten auf, den Vati weiß Gott wo organisiert hatte, und Rudis Eltern steuerten eine wunderbare Hochzeitstorte bei, die zwar mit Eichelmehl gestreckt war, aber nie war mir etwas so egal wie der Geschmack von Eicheln an meinem Hochzeitstag!

Rudi und ich reisten schließlich mit dem Zug in unser neues Leben als Ehepaar – nicht, ohne beim Abschied aus Berlin einige Tränen zu vergießen. Nun würde ich mein altes Leben hinter mir lassen, um an Rudis Seite ein neues zu beginnen. Flitterwochen gab es keine für uns. Zurück in München, rief Rudi gleich wieder die Pflicht, während ich mit den wenigen Sachen, die wir hatten, unser Heim einrichtete.

Zum 1. Oktober wurde er zum Oberleutnant befördert.

»Siehste«, hab ich zu ihm gesagt, »hat doch gepasst, dass wir mit dem Heiraten nicht mehr länger gewartet haben.«

Auch so manch anderes haben wir nicht auf die lange Bank geschoben: Trotzdem der Krieg schließlich auch München erreichte, kam schon im nächsten Sommer unsere erste Tochter, Christine, zur Welt. Kein Stammhalter zwar, wie Rudi anfangs gehofft hatte, aber schnell war er völlig vernarrt in unsere Kleine. Er war ein liebevoller Papa. Dazu kam weiterer Nachwuchs auf vier Pfoten, unser lieber Boxer »Peter«, den ich mit selbst gekochtem Pudding fütterte, wenn die Vorräte mal wieder knapp waren. Und das waren sie oft. Hunger war zwar etwas, das ich aus Berlin schon kannte. Nun aber, mit einem Baby, das ich stillen und von früh bis nachts versorgen musste, dazu den wachsenden Wäscheberg von Hand schrubben, einheizen, kochen, saubermachen, spürte ich bald, wie meine Kräfte von Tag zu Tag schwanden.

Rudi war ein aufmerksamer Ehemann. Wenn er etwas besonders gut konnte, dann die richtigen Kontakte aktivieren, wenn Not am Mann war. So brachte er eines Tages ein Kilo kondensiertes

Milchpulver mit, die einzige Babynahrung, die man damals nur äußerst schwer bekommen konnte. Zwar habe ich weiter gestillt, aber so konnte auch er der Kleinen mal ein Fläschchen geben. Ohne eine Mutter in der Nähe war das Ganze schon aufreibend! Aber unsere Eltern schrieben uns fleißig Briefe und schickten Päckchen aus Berlin. Mal war Stoff und Garn drin, damit ich Christine etwas nähen konnte, mal Äpfel aus unserem Britzer Garten.

Viel Zeit konnten wir nicht in unserer kleinen Offizierswohnung verbringen, denn als die Bombardierungen auf München zunahmen, sorgte Rudi in einer Nacht- und Nebelaktion dafür, dass Christine und ich aufs Land evakuiert wurden. Einer seiner Kameraden, Hermann, bewohnte mit seiner Frau, die alle Nissi nannten, ein Haus in der kleinen Gemeinde Raitenbuch, wo wir zwei Zimmer mit einer kleinen Küche beziehen konnten. Wir durften sogar unseren Peter mitnehmen, der einige Zeit darauf leider starb. Trotzdem war ich mehr als zufrieden. Das Landleben bereitete mir ungeahnte Freuden. Nissi wurde zu einer guten Freundin. Wir bemühten uns nach Kräften, im Garten Gemüse zu ziehen. Dabei brauchte ich die guten Ratschläge der Bauern aus der Nachbarschaft, hatte ich doch keine Ahnung von Gartenarbeit. Ich war auf einmal Teil einer Gemeinschaft, in der man sich um den anderen kümmerte. Ich, das Stadtmädel, half bei der Kartoffelernte, und Christine war in ihrem Wägelchen am Feldrand geparkt und schlief in der Herbstsonne.

Während München von den britischen Bombern heimgesucht und in Schutt und Asche gelegt wurde, empfand ich die Zeit in Raitenbuch als eine der glücklichsten in meinem bisherigen Leben. Wenn Rudi zu seiner Dienststelle nach München musste, blieb ich mit Christine allein dort. Es machte mir nicht viel aus – ich konnte meinen Fleiß unter Beweis stellen und meisterte meinen Alltag, in dem es vor allem darum ging, Brennholz zu haben und etwas zu essen.

Doch es war nicht nur Idylle. Eines Tages stellte ich fest, dass wir kein Mehl mehr hatten. Ich bildete mir ein, unbedingt zum Dorfladen nach Schwabmühle laufen zu müssen. Der Dorfladen bedeutete Abwechslung, und man erfuhr dort oft die neuesten Nachrichten. Jedoch war der kleine Ort fünf Kilometer von Raitenbuch entfernt, die einzige Verbindung führte über offene Felder und Wiesen. Nur vereinzelte Bäume boten notdürftig Schutz. Es war ein sonniger, ruhiger Tag, und ich konnte Christine in der Obhut von Nissi lassen. Die brauchte auch ein paar Kleinigkeiten und war froh, dass sich jemand die Mühe machte, den Dorfladen aufzusuchen.

Ich hatte erst die Hälfte des Wegs zurückgelegt, als ich das Donnern in der Luft wahrnahm. Tiefflieger! Zuerst konnte ich nicht ausmachen, aus welcher Richtung das Geräusch kam, doch dann sah ich sie: mehrere schwarze Punkte am Himmel, die sich mit ohrenbetäubendem Getöse näherten. Panisch sah ich mich nach einem Versteck um, doch nicht einmal ein Heuschober war in der Nähe. Die Bomber machten ihrem Namen alle Ehre und flogen beängstigend tief, als könnten sie die Baumwipfel des Wäldchens streifen, das in einigen Hundert Metern Entfernung vor mir lag. Zu spät, um dorthin zu flüchten und sich im Dickicht zu verstecken! Ich warf mich ohne zu zögern in den schmalen Graben, der links von mir den Feldweg vom Kartoffelacker trennte. Bevor ich bereuen konnte, wegen einer Tüte Mehl mein Leben riskiert zu haben, krachten die Flieger über mich hinweg. Minuten voller Todesangst, die mir unendlich lang vorkamen. Dann Stille. Ich wartete reglos ab, bis mir alle Glieder wehtaten. Staubig und mit zitternden Knien rappelte ich mich schließlich auf und setzte schnellen Schrittes meinen Weg fort.

Mehrmals noch bangte ich auch um Rudis Leben, nicht nur wegen der Bomben auf München. So kam es eines Tages zum Beispiel zu einem schweren Unfall, der Rudi fast sein gesundes Bein gekostet hätte. Wir hatten kein Brennholz mehr, also beschloss Rudi kurzerhand, heimlich im Wald einen Baum zu fällen. Riskant, denn wer erwischt wurde, dem drohte Gefängnis. Wir brachen in der Dämmerung auf. Er wählte eine magere Fichte aus und ging hemdsärmelig mit einer kleinen Axt auf den Stamm los. Ich war mitgekommen, um ihm beim Abtransport des Holzes zu helfen. Christine setzte ich auf einen Baumstumpf. Rudi holte mit der Axt weit aus und schlug unten auf den Stamm ein. Wieder und wieder. Er hatte schon eine breite Kerbe geschlagen, der Stamm knarzte, und es fehlte nur noch ein letzter Hieb. Rudi holte noch einmal beherzt aus und schrie im nächsten Moment laut auf. Er hatte nicht den Baum getroffen, sondern sich in die rechte Achillesferse gehackt. Das Blut schoss sofort in Strömen aus der Wunde, und Rudi fiel vor Schmerz, weil er sich auf der Prothese nicht halten konnte, auf den feuchtkalten Waldboden. Er stöhnte, und ich kreischte beim Anblick der klaffenden Wunde kurz auf, sodass auch Christine zu weinen begann. Ich fürchtete, Rudi oder ich selbst würden gleich in Ohnmacht fallen. Doch ich behielt meine Nerven, riss mit aller Kraft am Saum meines Unterrocks und bandagierte Rudi. Ich weiß nicht mehr wie, aber wir schafften es, ich mit Christine unterm Arm und Rudi auf meine Schulter gestützt, aus dem Wald heraus und zum Haus, wo mir Nissi half, ihn zu verarzten. Wir desinfizierten die Wunde mit Schnaps, was fürchterlich gebrannt haben musste. Ich zerschnitt einen Kissenbezug der Bettwäsche, die einst zu meiner Aussteuer gehört hatte, um die Streifen als Verbände zu nutzen. Innerhalb weniger Minuten war jeder Stoff blutgetränkt. Ich musste an die Sepsis denken, die Rudi überlebt hatte. Würde er das ein zweites Mal schaffen?

»Du musst Doktor Maier aus Schwabenmühle holen«, beschloss Nissi, die selbst nicht laufen konnte, weil sie die Grippe hatte. »Ich passe auf Christine auf.« Die Kleine saß ganz still auf einem Stuhl und betrachtete das Geschehen mit verwundertem Blick. Ich schluckte, wusste ich doch, was das bedeutete: Zehn Kilometer Fußmarsch hin und zurück, in der Ungewissheit, ob ich den Doktor antreffen würde. Oder überhaupt lebend wieder zurückkehrte.

Ich marschierte also zügig los und wiederholte unterwegs immer wieder ein Kindergebet, das mir gerade in den Sinn kam, während ich mein Seitenstechen ignorierte. Für den Hinweg, der leicht bergauf über Felder verlief, brauchte ich knapp zwei Stunden. Diesmal war ich froh, dass der Weg übers Feld und nicht durch den stockdunklen Wald führte. Ich hatte unwahrscheinliches Glück – keine Flieger waren unterwegs. Und der Doktor saß gerade beim Abendbrot, als ich erschöpft dort anklopfte. Er schwang sich gleich auf sein Fahrrad, ich durfte mich auf den Gepäckträger setzen und seine Tasche halten, dann setzte sich das Gefährt ächzend auf dem holprigen Feldweg durch die hereinbrechende Nacht in Bewegung.

In Raitenbuch lag Rudi matt und mit blutverkrustetem Knöchel auf dem Bett. Der Doktor holte eine Tetanusspritze aus seiner Tasche.

»Wusste ich es doch, dass ich meinen Geheimvorrat noch mal brauchen würde! Der Impfstoff ist zwar vor ein paar Monaten abgelaufen, aber ich bin sicher, er wirkt noch ganz gut.« Er nähte Rudis Wunde, kippte braunes Jod darüber, machte ihm einen frischen Verband, gab Nissi noch ein paar Lutschpastillen gegen ihre Halsschmerzen und fuhr pfeifend wieder auf seinem Rad davon. Rudi humpelte noch wochenlang, aber dafür hatten wir es wieder schön warm.

Sein Charakter setzte unser Glück immer wieder aufs Spiel, auch wenn er selbst das nicht so sah. Eine weitere Aktion hätte ihn beinahe Kopf und Kragen gekostet und mich fast um den Verstand gebracht.

Er galt als verschwiegen, ehrlich und vertrauenswürdig. Und so war er, während ich auf dem Land Woche um Woche darum bangte, dass er heil wieder zu uns stoßen würde, in die Münchener Widerstandskreise um General Joachim Oster geraten.

Am 18. Februar 1943 war der Student Hans Scholl von der Gestapo verhaftet worden, weil er mit Gleichgesinnten Flugblätter in der Universität verteilt hatte, die zum Widerstand gegen das Nazi-Regime aufriefen. Er wurde in der Zentrale der Geheimen Staatspolizei im Wittelsbacher Palais festgehalten. Ein kleiner Kreis von Offizieren hatte den Plan gefasst, Hans Scholl vor dem zu erwartenden Todesurteil zu bewahren. Denn dieses galt als rechtlich umstritten. Scholl hatte als Soldat bei der Wehrmacht gedient und hätte eigentlich von der Wehrmachtsgerichtsbarkeit verurteilt werden müssen, statt, wie für ihn und seine Mitstreiter der Weißen Rose vorgesehen, vom Volksgerichtshof. Das Militärgericht, so glaubte die Widerstandsgruppe der Offiziere, hätte eine mildere Strafe über ihn verhängen können. Nur musste Scholl, dessen Schwester Sophie ebenso inhaftiert war und hingerichtet werden sollte, von diesem Plan überzeugt werden. Rudi wurde dazu überredet, dies zu tun, weil er in München als unbeschriebenes Blatt galt.

Natürlich hatten wir übers Radio und die Zeitungen von der Flugblattaktion in der Universität und der Verhaftung der Mitglieder der Weißen Rose erfahren.

Rudi beschäftigte das Schicksal von Hans Scholl sehr, war dieser doch nur ein Jahr jünger als er selbst. Ich hatte ja keine Ahnung, dass ausgerechnet Rudi zu ihm ins Gestapo-Gefängnis kommen sollte! Erst später hat Rudi mir die Geschichte anvertraut. Im Nachhinein war ich ziemlich wütend auf ihn, so ein Risiko auf sich zu nehmen, wenn doch zu Hause Frau und Kind auf ihn warteten. Aber so war Rudi nun mal: ein bisschen draufgängerisch, mutig, zu einer gefährlichen Tat bereit, wenn sie einem guten Zweck diente. Bis heute weiß niemand, wie es ihm gelungen ist, zu Hans Scholl in die Zelle vorgelassen zu werden.

Nach dem Gespräch mit Scholl verließ er das Wittelsbacher Palais zerknirscht: Der Student lehnte das Angebot ab. Er wollte seine Schwester nicht allein in den Tod schicken und nicht als einziger womöglich von seinem Soldatenstatus profitieren. Am 22. Februar wurde das Todesurteil für die Geschwister Scholl verkündet und noch am selben Tag vollstreckt.

Rudi war am Boden zerstört. Tage später, als er sich mir endlich anvertraute, sagte er mir, wie sehr er den Mut von Hans Scholl bewundert habe, aber nicht verstehen könne, warum dieser das Angebot abgelehnt habe: »Noch nie habe ich einen Menschen getroffen, der so sturköpfig war wie er.«

Rudi war gerade dabei, zu akzeptieren, wie das alles gelaufen war, da wurde er ins Wittelsbacher Palais zitiert. Die Gestapo hatte Wind von der Aktion bekommen. Rudi wurde zum Verhör ins berüchtigte Hauptquartier einbestellt. Wir wussten beide, dass nun alles mit einem Schlag vorbei sein könnte.

Ich werde nie vergessen, wie Rudi an diesem regnerischen Tag im März bereits um fünf Uhr morgens mit Mantel, Hut und Gehstock das Haus in Raitenbuch verließ, um mit dem Zug nach München zu kommen. Für mich und Christine lag eine Fahrkarte nach Berlin auf dem Küchentisch, ein kleiner Koffer stand gepackt daneben. Wir hatten vereinbart, dass Nissi uns sofort zum Bahnhof im benachbarten Weißenburg begleiten würde, sollte Rudi nicht bis Mitternacht mit dem letzten Zug von München über Augsburg und Treuchtlingen wieder zurück sein.

Doch ich musste nicht flüchten und wurde auch nicht Witwe. Wie schon so oft, hatte Rudi unverschämtes Glück: Der Mann bei der Gestapo, der ihn zum Verhör einbestellt hatte, war ein früherer Bekannter, der Rudi einen Gefallen schuldete. Rudi hatte für ihn bei einem Münchener Vermieter ein gutes Wort eingelegt und ihm so zu einer Wohnung verholfen. So beschloss man, über die Angelegenheit zu schweigen und Rudi gehen zu lassen. Selten war ich so froh gewesen wie in jener Nacht, als ich, voll bekleidet und mit klopfendem Herzen in der Küche wartend, Rudis Gehstock vor der Haustüre klappern hörte.

Gegen Ende des Jahres nahmen die Bombardierungen wieder zu, sodass wir beschlossen, vorerst auf dem Land zu bleiben. Bis zum Kriegsende sollten Tausende Spreng- und Brandbomben München zu großen Teilen zerstören, auch unsere einstige Wohngegend zwischen Schwabing und Neuhausen wurde schwer getroffen.

Im Juni 1944 kam unsere zweite Tochter, Marianne, zur Welt. Sie wurde nicht wie Christine in einem Münchner Klinikum geboren, sondern in dem kleinen Haus in Raitenbuch. Dass Rudi unser Neugeborenes in den Händen halten konnte, glich wieder einmal einem Wunder: Nur knapp sechs Wochen zuvor war er der Feuerhölle in München knapp entronnen.

In der Nacht des 25. April, einem Sonntag, flogen die Alliierten den bis dahin verheerendsten Luftangriff auf die Innenstadt und lösten einen Großbrand aus. 400 Flieger ließen Tausende Brand-, Phosphor-, Spreng-, Flammstrahl- und Blitzlichtbomben über dem Zentrum fallen. Die Straßen rund um den Hauptbahnhof, der ganze Marienplatz, historische Kirchen und die Residenz wurden in ein Flammenmeer verwandelt, ganze Wohnblöcke barsten auseinander.

Rudi hatte sich noch an seinem Dienstsitz ganz in der Nähe befunden, als der Alarm losging. Jeder rannte um sein Leben, und Rudi war mit seinem Holzbein auf sich allein gestellt. Zur damaligen Zeit hatte er oft große Schmerzen, weil die Prothese nicht gut saß. Schnelles Laufen bereitete ihm unerträgliche Qualen. Er schaffte es als Letzter in einen Bunker, doch als der Angriff gegen zwei Uhr nachts vorbei war und die Menschen sich aus ihren Verstecken wagten, mussten sie sich durch brennende Straßenzüge kämpfen, in denen sich ein Feuersturm entfacht hatte, dessen Sog alles mitzureißen drohte, was nicht niet- und nagelfest war. Rudi hatte seinen Stock verloren und brauchte Stunden, um sich durch das Inferno von Flammen, beißendem Rauch, Qualm und heißen Dämpfen bis zum Hauptbahnhof durchzuschlagen.

Als Rudi also unsere kleine Marianne in den Armen hielt, litt er noch immer unter den Folgen der schweren Augenentzündung, die er sich in der Münchener Bombennacht zugezogen hatte. Ausgelöst hatten sie die Phosphorbomben.

Der Krieg fand schließlich ein Ende, ohne dass jemand aus unserer Familie noch einmal ernsthaft Schaden nahm. Unsere Eltern hatten die Bombardierungen in Berlin heil überstanden, nur mein Elternhaus musste wieder aufgebaut werden. Rudi und ich hatten unsere Wohnung in München an die Bomben verloren, doch wir hatten in Raitenbuch immer noch ein Dach überm Kopf. Unsere Mädchen und wir waren mangelernährt, aber insgesamt gesund. Nun aber begann für Rudi und mich ein Existenzkampf, denn sein Wehrbereichskommando wurde aufgelöst. Ehemalige Wehrmachtsangehörige wurden nicht nur von den Alliierten, sondern auch in der Gesellschaft mit Misstrauen beäugt. Erst waren sie die gefeierten Helden, nun wurden sie fallengelassen, egal ob sie sich etwas zuschulden hatten kommen lassen oder nicht. Rudi hatte es sehr schwer, eine vernünftige Arbeit zu finden, und litt unter den Vorurteilen, die ihm bei Bewerbungen oder der Wohnungssuche entgegengebracht wurden.

»Ich habe mir nichts vorzuwerfen«, sagte er immer wieder. Gute Bekannte vermittelten ihm schließlich eine Stelle bei einer Versicherung, die er zwar nicht besonders mochte, aber wir konnten endlich wieder eine kleine Wohnung in unserem geliebten München beziehen. Es war eine Wohnung für ehemalige Soldaten und ihre Familien, und als wir einzogen, war das Haus gerade erst notdürftig wieder errichtet worden. In den Fenstern fehlten sogar noch die Glasscheiben, sie waren mit Pappe zugeklebt. Am Ende der Straße erinnerte ein riesiger Schutthaufen, auf dem noch Jahre später die Kinder aus der Nachbarschaft spielten, an die große Zerstörung, die hier stattgefunden hatte.

1949 kam unsere dritte Tochter, Gabriele, zur Welt – wir waren nun eine große Familie, so, wie wir es uns schon zu unserer Verlobung in Berlin gewünscht hatten.

Lange Zeit noch waren wir so arm, dass es immer gerade so fürs Nötigste reichte. Ich erinnere mich daran, dass ich zwei Jahre lang dieselbe Jacke trug, und die hatte auch noch Flicken an den Ellenbogen. Es gab Rindersuppe ohne Fleisch, weil das zu teuer gewesen wäre. Wir gingen alle Wege, und waren sie noch so weit, zu Fuß, denn die Straßenbahn konnten wir uns nicht leisten.

Das änderte sich, allerdings nur langsam. Für Rudi gab es in den fünfziger Jahren schließlich Verwendung beim Aufbau des neuen militärischen Abschirmdienstes, später rückte er zum Major, dann zum Oberstleutnant auf.

Für eine seiner Beförderungen zogen wir Anfang der sechziger Jahre nach Bad Ems im Rheinland. Ein aufregender Neuanfang stand uns bevor, für unsere Mädchen, von denen Marianne und Gabriele noch zur Schule gingen, und auch für mich, die an Rudis Seite nun ein reges gesellschaftliches Leben erwartete. Rudis neuer Arbeitgeber hatte uns eine Wohnung organisiert, und die rheinische Frohnatur der Menschen dort gefiel uns.

Doch hatten wir bis dahin im Glauben gelebt, unser schlimmster Schicksalsschlag sei einst der Verlust von Rudis Bein gewesen, so sollten wir uns täuschen.

1962 starb unsere geliebte Christine an einer schweren Infektion. Davon tief getroffen, beschlossen wir, zurück nach München zu gehen, das wir als unsere wahre Heimat betrachteten.

In den Jahren danach waren wir damit beschäftigt, den roten Faden in unserem Leben wieder aufzunehmen, das Glück zu suchen, das uns abhandengekommen war. Für mich versank die Zeit nach Christines Tod in einem dichten Nebel.

Marianne machte eine Ausbildung zur Erzieherin und heiratete schließlich einen Italiener, mit dem sie nach Bozen zog. Gabriele konnten wir ermöglichen, in München zu studieren. Sie wurde Lehrerin.

Nach und nach holten wir unsere betagten Eltern von Berlin nach Bayern, wo wir uns bis zu ihrem Tod um sie kümmerten.

Rudi war bis zu seiner Pensionierung einige Jahre beim Bundesnachrichtendienst tätig. Danach beschlossen wir, dem geschäftigen München den Rücken zu kehren und zogen aufs Land nach Bad Feilnbach.

Eine Krebserkrankung, die man bei mir entdeckte, forderte noch einmal das Schicksal heraus, doch ich habe auch das überstanden. Wir sind stolze Großeltern von drei Enkelkindern geworden.

Den Krieg, die ganze Schwere der Vergangenheit, all das konnten wir nie ganz hinter uns lassen. Rudi und ich haben jeder für sich aufgearbeitet, was wir erlebt haben. Was immer bleibt, ist die Erinnerung an die Tage der Leichtigkeit, in der Sonne unterm Kirschbaum in Berlin.

*Gerda …*

*… und Ferdinand*

# Spontane Entscheidung im Kriegswinter

## Gerda und Ferdinand

Obwohl wir uns mitten im Krieg befanden, war der U-Bahnhof am Berliner Kurfürstendamm kurz vor Weihnachten 1942 voller Menschen. Es war schon spät am Abend, und viele, die zu dieser vorgerückten Stunde noch auf die Bahn warteten, hatten Besorgungen für das Fest gemacht. Soweit das in diesen schweren Zeiten eben möglich war – es gab ja für Waren und Lebensmittel nur noch Berechtigungsscheine. So mancher hielt seinen Pappkarton eng an sich gedrückt, denn es herrschte ein ganz schönes Gedränge.

Der fesche, groß gewachsene Soldat im Wintermantel, der dicht bei mir stand, war mir gleich aufgefallen. Ich selbst kam von der Weihnachtsfeier der Accumulatorenfabrik am Askanischen Platz, wo ich als Sekretärin arbeitete. Dort wurden im großen Stil Batterien vor allem für die Schifffahrt hergestellt, und ich war stolz darauf, mein eigenes Geld zu verdienen.

Trotz des Krieges hatten es sich unsere Chefs nicht nehmen lassen, ihren Mitarbeitern ein paar schöne Stunden zu bereiten. Es hatte Frankfurter Würstchen und Kartoffelsalat gegeben, und man konnte sich mal so richtig satt essen. Ich war leicht beschwipst und trug in meiner Handtasche einen verpackten Weihnachtsschinken, den wir Angestellten geschenkt bekommen hatten. Was würde sich meine Mutter freuen!

Als die Bahn endlich einfuhr, wurden der Soldat und ich regelrecht in den Wagen hineingeschoben und – konnte das ein Zufall sein? – standen dicht an dicht im Waggon, mit je einer Hand an der Festhaltestange. Immer, wenn die Bahn in die Kurve ging, rutschten unsere beiden Hände zusammen.

Mir wurde abwechselnd ganz warm und kalt dabei und ich wusste gar nicht, wo ich hingucken sollte. Auf den Boden, oder ihm gar ins Gesicht? Ich war kein schüchternes Mädel und mit meinen 22 Jahren auch nicht ganz unerfahren mit dem anderen Geschlecht. Den einen oder anderen hatte ich schon mal geküsst. Vor allem aber waren es die jungen Männer, die mich mochten und meinten, ich wäre leicht herumzukriegen. Falsch gedacht! Denn ich hatte mit Ehrgeiz die Sekretärinnenschule absolviert und liebte es zu arbeiten. Außerdem war unter meinen Verehrern der Richtige noch nicht dabei gewesen.

Meine Eltern machten mir auch keinen Druck zu heiraten. Sie waren sehr liberal. Dabei hätten sie allen Grund gehabt, mich unter die Haube zu kriegen: Alles, was sie je erspart hatten, steckten sie in den Bau eines kleinen Hauses im Bezirk Neukölln, und mir, die schon Geld verdiente, knöpften sie nicht einmal Miete ab.

Meine Mutter sagte immer zu mir: »Mädchen, du musst selbst wissen, ob dich einer glücklich machen kann. Dann kommt auch der richtige Zeitpunkt für die Ehe.«

Außer, dass ich gern mein eigenes Leben führte, gab es aber noch einen weiteren Grund, warum ich mit 22 Jahren weder verlobt noch verheiratet war: Wie viele junge Frauen in meinem Alter wollte auch ich lieber allein bleiben, als zu riskieren, meinen Liebsten an den Krieg zu verlieren.

Ich hatte schon mehr als einmal mitbekommen, wie eine Freundin oder Arbeitskollegin vom großen Glück jäh ins Tal der Tränen stürzte, weil sie statt der erhofften Feldpost eine Todesnachricht erhalten hatte. Das sollte mir nicht passieren, schwor ich mir.

Aber dieser junge Herr in der Bahn machte mich nun doch ganz schön verlegen! Weil ich auf der Feier mehr als ein Glas Sekt getrunken hatte, glühten meine Wangen sowieso schon knallrot. Und dann kam noch diese Aufregung dazu. Als ich umsteigen musste, stand er auf einmal wieder neben mir in der Bahn. Und als ich für das letzte Stück bis nach Hause in die Straßenbahn wechseln musste, war er noch immer an meiner Seite. Inzwischen mussten wir beide grinsen.

Schließlich fragte er mich etwas verzweifelt: »Fräulein, fahren Sie noch weit? Meine Fahrkarte reicht nämlich nicht mehr.« Das traf sich gut, schließlich war ich schon an meiner Endhaltestelle angekommen. Von hier waren es nur noch ein paar Straßen zu Fuß.

»Sie können mich gern begleiten, aber wie Sie dann nach Hause kommen wollen, weiß ich nicht«, antwortete ich und kam mir dabei sehr keck vor.

Das solle mal nicht meine Sorge sein, meinte der junge Mann und stellte sich als Ferdinand vor. Aber wir blieben beim »Sie«. Am Gartentor meines Elternhauses verabschiedete er mich mit einem galanten Handkuss. Und mit dem Versprechen, dass er mich nach Weihnachten, in wenigen Tagen also, wiedersehen durfte.

Da es schon fast Mitternacht war, hatte sich meine Mutter Sorgen um mich gemacht. Sie saß auf der Kante meines Bettes und wartete auf mich. Ich war ganz aufgelöst, als ich in mein Zimmer kam und sie mit meinen Neuigkeiten bestürmte.

»Heute habe ich einen Mann kennengelernt, Menschenskind, wenn der mich fragen würde, ich tät' ihn sofort nehmen«, schwärmte ich ihr übermütig vor.

Solange Ferdinand noch Fronturlaub hatte, sahen wir uns nun fast jeden Tag. Ich war hin und weg von seiner schlanken Statur, dem glänzenden brünetten Haar und seinen tief dunklen Augen. Von seinem herzlichen Lachen war ich sofort hingerissen. Er war höflich und zuvorkommend und kam aus einem gehobenen Haushalt. Ursprünglich stammte er aus Hannover. Seine Eltern führten dort einen gut gehenden Landgroßhandel. Er kam aus einer Unternehmerfamilie – mein Vater hingegen arbeitete bei der Internationalen Schlafwagengesellschaft. Im Gegensatz zu mir war Ferdinand mit Kindermädchen und Haushälterin aufgewachsen. Standesdünkel hatte er aber keine, und mit meinen Eltern verstand er sich sehr gut.

Zu meinem Leidwesen aber war er Soldat der Luftwaffe und noch dazu Fallschirmjäger. Über sie kursierten viele Gerüchte und Geschichten, auch recht furchtbare. So wusste man, dass Tausende Fallschirmjäger bereits beim Absprung aus dem Flieger vom Feind abgeschossen worden waren. Zum Beispiel beim Versuch, die Insel Kreta einzunehmen.

Danach wurden die Fallschirmjäger mehr auf dem Boden als spezielle Infanterie eingesetzt. Ferdinand war nicht sehr gesprächig, was seine Einsätze betraf. Zugleich war er voller Leidenschaft für seinen Beruf.

Alles in allem blieb uns zum ersten Kennenlernen nur eine knappe Woche. Schon am 1. Januar 1943 würde Ferdinand wieder an die Front müssen. Nicht zu wissen, wo er die nächsten Wochen und Monate verbringen würde, war schwer für mich.

Also versuchten wir in der kurzen Zeit, so viel wie möglich voneinander zu erfahren. Wir liefen im frostigen Berlin-Mitte die Straßen auf und ab, trafen uns in Parks oder am Potsdamer Platz und führten stundenlange Gespräche.

Weil meine Eltern in dieser Hinsicht eher fortschrittlich dachten, war es auch kein Problem, Ferdinand mit zu mir nach Hause zu bringen. Dabei nahm ihn auch mein älterer Bruder Albert in Augenschein, der zu unserer großen Freude an Weihnachten wohlbehalten von der Front zu uns gestoßen war. Mein drei Jahre älterer Bruder war schon immer mein enger Freund gewesen, er hatte mir alles übers Erwachsensein erzählt, was ich wissen musste! Und so knuffte er mich einmal in die Seite, sodass es Ferdinand nicht merkte, und zwinkerte mir verschwörerisch zu. Das sollte wohl heißen: Der ist in Ordnung, kleine Schwester.

Ferdinand war sechs Jahre älter als ich und schon einmal verlobt gewesen. Doch aus der Ehe wurde dann nichts. Ich habe nie genau erfahren, woran seine erste Verlobung gescheitert war, es hieß, die Frau habe ihn überraschend zurückgewiesen. Für uns beide war das zu diesem Zeitpunkt einmal mehr ein Grund, diesen großen Schritt noch nicht zu gehen. Und so blieb ich zurück im Ungewissen und wartete von da an sehnsüchtig auf Feldpost von Ferdinand.

Ablenkung fand ich in meiner Freizeit im Sport. Ich war schon immer sehr beweglich gewesen und liebte vor allem Leichtathletik. Laufen und Stabhochsprung waren mein Metier. Runde um Runde lief ich auf unserem Sportplatz in der Nähe meines Elternhauses und absolvierte waghalsige Sprünge. Dabei kam mir entgegen, dass ich hochgewachsen war und der liebe Gott mich mit langen, starken Beinen ausgestattet hatte! Meine Mutter saß einmal bei einem Schauturnen unseres Vereins im Publikum, als wir Sprungfiguren zeigten. Wir hatten als besondere Darbietung hohe Leitern schräg aufgestellt und sprangen dann rücklings davon ab.

»Nie wieder schau ich mir das an«, sagte meine Mutter danach vorwurfsvoll zu mir, »ich hatte die ganze Zeit Angst um dich.«

Ich aber lachte. Was war das für ein Spaß gewesen! Ich vergaß jedes Mal völlig, wie hart ich trainiert hatte, kaum dass ich die Sporthalle betrat. Dann verging für mich die Zeit wie im Flug, ich fühlte mich schwerelos und unbesiegbar. Angst um mich? Musste keiner haben.

Ich konnte ziemlich gut auf mich selbst aufpassen und das Leben, soweit es der Krieg erlaubte, genießen. Da ich daheim wohnte, hatte ich immer Geld übrig, um es für Vergnügungen auszugeben. Mal fürs Kino, mal für eine Tanzveranstaltung. Da ging es mir besser als vielen anderen, die sich das in diesen Tagen nicht leisten konnten, auch wenn meine Familie alles in allem nicht wohlhabend war.

»Schon wieder Kino?«, fragte mich Mutter manchmal, wenn ich nach dem Abendessen noch mal den Mantel überwarf und im Spiegel meinen Lippenstift nachzog.

»Aber ja, man lebt nur einmal!«, warf ich ihr dann immer mit einem gespielten Handkuss zu, worauf meine Mutter stets zwinkerte und mit erhobenem Zeigefinger mahnte:

»Sei aber vor Mitternacht daheim, sonst mache ich mir wieder Sorgen!«

Aber ich sammelte auch brav für meine Aussteuer-Truhe. So schaffte ich zum Beispiel Bett- und Tischwäsche und gute Stoffservietten an. Ich konnte auch sehr häuslich sein. Dann saß ich abends mit Mutter am Esstisch und häkelte oder bestickte Tischdecken, die dann fein säuberlich in der Truhe verstaut wurden.

Obwohl überhaupt nicht abzusehen war, ob mein Soldat eines Tages heimkommen würde, um mich zur Frau zu nehmen, machte ich mir letztlich doch Hoffnungen darauf. Und stellte fest, wie sehr einen die Liebe verletzlich machte! Manchmal, wenn ich nachts an ihn denken musste und lange wach lag, verfluchte ich insgeheim meine Situation: Jetzt war es mir doch passiert, ich hatte mich ausgerechnet in einen Soldaten verguckt. Welches Schicksal würde mir blühen?

Nach Ferdinands Abreise im neuen Jahr verging Monat um Monat. Hatte er mir ein paar Zeilen geschrieben, war die Welt wieder für einige Zeit in Ordnung. Ein großer Schreiber war er ja nicht.

Dann die Überraschung: In einem seiner kurzen Briefe bot er mir endlich auch das »Du« an. Das sollte schon was heißen. Aber nie wusste ich, wo er sich gerade befand. Dass er unter anderem in Russland und Frankreich eingesetzt war, habe ich erst viel später erfahren.

Ein kleiner Trost war, dass es anderen Frauen genauso ging wie mir. Aber je länger man auf seinen Liebsten warten musste, desto mehr fraß man die Sorgen in sich hinein. Wozu darüber reden, wenn es nichts änderte? Natürlich bekam man mit, wenn eine Arbeitskollegin den Verlust ihres Mannes beklagen musste. Aber sehr oft war es dann so, dass es einfach nicht die richtigen Worte gab, um sie zu trösten. Die Frauen, denen dieses Schicksal zuteilwurde, verschlossen sich nach außen. Das Leben musste weitergehen. Sie mussten Geld verdienen, ihre Kinder durchbringen, manche auch noch die eigenen Eltern.

Das Jahr 1944 wurde ein Schicksalsjahr für mich. Im Mai fiel mein über alles geliebter Bruder an der Front, er wurde nur 27 Jahre alt. Meine Eltern waren untröstlich. Vater wurde über Nacht grau. Auch wenn er uns Kinder immer gleich behandelt hatte, wusste ich doch, wie stolz er auf seinen Sohn gewesen war. Wie sehr er, der den Krieg zutiefst ablehnte, um dessen Leben gebangt hatte. Auch ich war für Monate wie erstarrt, hatte ich doch durch Alberts Tod auch meinen besten Freund verloren. Es war ein schreckliches Desaster für meine Familie, zumal meine Eltern bereits vor der Geburt von uns Geschwistern schon einmal ein Baby verloren hatten. Sie vergruben sich regelrecht in ihrem Schmerz und mich plagten schlimme Gewissensbisse. Hatte ich mich nicht in Berlin vergnügt, während mein tapferer Bruder Unerträgliches erdulden musste? Ferdinand konnte nicht an meiner Seite sein, um mich zu stützen. Ich musste allein durch diese Hölle.

Im Dezember dann überschlugen sich die Ereignisse: Ferdinand kehrte ohne Vorankündigung nach Berlin zurück und stand eines Tages vor unserer Tür. Wir sahen uns in die Augen und beschlossen völlig spontan, zu heiraten. Ohne Verlobung. So schnell wie möglich sollte es gehen.

»Warum warten, worauf denn? Wir leben jetzt, also lass es uns tun«, sagte er zu mir. Ich konnte nur nicken, mit Tränen in den Augen und stumm vor Dankbarkeit und Demut, dass er lebend zu mir zurückgekehrt war, aus einer ganz anderen Hölle. Er kam von einem schweren Einsatz zurück, sagte mir freilich nicht, von wo. Er wirkte ernster als sonst, geläutert, aber umso entschlossener, was mich betraf.

Am 19. Dezember war es so weit. Es war einer dieser eisigen Wintertage, für die Berlin berüchtigt ist, es schneite aber zum Glück nicht. Trotz ihrem Kummer versuchten meine Eltern, die meinen Zukünftigen ja kaum kannten, mir meinen Hochzeitstag so schön wie möglich zu gestalten. Bekannte meiner Mutter, die vor den Toren der Stadt einen Bauernhof gepachtet hatten, überraschten uns mit Nahrungsmitteln, damit meine Mutter ein Festmahl zubereiten konnte. Wer heiratete, bekam zudem extra Portionen Mehl, Eier, Zucker und Margarine geschenkt. Es reichte aber gerade für einen einfachen Kuchen.

Zum Standesamt in Neukölln, wo wir ganz kurzfristig unsere Hochzeit angemeldet hatten, fuhren Ferdinand und ich allein. Groß planen konnten wir diesen Tag sowieso nicht. Ferdinand trug Uniform. Ich hatte mir in aller Eile von einer Freundin ein Kleid aus weißem Samt schneidern lassen. Wenigstens ein Hochzeitskleid, das musste schon sein! Den Stoff hatte ich vor Längerem einmal günstig gekauft, ohne zu wissen, wofür ich ihn eines Tages brauchen würde. Nun war daraus ein schlichtes, langes Brautkleid geworden. Für mich war es wunderschön. Meine Mutter, die bei meinem Anblick in Tränen ausbrach, gab mir zum Standesamt einen Strauß aus weißen Christrosen mit, die im Garten wuchsen. Vater drückte mich fest.

»Dein Bruder wäre stolz auf dich«, raunte er mir ins Ohr, und als ich mich abwandte, um rechtzeitig die Straßenbahn zu erwischen, wusste ich ohne hinzusehen, dass mein Vater weinte.

Nach der Trauung durch einen Bezirksbeamten, die recht kurz und knapp ausfiel, fuhren Ferdinand und ich mit der Straßenbahn zu meinen Eltern. Als wir Frischvermählten die Bahn bestiegen, applaudierten einige Fahrgäste, und ein älterer Herr erhob sich bei Ferdinands Anblick und zog seinen Hut vor ihm. Zu Hause warteten als Gäste zwei meiner Freundinnen und meine Tante auf uns. Und zwei junge Soldaten, die ich nicht kannte und von denen ich annahm, sie seien gute Kameraden meines Mannes. Aber so war es nicht.

»Ich kenne sie auch nicht«, flüsterte Ferdinand mir zu, »aber sie sind sehr nett.«

Das stimmte auch. Er hatte sie kurz zuvor kennengelernt und sie – spontan und großzügig wie er war – eingeladen, denn von seiner eigenen Familie hatte sich keiner die Mühe gemacht, zu Ferdinands Hochzeit nach Berlin zu kommen.

Seine Eltern, vor allem Ferdinands Mutter, waren nicht mit mir als Schwiegertochter einverstanden, und ihr Fernbleiben holte mich auf den Boden der Tatsachen zurück und machte mir deutlich, dass ich aus einfachen Verhältnissen kam. Seine frühere Verlobte war, wie ich nach und nach erfuhr, die Tochter eines wohlhabenden Gutsbesitzers gewesen, und mit mir hatte Ferdinand aus Sicht seiner Mutter eine Frau unter seinem Stand geheiratet.

Er war böse mit seinen Eltern wegen ihrer Einstellung mir gegenüber und hatte ihnen gedroht: »Wenn nicht wenigstens meine Schwester zu meiner Hochzeit anreist, komme ich nie wieder nach Hause!«

So kam meine Schwägerin widerwillig und verspätet zu unserer Feier. Sie beglückwünschte uns steif und überreichte mir eine Schachtel Pralinen. Zeitlebens blieb unser Verhältnis nicht besonders freundschaftlich.

Mein Angetrauter durfte genau einen Tag lang bei mir bleiben. Schon am 20. Dezember musste er zurück an die Front, nicht einmal Weihnachtsurlaub gab es für ihn 1944. Fast neun Monate lang hörte ich von da an nichts von Ferdinand.

»In der Zeit hättest du auch ein Kind bekommen können«, meinte Mutter einmal zu mir. Sie wünschte sich sehnlichst einen Enkel, vielleicht dachte sie, es würde sie von ihrem Kummer um Albert ablenken. Aber dazu hatten Ferdinand und ich schlicht und ergreifend noch keine Gelegenheit gehabt!

Viel Zeit, mich um ihn zu sorgen, ließen mir die Umstände auch nicht. Wir wurden ausgebombt. Das Accumulatorenwerk, in welches ich trotz größter Kriegswirren noch regelmäßig zur Arbeit ging, wurde mit der Zerstörung des nahe gelegenen Anhalter Bahnhofs ein Raub der Flammen. Wie durch ein Wunder geschah das Unglück zu einem Zeitpunkt, an dem ich mich noch in der Bahn befand. Zwar wurde die Fabrik später in Niedersachsen wieder aufgebaut, aber das half mir nichts. Ich musste mir in Berlin eine andere Arbeit suchen. Ich fand ein Büro, in dem ich wieder als Sekretärin tätig sein konnte.

Ferdinands Eltern waren vor den Bomben über Hannover aufs Land geflohen, und so kam eines Tages im Jahr 1945, als man jeden Tag darauf hoffte, der Krieg möge endlich zu Ende sein, ein Brief von Ferdinand für mich. Er sei bei seinen Eltern in einem Dorf namens Immensen gelandet.

»Ich wünsche mir, dass du so schnell wie möglich zu mir kommst.« Er selbst musste Berlin meiden, denn die Russen waren bereits in der Stadt, und er hatte Angst, ihnen in die Hände zu fallen. Seine Fallschirmjägereinheit hatte kapituliert, und er war bei einer überstürzten Flucht mit einem Motorrad von amerikanischen Soldaten verletzt worden. Er kam ins Lazarett und konnte sich von dort aus nach Niedersachsen absetzen.

Ich hatte zunächst keine Ahnung, wie ich so einfach aus der Stadt hinauskommen sollte.

»Die Grenzen sind dicht, mein Kind«, sagte mein Vater, »der Russe kann jeden Tag unseren Bezirk in Beschlag nehmen. Du wirst hier bei uns ausharren müssen, fürchte ich.«

Jedoch hatte ich wieder einmal Glück mit meiner Arbeitsstelle. Der Betrieb war von den Briten übernommen worden. Mein Vorgesetzter war ein britischer General, ein geradliniger Mann, der mich behandelte wie seine eigene Tochter. Auf Deutsch und Englisch konnten wir uns einigermaßen unterhalten.

Er sprach mit einem liebenswerten Akzent Deutsch: »Isch helfe dir, ssu deine Mann ssu komm!« Er wollte mir sofort helfen und arrangierte für mich, in einem Militärtransporter mitgenommen zu werden. Mutter weinte bitterlich, als ich hastig einige Kleidungsstücke in eine Tasche packte.

»Ich freu mich so für dich«, beteuerte sie, während Sturzbäche von Tränen ihre Bluse durchnässten. Vater umarmte mich schweigend und entließ mich mit durchgestrecktem Rücken in meine

Zukunft als ungeliebte Schwiegertochter und Schwägerin. Aber heiß ersehnte Ehefrau.

Drei Tage lang war ich unterwegs, rund 300 Kilometer in dem holpernden Lkw. Mit einer Handvoll anderer Männer, Frauen und Soldaten schlief ich nachts auf dem Fußboden leerstehender Fabrikhallen, zu essen gab es oft nichts außer einem Teller Suppe. Aber die Aussicht darauf, endlich meinen Mann wiederzusehen, war mir die Strapazen wert.

Am Bahnhof eines mir unbekannten Orts namens Lehrte holte mich Ferdinand ab. Er stand am Bahnsteig mit seinem Bruder, um mich in Empfang zu nehmen. Aber von wegen stürmische Umarmung! Ich sah zwar seinen Augen an, wie sehr er sich über meine Ankunft freute, aber er war zu gut erzogen, als dass er mich vor allen Leuten geküsst hätte. Wir fühlten uns auch erschöpft von all den Ereignissen, sodass erst mal kaum Platz für große Gefühle war.

Seine Familie hatte sich inzwischen im kleinen Immensen niedergelassen und dort ihren Landhandel wieder aufgebaut. Diesen hatte mein Schwager, Ferdinands älterer Bruder, übertragen bekommen, mein Mann ging leer aus. Vor dem Krieg hatte er die Landwirtschaftsschule besucht und hätte gern einen eigenen Betrieb gegründet, aber der Krieg hatte seinen Abschluss vereitelt, und nun stand Ferdinand ohne Ausbildung da.

Wir wohnten zunächst bei meinen Schwiegereltern. Nun zeigte sich, dass sie zwar wieder zu Geld gekommen, aber geizig waren: Ferdinand bekam keine finanzielle Hilfe von ihnen, keine müde Mark hat er gesehen. Meine Aussteuertruhe hatte ich nicht mit auf meine abenteuerliche Fahrt nehmen können. So war ich auf die Schwiegermutter angewiesen, wenn ich etwas brauchte, ob es nun frische Wäsche war, Seife, ein Handtuch oder einen Stift. Sie war mir gegenüber nicht besonders nett, und für mich begann eine unangenehme Zeit. Trotzdem half ich wie selbstverständlich im gemeinsamen Haushalt mit.

Meinem lieben Vater gelang es schließlich, mir meine Truhe zu schicken: Er hatte zwar kein Geld für den Transport, aber er konnte einen Bahnschaffner dazu bringen, meine Truhe mitzunehmen und zu bewachen, sodass alles sicher bei mir ankam. Das war reines Glück, denn der Mann hätte uns auch bestehlen können.

Zumindest meinen Schwiegervater konnte ich für mich gewinnen. Und zwar, weil ich so gut bügeln konnte.

»Mädchen, wo hast du das nur gelernt? Die Hemden sehen ja aus wie aus dem Geschäft!«, staunte er eines Tages, und ich konnte ihm auf diese Weise mehr von mir erzählen. Zum Beispiel, dass ich immer die Hemden für meinen Vater und meinen Bruder gebügelt hatte.

Ansonsten aber stand meine Schwägerin sehr im Mittelpunkt, um mich bemühte sich keiner so recht. Dafür fand ich in der dörflichen Nachbarschaft nette Menschen. Während mein Mann sich um Arbeit bemühte, verbrachte ich viele Stunden im Geschäft meiner Schwiegereltern und half mit. So lernte ich die Leute kennen.

Als ich 1947 endlich schwanger wurde, waren die Nachbarn sehr hilfsbereit. Alles war knapp, und so zeigten sie mir ihre Zuneigung, indem sie mich auf einen Teller Suppe einluden oder mir Butter schenkten. Für mich als Stadtmädel war das Landleben ungewohnt, und gerade in der Schwangerschaft vermisste ich meine Eltern sehr. Aber die Anteilnahme aus der Umgebung gab mir Kraft.

Unser ganzer Stolz war schließlich, als unser Sohn Hans gesund zur Welt kam. Ein prächtiger Junge, der früh sauber wurde, rasch laufen und sprechen lernte.

Meine armen Eltern konnten uns erst in Immensen besuchen, als der kleine Hans bereits ein Jahr alt war, und sie schlossen ihn sofort ins Herz. Ferdinand war ein lieber Vater und er hatte zum Glück durch die Hilfe eines ehemaligen Kameraden Arbeit als Betriebsprüfer in Hannover gefunden, wo wir schließlich gemeinsam unser neues Leben aufbauten.

Später zogen wir nach Braunschweig, wo wir uns ein Haus kaufen konnten. Ich hätte gern wieder in meinem alten Beruf gearbeitet, ehemalige Arbeitskollegen schrieben mir sogar. Aber Ferdinand wollte, dass ich zu Hause bei unserem Sohn bleibe.

»Wir haben so viel durchgemacht, er hat eine schöne Kindheit verdient«, war seine Meinung. Dabei hätten wir es finanziell leichter haben können, wenn ich etwas dazuverdient hätte. Ich war eigentlich zu rührig, um nur Hausfrau zu sein, und suchte mir Hobbys, wie das Singen im Chor.

Zu unserer Freude kam unser Sohn aufs Gymnasium, aber ein Studium konnten wir ihm leider nicht ermöglichen. Als er schließlich geheiratet hat, habe ich meine Schwiegertochter sehr verwöhnt. Vielleicht, weil ich nie eine eigene Tochter hatte. Leider haben sich die beiden nach einigen Jahren getrennt.

Inzwischen bin ich Witwe, aber geblieben ist mir außer meinem Sohn, der sich sehr um mich kümmert, auch ein Enkel, den ich sehr liebe.

## Überall lauerte der Tod

### Josefine und Richard

Immer wieder voneinander getrennt werden und um das Leben des anderen bangen – diese schrecklichen Erlebnisse und Gefühle prägen meine Ehe mit Richard, auch wenn wir nicht zugelassen haben, dass sie uns jemals brechen.

Wir stammen beide von den Siebenbürger Sachsen ab, meine Vorfahren wanderten einst aus dem baden-württembergischen Lörrach nach Rumänien aus und wurden dort auf dem Land als Weinbauern sesshaft. Ich wurde im Mai 1907 als drittes Kind von insgesamt sechs Geschwistern in eine solche Winzerfamilie hineingeboren. Meine Kindheit im kleinen Reichesdorf im heutigen Transsilvanien war geprägt von der Schönheit der Umgebung und von der harten Arbeit meiner Eltern als Weinbauern. Das ganze Jahr drehte sich bei uns darum, wie es um die Rebstöcke stand, ob die Trauben gut reiften und wie das Wetter zur Weinlese wohl werden würde. Mit schweren Körben auf den Buckeln arbeiteten sich dann meine Eltern mit unseren Erntehelfern auf den terrassenförmig angelegten Weinbergen von Rebstock zu Rebstock vor, um die kostbaren Früchte vor dem nächsten Wetterumschwung ernten und verarbeiten zu können. Die Roma, die uns dabei halfen, lebten mit ihren Kindern fast das ganze Jahr über bei uns auf dem Hof. Sie wohnten in eigenen Unterkünften und versorgten sich selbst, und doch waren sie wie Familienmitglieder. Ich habe das Bild noch vor Augen, wie die Männer und Frauen das Feuer in ihrer Sommerküche anschürten. Dort aßen sie unter freiem Himmel an langen Tischen und sangen oft bis in die Nacht melancholische Lieder, die ich nicht verstand. Ein Jahr ohne die Roma, mit ihren dunklen Haaren, welche die Frauen unter Kopftüchern bändigten, war für mich als Kind nicht vorstellbar.

Welch wichtige Rolle sie noch für unsere Mutter spielen sollten, wurde uns schmerzhaft bewusst, als es eines Tages zu einem Unglücksfall kam. Meiner bis dahin unbeschwerten Kindheit versetzte dieses Ereignis einen herben Schlag.

Unser Vater wollte im Stall ein grobes Seil mit einem Messer durchtrennen und schnitt sich dabei tief in die Hand. Er war hart im Nehmen und arbeitete weiter. Einfach ein paar Tage ausruhen, das gab es bei uns auf dem Hof nicht. Also ließ er sich von Mutter einen dicken Verband anlegen und setzte seine Tätigkeit fort.

In den nächsten Tagen aber schwoll die Hand stark an, die Wunde hatte sich heftig entzündet. Unser sonst so starker Vater lag mit einem Mal blass und entkräftet auf der Küchenbank. Als er endlich zuließ, dass der Landarzt, der aus der Nachbargemeinde geholt werden musste, die Wunde begutachtete, war es schon zu spät. Er starb an einer Blutvergiftung und wurde nur 41 Jahre alt.

Nun war unsere Mutter von einem Tag auf den anderen mit uns Kindern und der Landwirtschaft auf sich allein gestellt. Die Weinlese stand kurz bevor, und ihr blieb kaum Zeit zum Trauern. Nach und nach trafen wieder die Roma bei uns ein, aber trotzdem wurde schnell klar, dass eine wichtige Arbeitskraft fehlte. Für unsere Mutter bedeutete das, dass sie nun noch härter arbeiten musste und während der Erntezeit von früh bis spät in den Weinhängen verschwand.

Wir Kinder waren kaum in der Lage, mit anzupacken, und sollten derweil aufeinander aufpassen. Die Älteren versorgten dabei die Kleineren. Unter meinen Geschwistern war ich diejenige, die am allerwenigsten für die Landwirtschaft taugte. Etwas verträumt und nicht besonders robust verbrachte ich die Tage am liebsten mit Lesen. Ich liebte es, mich frisieren zu lassen und mich hübsch zu machen.

»Prinzesschen« rief mich meine Mutter deshalb gern.

Ich war eine fleißige und gute Schülerin. Als sich die Zeit in der Dorfschule dem Ende zuneigte, beschloss meine Mutter, mich zu einer kinderlosen Tante nach Hermannstadt zu schicken, wo ich als einzige von uns Geschwistern aufs Gymnasium gehen durfte. Meine Brüder besuchten die Landwirtschaftsschule.

Ich war zwölf Jahre alt, als ich 1919 mit meinem kleinen Koffer in den Zug nach Hermannstadt stieg. Alle waren mit zum Bahnhof gekommen und winkten wie verrückt. Der Abschied aus meinem geliebten Dorf war schwer, aber ich war voller Vorfreude auf das, was mich in der großen, fremden Stadt erwarten würde.

Trotz meiner Trennung von zu Hause ging es mir dort recht gut. Meine Tante bemühte sich sehr um mich, sodass ich nach der Schule eine Ausbildung zur Zahntechnikerin absolvieren konnte. Meine Ferien verbrachte ich in meinem Heimatdorf, wo ich Jahr für Jahr auf die Rückkehr der Roma wartete und auf die mir so vertrauten Gerüche und Geräusche, wie es sie nur auf dem Land gibt. Der Duft von frisch gemähtem Gras zum Beispiel, von Heu und Regenluft, die feuchtes Wetter ankündigt. Die zirpenden Grillen, die mich nachts in den Schlaf begleiteten, und die leisen Stimmen derjenigen, die noch wach waren und den Tag bei einem Schoppen Wein ausklingen ließen.

In unserem Dorf begegnete ich eines Tages schließlich Richard, meiner großen Liebe. Er war im Gegensatz zu mir kein Kind vom Lande. Als Sohn einer traditionsreichen Kaufmannsfamilie aus Kronstadt hatte er sein ganzes bisheriges Leben dort verbracht und die Handelsschule abgeschlossen. Bereits als sehr junger Mann musste er das Modehaus seines Vaters durch den Ersten Weltkrieg bringen, als dieser zur Armee eingezogen wurde. Er hatte zwei ältere Schwestern, die bereits verheiratet waren. Einer seiner Schwager kam, wie es der Zufall wollte, aus Reichesdorf. Richard besaß bereits ein eigenes Auto, was im Dorf für einiges Aufsehen sorgte, und begleitete seinen Schwager nach Reichesdorf. In dem Moment, als wir uns das erste Mal trafen, saß ich gerade fröhlich auf meinem Lieblingskirschbaum am Straßenrand.

So ein feiner Kerl, dachte ich mir, als ich den jungen, schlanken Mann mit den glänzenden, dunklen Haaren spazieren gehen sah. Ich wartete ab, und als er direkt unter mir vorbeiflanierte, spuckte ich ihm Kirschkerne auf seine blank geputzten Schuhe. Ganz schön kess kam ich mir dabei vor, war ich doch sonst eher schüchtern. Aber mein Plan ging auf: Richard guckte erstaunt nach oben und drohte mir gespielt, er würde mich gleich herunterholen.

Er blieb einige Tage in Reichesdorf, und in dieser kurzen Zeit verliebten wir uns. Sooft er konnte, besuchte er mich in den folgenden Monaten. Ich war im siebten Himmel, sobald ich mit ihm zusammen war. Richard war sechs Jahre älter als ich und kam mir sehr erwachsen und gebildet vor. Sein Geschäftssinn sowie sein Interesse für die Natur, für seltene Pflanzen und seine Liebe zur Musik gefielen mir auf Anhieb. Seit seiner Geburt war sein rechtes Bein etwas kürzer als das andere, weshalb er speziell angefertigte Schuhe trug. Nur wer ihn gut kannte, merkte ihm manchmal ein leichtes Hinken an. Mir machte das nichts aus, denn seine gesamte Erscheinung war elegant und gepflegt, und den kleinen Makel glich er mit seiner humorvollen Art und seinem ganzen Auftreten aus.

1929, ich war gerade 22 Jahre alt geworden, läuteten für uns die Hochzeitsglocken. So romantisch die Zeit mit ihm auf dem Land gewesen war, nun stand für mich der Umzug nach Kronstadt bevor, und meine erste große Prüfung. Denn meine Schwiegereltern hatten große Bedenken, was mich als Richards Ehefrau betraf.

»Ein Mädchen aus dem Dorf!«, jammerte seine Mutter. »Ausgerechnet eine Bauerstochter! Geld bringt sie auch keines mit in die Ehe.« Ich musste mich sehr um ihre Gunst bemühen und hatte stets das Gefühl, dass meine Schwägerinnen auf mich herabschauten. Es war kein leichter Anfang für mich, aber Richard hielt immer zu mir und ließ nichts auf mich kommen.

In Kronstadt wohnten wir anfangs in einer Wohnung. Obwohl ich einige Jugendjahre in einer ähnlich großen Stadt verbracht hatte, blieb ich tief in meinem Inneren das Kind vom Lande. Die Oper, die prächtigen Kronstädter Gebäude, die Altstadt, die stolzen Patrizierhäuser und der geräumige Marktplatz vor dem markanten Rathaus hinterließen gleich großen Eindruck bei mir.

»Diesen Reichtum und Wohlstand hat Kronstadt uns Siebenbürger Sachsen zu verdanken«, führte mein Schwiegervater gern an. Voller Stolz erzählte er immer wieder von der langen Kronstädter Geschichte, wie die Metropole eines der wichtigsten Zentren der Siebenbürger wurde und wie sehr die Kronstädter an ihrer weithin sichtbaren, mächtigen »Schwarzen Kirche« hingen. Richard besuchte sie mit mir, wo ich ehrfürchtig die wertvollen orientalischen Wandteppiche und die riesige Orgel bestaunte.

Bis zu meiner Heirat war ich mir über die tragende Rolle meines Volksstamms in Rumänien gar nicht so bewusst gewesen.

*Hochzeit von Josefine und Richard*

»Da siehst du mal«, sagte Richard dann augenzwinkernd, wenn sein Vater wieder zu einer großen Rede ansetzte. Trotzdem fühlte ich mich in der Stadt oft klein wie eine Maus und sehnte mich nach den vertrauten, wenigen Straßen in Reichesdorf, wo jeder jeden kennt und sich der Jahreslauf nach der Landwirtschaft richtet.

Ich gab mir sehr viel Mühe, mich der neuen Familie anzupassen. Ein Vorteil war, dass ich mich schon immer gern gepflegt und schick gekleidet habe und viel Wert auf mein Aussehen legte. Für feine Stoffe und maßgeschneiderte Kleider konnte ich mich begeistern. Zumindest äußerlich unterschied ich mich somit nicht von den bürgerlichen Frauen aus der Großstadt, die elegant und selbstbewusst auftraten.

Bereits im Jahr unserer Hochzeit wurde ich erstmals Mutter. Unsere Tochter Rita war Richards und mein ganzer Stolz. Obwohl sich die ganze Familie mit uns über die Geburt unseres süßen Töchterchens freute, wurde ich den Makel nie ganz los, aus bäuerlichen Verhältnissen zu stammen. Später verstand ich, dass meine Schwiegereltern es nie leicht gehabt hatten: Ihr Unternehmen mussten sie durch viele Krisen retten, woran auch die wechselvolle Geschichte von Kronstadt selbst einen großen Anteil hatte. Ursprünglich zu Ungarn und zum Fürstentum Siebenbürgen gehörend, musste die Stadt nach dem Ersten Weltkrieg an Rumänien abgetreten werden, was für viele Siebenbürger eine große historische Zäsur bedeutete.

Waren wir Siebenbürger Sachsen in Reichesdorf mehr oder weniger unter uns gewesen, erlebte ich nun in Kronstadt, wie Rumänen und Deutsche, Ungarn und andere Volksstämme miteinander lebten und Geschäfte betrieben. Immer wieder kamen Roma in die Stadt. Im Sommer wanderten sie von Haus zu Haus und boten frisch gepflückte Pilze, Erdbeeren und andere Waren an. Meine Schwiegereltern rümpften die Nase, aber ich freute mich und kaufte gern bei ihnen ein. Es war üblich, ihnen getragene Kleidung und Schuhe mitzugeben.

Gelegenheit, meinen erlernten Beruf auszuüben, hatte ich keine. In den Augen von Richards Familie wäre das für mich als Kaufmannsgattin nicht schicklich gewesen. Also konzentrierte ich mich ganz auf unser Familienleben, und zu unserer großen Freude brachte ich 1932 ein weiteres Mädchen, unsere Tochter Marie, zur Welt. Viel Zeit verbrachte ich nun damit, die beiden Kleinen hübsch herauszuputzen. Ich nähte, häkelte und strickte stundenlang. Ich hatte wohl ein Händchen für geschmackvolle Kinderkleidung, denn endlich bekam ich dafür das Lob meiner Schwiegermutter und meiner Schwägerinnen. Wenn Richards Mutter befand, dass die Kinder besonders fein aussahen, war es für mich die schönste Anerkennung, die ich von ihr erwarten konnte.

1938 bekam ich unseren Sohn Jürgen. Mit der Ankunft des dritten Kindes platzte unsere Wohnung aus allen Nähten. Vorbei war es nun erst einmal mit dem geduldigen Ausstaffieren der beiden Mädchen, und mit der Ruhe auch.

Als ich mit dem Baby im Korb aus der Klinik nach Hause kam, wollte mir Richard eine Freude bereiten und schenkte mir ein paar erholsame Tage ohne die beiden größeren Kinder. Er zog mit ihnen in eine Pension. Ich packte ihnen dafür besonders schöne Kleidchen ein, doch gleich am ersten Abend vorm Zubettgehen zeigte sich, dass die Mädchen schon etwas herausgewachsen waren. Richard mühte sich ab, bekam die Arme der Kinder aber nicht aus den feinen Puffärmelchen. Da wusste er sich nicht anders zu helfen und schnitt die Ärmel mit einer Schere auf. Zuerst war ich entsetzt darüber, aber dann mussten wir alle über diese Episode lachen.

»Du darfst das mit der Schönheit nicht so ernst nehmen«, sagte Richard zu mir, »Kleider können eben zerreißen, und die Kinder sollen sich ruhig einmal schmutzig machen dürfen.« Damit fiel mir ein Stein vom Herzen und mir wurde bewusst, wie sehr ich bisher versucht hatte, alles richtig zu machen.

Bald schon sollten die Kinder tatsächlich Gelegenheit haben, auf Bäume zu klettern und durch frisches Gras zu toben. Denn als der kleine Jürgen ein paar Monate alt war, überraschte mich Richard mit dem Kauf eines Grundstücks: Er hatte sich entschieden, uns mit seinen eigenen Händen ein Haus zu bauen, das keine Wünsche offenlassen sollte. Dieses Versprechen löste er ein und errichtete in monatelanger, harter Arbeit ein wunderschönes großes Haus.

Voller Leidenschaft legte er nach und nach einen herrlichen Garten voller Blumen und Stauden an. Wir lebten großzügig mit mehreren Schlafzimmern und leisteten uns, was in der Mittelschicht üblich war, Hausangestellte. Meist waren es junge Mädchen aus Ungarn, die nach der Volksschule von ihren Eltern in Haushalte geschickt wurden, wo sie alles Nötige lernten. Sobald sie das heiratsfähige Alter erreicht hatten, verließen sie uns wieder, um zurück in die Heimat zu gehen.

Hatte ich in meiner Kindheit den anstrengenden Alltag der Bauern erlebt, der im Morgengrauen begann und erst bei Sonnenuntergang endete, durfte ich mich nun an einen gedeckten Frühstückstisch setzen und musste die viele Wäsche, die inzwischen bei uns anfiel, nicht mehr selbst erledigen.

Richard arbeitete viel im Geschäft und kam, abgesehen von einer Mittagspause, während derer er sich aufs Ohr legte, erst spät abends nach Hause. Am

Wochenende verbrachten wir die Zeit gemeinsam in der Natur. Er liebte Spazierfahrten mit dem Auto, zeigte den Kindern seltene Blumen und genoss es, mit uns zu singen. Er besuchte den Männergesangsverein und brachte die verschiedensten Lieder mit nach Hause. Mich erinnerte dies stets an meinen Großvater aus Reichesdorf, der Ortsnotär – also Dorfschreiber – gewesen war, für sein Leben gern gesungen und mit uns Kindern Gedichte erfunden hatte, die wir dann vor Publikum vortragen durften.

Mitten in diese schöne Zeit platzte ein neues Ereignis, von dessen Bedrohlichkeit wir anfangs zunächst kaum etwas spürten: Der Zweite Weltkrieg begann.

Das Leben in Rumänien aber ging erst einmal weiter wie bisher, so auch für uns in Kronstadt. Das Modehaus florierte. Unsere Töchter gingen inzwischen zur Schule, wo Deutsch die gängige Unterrichtssprache war, Rumänisch lernte man als Fremdsprache. Der Krieg, den Hitler gegen Polen und Frankreich angezettelt hatte, war weit weg von uns und schien mit unserem Leben nicht das Geringste zu tun zu haben.

Missbilligung fand das Geschehen in unserer Familie höchstens bei meinem Schwiegervater, der schlimme Erinnerungen an den Ersten Weltkrieg hatte und schimpfte, dass dieser neue Krieg gewiss nicht nötig sei. Hitler war ihm nicht geheuer, während Richard, wie viele andere unserer Generation, diesen Mann und seine vermeintliche politische Durchsetzungskraft anfangs sogar bewunderte. Er galt als Freund unseres Ministerpräsidenten Ion

Antonescu, der sich gerne »Führer« nennen ließ. Einig waren wir uns in der Familie allerdings darin, dass wir mit dem Nationalsozialismus nichts am Hut hatten. Diese Ideologie war nicht Teil unseres Lebens, und es gab nichts, was uns in dieser Hinsicht mit den Reichsdeutschen verbunden hätte.

Das änderte sich gezwungenermaßen, als Rumänien im Juni 1941 in den Krieg eintrat. Seite an Seite mit der Wehrmacht wollte man das Deutsche Reich vor einer sowjetischen Invasion bewahren.

»Das ist nicht richtig, sich an diesem Wettrüsten zu beteiligen, das wird noch unser Untergang«, wetterte Richards Vater. »Ich verstehe nicht, warum unser König da so tatenlos zusieht!«

Michael I. hatte zwar seit 1940 offiziell den Königstitel inne, und viele Monarchisten erhofften sich von ihm ein Eingreifen, aber unter Antonescu hatte er keine Möglichkeit, auf die Machenschaften der Regierung einzuwirken.

Wir Jüngeren dagegen wussten nicht so recht, was wir davon halten sollten: Waren die Deutschen nicht unsere Freunde, und sollte man sich nicht gegenseitig helfen? Dass Hunderttausende Rumänen ihr Leben ließen, erfuhr man nirgends. In den Zeitungen wurde gejubelt, wie siegreich sich die neuen Verbündeten an der Seite der Wehrmacht schlugen. Das zog viele junge Männer in ihren Bann.

Obwohl dies unter Antonescu zunächst noch verboten war, verschwanden aus unserer Nachbarschaft im Lauf der Zeit immer mehr von ihnen, gerade einmal 16 oder 17 Jahre jung. Holte ich Rita und Marie aus der Schule ab, fiel mir auf, wie viele

Mädchen mittags zum Haupttor herausströmten, aber immer weniger Jungen. 1942 wurde es offiziell erlaubt, zur SS zu gehen. Die jungen Rekruten waren stolz darauf, einzurücken. Viele hofften, zur Wehrmacht zu kommen, doch das war nicht der Fall. Es gab ein Abkommen zwischen der Wehrmacht und der SS, für die Schutz-Staffel nur die Volksdeutschen zu rekrutieren. Im Lauf des Krieges sollten es Zehntausende sein. Die meisten von ihnen kamen nie wieder nach Hause. In den Jahren 1942 und 1943 war der Verlust von Vätern und Söhnen, Ehemännern und Brüdern schon stark spürbar.

Richard blieb zum Glück vom Armee-Dienst verschont, das hatte er seinem kürzeren Bein zu verdanken. Er galt dadurch als waffenuntauglich und konnte sich weiter um das Geschäft kümmern. Er hatte seinem Vater versprochen, den Familienbetrieb unter allen Umständen aufrechtzuerhalten, und an dieses Versprechen, das uns noch viel Leid verursachen sollte, hielt er sich eisern.

Die schwere Zeit begann für uns 1944. Am 16. April – einem Sonntag – wurde Kronstadt erstmals von amerikanischen Fliegern bombardiert. Es gab kriegswichtige Ziele im Stadtgebiet, auf die sie es abgesehen hatten: Den Hauptbahnhof, die Flugzeugfabrik und das Kronstädter Traktorenwerk.

Wir erlebten die Angriffe, Todesängste ausstehend, im Keller unseres Hauses, wohin wir uns mit unserem Dienstmädchen Anna sofort bei Ertönen der Sirenen verschanzt hatten. Uns geschah zum Glück nichts, doch in den darauffolgenden Tagen sollten wir bei Rundgängen durch die Stadt das Ausmaß der Zerstörung sehen. Bahngleise waren zerbombt, eine ganze Wohngegend dem Erdboden gleichgemacht. Menschen waren in den Trümmern und im Feuer gestorben. Noch immer waren Rettungstrupps bemüht, Opfer zu bergen. Daran erkannte man, dass Kronstadt nicht wirklich vorbereitet war auf solche Szenarien.

Die nächsten Angriffe ließen nicht lange auf sich warten. Bereits am 6. Mai, als gerade die gröbsten Trümmer beseitigt waren, rückten erneut die Bomber an. Ein Geschwader aus 300 Fliegern warf seine tödliche Fracht direkt auf das Stadtzentrum, um sich dann an die Zerstörung der Kronstädter Flugzeugfabrik zu machen.

Wieder hatten wir einen Schutzengel und überlebten unversehrt im Keller. Aber wir hatten zu große Angst, in Kronstadt zu bleiben, denn es gab Gerüchte, dass die Amerikaner zurückkommen würden.

Nachdem andere Städte wie Bukarest angegriffen worden waren und die Schulen geschlossen wurden, flohen wir zu meiner Mutter aufs Land. Das war unsere Rettung, denn bei dem Bombardement am 4. Juli wurde nicht nur ein Wartungswerk für Eisenbahnwaggons getroffen, sondern besonders schwer die Erdölraffinerie.

Erst im September, als sich die Lage beruhigt zu haben schien, kehrten wir zurück und waren erschrocken über das Bild, das sich uns bot: Hunderte Wohnungen waren vernichtet, in der Zeitung wurden insgesamt 457 getötete Menschen beklagt, über

300 waren verwundet. Unser Geschäft hatte mit einigen äußerlichen Beschädigungen die Angriffe überstanden und konnte nach Reparaturarbeiten wieder öffnen. Die Menschen versuchten, ihren Alltag wieder aufzunehmen, der Schulbetrieb lief erneut an. Trotzdem war die Stimmung in Kronstadt komplett verändert.

Wir erlebten hautnah, wie die Menschen aus unserer Umgebung, allen voran die Deutschstämmigen, die Flucht ergriffen. Entweder aufs Land oder, wenn sie konnten, über die rumänische Grenze. Wir verstanden zunächst nicht, warum Hitler zuließ, dass man uns angriff, und warum Rumänien so wenig Unterstützung vom Deutschen Reich erhielt.

»Wo bleiben denn nur die Wehrmachtssoldaten, die uns beschützen sollen?«, fragte ich Richard sorgenvoll, als er wieder einmal spätabends nach Hause kam und die Kinder schon schliefen. Um ihnen keine Angst zu machen, führten wir solche Gespräche immer erst dann. Ich hoffte jeden Tag, dass er durch die vielen Kunden vielleicht interessante Nachrichten mitbringen würde. Informationen, die man nicht in der Zeitung lesen konnte. Doch das hatte er nicht.

Wie immer mahnte er mich zur Ruhe: »Das wird sich alles fügen, Josefine. Ich kann mir nicht vorstellen, dass die Wehrmacht tatenlos zusieht, wie man uns behandelt.«

»Dann müssten doch zur Abschreckung zumindest irgendwo deutsche Panzer zu sehen sein! Aber auch auf dem Land haben sie nicht einen einzigen Soldaten gesehen, hat mir Mutter geschrieben. Dort wundert man sich schon«, berichtete ich ihm. Aber Richard blieb davon unbeeindruckt. Er glaubte fest an das, was uns propagiert wurde: Das Deutsche Reich und seine Verbündeten kämpften gegen den Rest der Welt, der Sieg war in greifbarer Nähe.

»Alles nur eine Frage von ein paar Tagen«, meinte Richard, »du wirst schon sehen, Hitler schickt Truppen, um die Gegend zurückzuerobern. Sie sind bestimmt schon kurz vor Rumänien.«

Doch er sollte sich irren. Wer stattdessen auf dem Vormarsch war, war die Rote Armee der Sowjets. Sie kesselte die in der Zahl unterlegenen deutsch-rumänischen Truppen regelrecht ein und schlug sie vernichtend. Die Jubelberichte in den Zeitungen verstummten, aber immer noch erfuhren die Bürger nicht die ganze Wahrheit. Dafür brodelte die Gerüchteküche, und so entstand in unserer Nachbarschaft ein großes Durcheinander. Viele verließen Hals über Kopf ihre Häuser. Andere wiederum standen ratlos beieinander, unterhielten sich hinter vorgehaltener Hand, aus Angst, die Falschen könnten zuhören. Eines Tages mischte sich in die Unruhe ein deutscher Oberst hinein, der in unserem Viertel einquartiert war.

»Dieser Krieg ist verloren. Es ist aus und vorbei«, raunte er uns zu. »Die Russen werden kommen, sie sind schon auf dem Weg. Sie werden abrechnen mit den Deutschen.«

Ich stand daneben und hörte gebannt zu. »Das kann nichts Gutes bedeuten! Wir sollten unsere Koffer packen und wenigstens für eine Weile von hier fortgehen«, versuchte ich abends auf Richard einzuwirken, »ich habe solche Angst!« Von Politik wusste ich nicht viel, aber ich ahnte, dass der Russe nach diesen Kriegsjahren alles, was annähernd deutsch war, als Feind betrachten würde.

»Mein Dummerchen, ich kann doch nicht von hier fortgehen«, beharrte Richard, »außerdem, vergiss nicht die Rumänen. Wir sind Nachbarn, Freunde, Geschäftspartner. Warum sollten sie zulassen, dass die Russen uns etwas antun?«

Wie naiv wir waren, sollte sich rasch zeigen. Das für uns Unvorstellbare passierte schließlich in der Nacht vom 23. August 1944. Um 22.15 Uhr saßen wir alle wie gebannt vor unseren Radiogeräten, denn es war eine Rundfunkansprache des Monarchen angekündigt. Meine Schwiegereltern und wir hatten uns in unserem Wohnzimmer versammelt, um sie nicht zu verpassen.

Der König sprach zwanzig Minuten, während derer wir so angespannt waren, dass wir kaum zu atmen wagten. Was er den Bürgern erzählte, ließ unsere Gesichtszüge entgleiten.

»Rumänien erklärt seine Kapitulation«, hörte ich. Die Fronten hätten gewechselt, und das Land wende sich jetzt an die Sowjetunion. Michael I. hatte Staatsführer Antonescu abgesetzt.

»Ein Staatsstreich«, flüsterte mein Schwiegervater heiser. »Das hat uns noch gefehlt.«

Richard war anderer Meinung: »Das sieht doch eher danach aus, als würde bald alles wieder gut werden, wartet nur ab.« Viele begrüßten damals, was Michael I. getan hatte.

Am 25. August erklärte Rumänien Deutschland den Krieg. Unser König erhoffte sich, schnell mit den Sowjets Frieden schließen zu können. Doch dazu kam es nicht. Vielmehr verstärkte sich das Chaos im Land. Mit dem politischen Umsturz wurden die unter Antonescu eingeführten rumänischen Rassengesetze aufgehoben. Die Rechte der deutschen Minderheit wurden hingegen stark eingeschränkt. Wir Siebenbürger mussten auf behördliche Anordnung unsere Autos und Fahrräder sowie Rundfunkgeräte abgeben. Damit versetzte man uns gleich zwei Schläge: Wir konnten uns nicht mehr frei bewegen und waren von Informationen abgeschnitten.

Richard trennte sich schweren Herzens von unserem Wagen, mit dem wir so viele schöne Spazierfahrten unternommen hatten.

»Ich verstehe nicht, wozu das gut sein soll«, sagte er immer wieder kopfschüttelnd, »wir haben doch nichts verbrochen.«

Immer mehr Familien, die wir kannten, verließen die Stadt. Schulfreunde unserer Töchter waren von heute auf morgen nicht mehr da. Gerüchte gingen um, dass die Russen bald die letzten Männer holen und weiß Gott was mit ihnen machen würden. Für die Siebenbürger wurden Ausgangssperren erlassen, nicht einmal mehr aufs Land zu meinen Verwandten hätten wir fahren können. Rumänische Soldaten hatten Kontrollposten bezogen. Wir fühlten uns wie Gefangene in Kronstadt. Voller Sorge hörten wir von Bekannten, dass britische und amerikanische Luftgeschwader die Donauhäfen und wichtige Eisenbahnknotenpunkte im Land bombardiert hatten. Dann verbreitete sich wie ein Lauffeuer die Nachricht, dass die russische Armee anrücke. Die Sowjets handelten schnell und brutal.

Innerhalb der wenigen Sommerwochen verteilten sie sich in ganz Rumänien. Am 7. September nahmen sie Kronstadt ein. Für manche Rumänen waren sie die Befreier, viele sahen in ihnen Besatzer.

Fühlten wir uns durch die ersten Strafmaßnahmen bereits zu Unrecht in Sippenhaft genommen für all das, was die Nationalsozialisten verbrochen hatten, so sollten wir dies nun umso heftiger zu spüren bekommen. Jahrhundertelang waren wir als eigenständige Volksgruppe anerkannt gewesen und hatten unsere Rechte, unsere Kultur und Sprache ausleben können – doch nun war alles mit einem Schlag anders. Von Tag zu Tag wurden wir mehr diskriminiert und als Faschisten oder Hitleristen bezeichnet. Einige taten dies ganz ungeniert, als könnten sie sich damit Luft verschaffen. Anderen wiederum schien die neue Feindseligkeit peinlich zu sein.

So wollte ich einmal, um Richard und den Kindern eine Freude zu machen, einen schönen Kuchen aus unserer Lieblingskonditorei besorgen. Den Laden führte eine rumänische Familie. Als ich vor dem Tresen trat, wehrte mich die Verkäuferin ab.

»Tut mir leid«, sagte sie und machte ein bedauerndes Gesicht, »ich kann Ihnen nichts verkaufen.«

Ich war schockiert. »Aber warum nicht, um Himmels Willen? Ich hätte gerne fünf Stück von diesen Cremeschnitten dort.«

Die Frau rührte keinen Finger. »Sie wissen schon«, meinte sie umständlich und wand sich. Da kam eine andere Kundin in den Laden. Die Verkäuferin tat so, als wäre ich gar nicht da, und bediente sofort die andere. Betreten verließ ich die Konditorei, der Appetit auf Kuchen war mir vergangen.

Abends kam Richard niedergeschlagen nach Hause. Er hatte schlechte Nachrichten: »Unser Gesangsverein wurde aufgelöst«, sagte er tonlos und ließ sich erschöpft in einen Sessel sinken. »Außerdem hatte ich heute im Büro Besuch von Ritas und Maries Klavierlehrerin. Sie wird die Mädchen nicht weiter unterrichten.« Von Freunden wollte er von ersten Enteignungen gehört haben. Jetzt bangte er um das Unternehmen und dass man uns die Lebensgrundlage entziehen könnte.

»Ich habe doch einen Beruf«, sagte ich zu ihm, »wenn es hart auf hart kommt, gehe ich eben arbeiten.«

Richard lächelte mich an: »Meine liebe Josefine, das ist nichts für dich, glaub mir.« Immer wenn er spürte, dass ich Angst bekam, richtete er sich auf und versuchte, Zuversicht zu verbreiten: »Ich bringe uns schon durch diese Zeit. Was soll mir denn passieren? Und etwas zum Anziehen brauchen die Menschen ja immer.«

Ich wollte ihm gern glauben und überließ ihm diese Entscheidung. Keiner konnte sich vorstellen, wie schlimm es für uns noch kommen würde.

Der Januar 1945 war eiskalt. Die russischen Militärs begannen, unterstützt von den rumänischen

Sicherheitskräften, mit den Deportationen von Rumäniendeutschen und anderen Minderheiten in Arbeits- und Gefangenenlager. Wir Siebenbürger nannten das »Ausheben«, wenn nachts Fäuste an die Haustür donnerten und bewaffnete rumänische und russische Soldaten schrien, dass alle Bewohner sich aufstellen sollten. Dann packten sie diejenigen, die zwischen 18 und 45 Jahre alt waren, verluden sie auf Laster und transportierten sie ab. Weinend und außer sich blieben die Angehörigen zurück. Mütter mit Kindern bis zwei Jahren wurden verschont. Jahrelang sollte das so gehen, bis 1949.

Zehntausende Männer und Frauen, getrennt von ihren Familien, mussten in sowjetischen Lagern unter furchtbaren Bedingungen Schwerstarbeit verrichten, oft unter Lebensgefahr. Wir taten daher kaum mehr ein Auge zu, aus Angst, dasselbe würde Richard zustoßen.

Zunächst passierte ihm nichts. Das hätte uns Zeit verschafft, gemeinsam zu fliehen. Doch wir warteten zu lange; binnen weniger Tage war nur noch die riskante Flucht über die ungarische Grenze möglich. Ungarn, das Land, dem Rumänien noch den Krieg erklärt hatte, über das man jedoch nach Österreich kommen konnte. Doch um ins rumänisch-ungarische Grenzland zu gelangen, musste man von Kronstadt aus mehr als 400 gefährliche Kilometer durchs Land zurücklegen. Überall konnte man in die Hand der Sowjets geraten. Und doch wagten Deutsche, die wir kannten, die waghalsige Flucht.

»Lass es uns auch versuchen«, redete ich auf Richard ein. Allein eine Entscheidung zu treffen, traute ich mir nicht zu. In meiner Vorstellung würden wir alle zusammen fliehen.

»Was immer passiert, ich lasse das Geschäft nicht im Stich«, blieb dagegen Richards Haltung.

Seine Eltern sahen es genauso. Daher sprach ich mit ihm nur über meine Sorgen, wenn wir allein waren. »Aber was soll aus uns werden, wenn sie dich auch noch holen?«, weinte ich. Beide Schwager waren bereits in russischer Gefangenschaft.

Die Sorge um die Kinder brachte Richard schließlich dazu, einen Notfallplan zu entwerfen: Da er daran zweifelte, dass es ein guter Zeitpunkt war, nach Deutschland zu gehen, schien Österreich die einzig sinnvolle Möglichkeit. In der Nähe von Graz wohnte eine ältere Tante von mir.

»Dorthin gehst du mit den Kindern im Fall des Falles«, entschied Richard.

Bei der Vorstellung, mich so weit allein mit den dreien durchschlagen zu müssen, wurde mir angst und bange.

»Und was wird aus dir?«, fragte ich ein um das andere Mal, aber Richard wollte nicht mit mir darüber diskutieren, es war zwecklos. Zu sehr fühlte er sich gegenüber seinen Eltern und seinen Schwestern verpflichtet, weiterhin für ein Familieneinkommen zu sorgen.

»Denk an unsere Angestellten, was sollen sie davon halten, wenn ich jetzt aufgebe«, war eine von Richards Sorgen, »sie stehen doch vor dem Nichts, wenn ich das Geschäft im Stich lasse.«

Dabei war ohnehin schon nichts mehr so, wie wir es kannten. Die Kundschaft wurde weniger, die Menschen hielten ihr Geld lieber zusammen. Manche der Angestellten kamen von heute auf morgen nicht mehr, weil sie die Stadt verließen. Andere suchten Trost bei Richard, weil ihre Verwandten deportiert worden waren und sie nicht mehr wussten, wie es weitergehen sollte.

Seit einigen Wochen waren bei uns im Haus zwei deutsche Wehrmachtsoffiziere einquartiert. Es war selbstverständlich für uns Deutschstämmige, ihnen Unterschlupf zu gewähren, wenn es auch ein hohes Risiko bedeutete. Wären wir aufgeflogen, wäre vermutlich die ganze Familie verhaftet worden. Es gab Razzien, bei denen in Siebenbürger-Haushalten gezielt nach deutschen Soldaten gesucht wurde, weshalb viele von ihnen Schutz in den Wäldern suchten.

Uns passierte zum Glück nichts. Die beiden Offiziere waren angespannt und wie eine Katze bereit zum Sprung.

Eines frühen Morgens im März brach große Hektik im Haus aus, und sie hasteten an mir vorbei die Treppe hinunter zum Ausgang.

»Wir verlassen sofort das Land. Ihr könnt mitkommen, wenn euch euer Leben lieb ist. Aber ihr habt nur fünf Minuten Zeit!«

Ich hatte gerade erst die Kinder geweckt und wusste nicht, wie mir geschah. Richard war dabei, sich fürs Büro fertigzumachen und begriff sofort, dass wir ohne zu zögern handeln mussten.

»Jetzt ist es so weit«, flüsterte er und rief unserem Dienstmädchen Anna zu: »Mach schnell, zieh Jürgen etwas an!« Dann stürmte er in die Zimmer der Mädchen: »Marie, Rita, schlüpft in eure Schuhe, ihr verlasst das Haus!«

Ich riss einen Koffer aus unserem Schrank und rannte von Zimmer zu Zimmer, um eiligst ein paar Kleidungsstücke hineinzuwerfen. Die Soldaten hatten schon das Haus verlassen, draußen hörte ich das Brummen eines Lastwagens.

»Du musst mitkommen, ich schaff das nicht allein«. Ich warf mich an Richards Brust, überfordert von der überstürzten Aktion.

»Das geht nicht, wir haben es schon hundertmal besprochen.« Richard blieb hart und drückte mich kurz an sich. Dann schob er mich weg und sah mich ernst an: »Jetzt raus mit euch, es ist vielleicht die letzte Chance. Du nimmst Anna mit. Was soll sie noch hier, wenn ihr weg seid?«

Die 18-jährige Anna gehörte seit knapp drei Jahren zu unserem Haushalt und war eine zuverlässige, junge Frau, allein wäre sie völlig aufgeschmissen gewesen. Sie kam aus Ungarn, und ihre Eltern machten sich bestimmt große Sorgen um sie. Als der Aufruhr in unserem Haus losging, wollte sie gerade das Frühstück zubereiten. Jetzt stand sie zitternd vor dem Haus und hielt Jürgen auf dem Arm, daneben drängten sich unsere verstörten Töchter an sie.

Die Soldaten im Laster riefen nach uns: »Wir fahren, macht schnell!«

Jemand klappte die Plane über der Ladefläche hoch, wir kletterten hinauf und pferchten uns neben die anderen Menschen, die dort schon saßen und nervös auf die Abfahrt warteten.

»Stopp! Nimm das mit!« In letzter Sekunde warf mir Richard einen Beutel voller Reichsmark zu. »Bis bald, passt auf euch auf!«, rief er uns hinterher, als der Laster sich schwerfällig in Bewegung setzte.

»... Richard!« Ich wollte ihm etwas zurufen, aber mir versagte die Stimme. Ich hätte ihn so gern noch mal umarmt, ihn geküsst, ihm gesagt, dass wir bestimmt bald wieder zurück seien.

Wir saßen eingequetscht zwischen den anderen, die Plane war wieder festgespannt und es gab keine Möglichkeit, sich noch einmal umzudrehen.

Erleichtert stellte ich fest, dass die beiden Offiziere mit uns auf der Ladefläche saßen. Wenigstens zwei bekannte Gesichter.

»Wir wollen nach Graz in Österreich«, sagte ich in meiner naiven Überzeugung zu ihnen.

Die beiden Männer machten ernste Mienen und einer sagte zu mir: »Gute Frau, wir beten zu Gott, dass wir die ungarische Grenze lebend erreichen. Von da aus müssen Sie selbst zusehen, wie Sie weiterkommen.«

Die tausend Kilometer zu meiner Tante erschienen mir plötzlich wie eine Weltreise. Und mit dem Laster kamen wir nicht besonders weit.

Schon knapp zwei Stunden von Kronstadt entfernt musste er vor einer zerstörten Brücke anhalten, über die man nur noch zu Fuß kam. Ab hier mussten sich alle Insassen allein zurechtfinden.

Wir Flüchtenden, vor allem Frauen, Kinder und Alte, blieben zunächst beieinander. Doch bald teilte sich die Gruppe, weil jeder unterschiedlich schnell vorankam.

Mit den Kindern im Schlepptau, Jürgen trugen wir hin und wieder auf dem Rücken, schlugen wir fünf uns zu Fuß von Dorf zu Dorf durch. Manchmal nahm uns ein Pferdewagen mit, mal ein Lastwagenfahrer.

Dann erreichten wir einen Bahnhof, und es ging ein paar Stunden mit dem Zug in Richtung Grenze. Doch die überfüllten Züge kamen nur langsam voran, immer wieder blieben wir stundenlang auf offener Strecke stehen. Erneut liefen wir zu Fuß weiter, schweigend, hungrig, sorgenvoll.

Mal gab es einen Gasthof, in dem wir übernachten konnten, in der nächsten Nacht war es ein Stall. Dann wieder eine Kammer in einem Bauernhof voller anderer Menschen. Es war ein kalter Frühling, und wir waren froh über jede Gelegenheit, uns aufwärmen zu können.

Im Morgengrauen machten wir uns wieder auf den Weg. Immer auf der Hut vor russischen Soldaten, der Route folgend, auf der noch andere unterwegs waren. Täglich stießen wir auf einen der Trecks aus Pferdewägen und Menschen, die ihr Hab und Gut in Koffern, auf Ziehwagen und in Rucksäcken mit sich schleppten. Wir hatten keine Landkarte, sondern orientierten uns an den anderen Flüchtenden. Manchmal donnerten Tiefflieger in Richtung Landesinnere über uns hinweg, und wir hörten in der Ferne das dumpfe Krachen, wenn Bomben niedergingen. Die Flieger sprengten Brücken und zerstörten Bahngleise.

In solchen Momenten hielten wir inne und beteten, dass Kronstadt und unser Zuhause verschont geblieben waren, und ich zwang mich, den Blick nach vorn zu richten.

Immerhin trafen wir auf hilfsbereite Bewohner, unter ihnen viele Rumänen, die uns nicht hungern ließen. Hin und wieder konnte ich von unserem Geld etwas zu essen kaufen. Dennoch musste ich zum ersten Mal in meinem Leben zusehen, dass die Kinder satt wurden und nicht froren und ihnen gut zureden, dass wir bald in Sicherheit wären. Unsere Töchter waren damals 16 und 13 Jahre alt, unser Jüngster sieben.

»Gib mir auf die Kinder acht!«, hatte Richard mir noch eindringlich mit auf den Weg gegeben. Was hätte ich sonst tun sollen? Ständig waren alle meine Sinne geschärft, meine Nerven bis aufs Äußerste angespannt. Versteckten sich irgendwo russische Soldaten? Hielten die zwei Jacken, die wir in unserer Eile zu Hause übereinander angezogen hatten, die Kinder warm? Bekommt keiner auf dem anstrengenden Weg eine Erkältung?

Meine Sorgen und Gedanken drehten sich auf der Flucht so sehr um die drei, dass ich mich darüber fast selbst vergaß. Alle Fäden allein in der Hand halten zu müssen, lastete schwer auf mir. Dazu die Verantwortung für Anna, die ihre Eltern ja in unsere Obhut gegeben hatten.

»Mama, ist es noch weit?«

Unzählige Male musste ich diese Frage beantworten.

»Nein, bestimmt nicht.«

Nachdem wir drei Tage unterwegs gewesen waren und die Grenze immer noch weit weg schien, wurde Österreich für uns immer mehr zum gelobten Land. Es gehörte doch zum Deutschen Reich, man würde uns sicher wohlwollend aufnehmen, dachte ich.

Damit war ich nicht die einzige. Überall traf man auf versprengte deutsche Wehrmachtssoldaten, die sich von ihren Truppen losgemacht oder den Anschluss an die sich zurückziehende Front verloren hatten und nun auf eigene Faust versuchten, nach Ungarn und weiter nach Österreich zu gelangen.

Es dauerte fast eine Woche, bis wir uns in die Steiermark durchgeschlagen hatten. Und neun Monate, bis ich wieder ein Lebenszeichen von Richard erhalten sollte. Doch bis dahin gab es keine Möglichkeit, in irgendeiner Weise Kontakt zueinander aufzunehmen.

Wie sich zeigte, waren wir keinen Tag zu früh aufgebrochen. Kaum waren wir fort, wurde Richard aus unserem Haus geholt und in eines der berüchtigten rumänisch-sowjetischen Arbeitslager im Gebirge verschleppt. Wegen seines verkürzten Beines wurde er nicht nach Russland gebracht, sondern durfte in Rumänien bleiben.

Während er dort die ersten Tage hinter sich brachte, kamen wir erschöpft und hungrig im Grazer Umland an. Doch das bedeutete noch lange keine Sicherheit. Die Stadt gehörte in den letzten Kriegsmonaten zu denen, die in Österreich am meisten unter den Bombenangriffen der Alliierten zu leiden hatten. Kaum standen wir fünf bei meiner

Tante vor der Tür und erklärten unser Anliegen, heulten schon die Sirenen auf und wir eilten in den Luftschutzkeller. Das ging bis Ende April 1945 im Abstand weniger Tage so.

Die erste Zeit war ein einziger Überlebenskampf zwischen kurzer Erholung, Fliegeralarm und Bombenhagel, sodass wir kaum Zeit fanden, uns der fremden Verwandten und ihrer Tochter, mit der sie in einer großen Wohnung außerhalb von Graz wohnte, anzunähern. Ich hatte sie zuletzt auf einer Familienfeier vor etlichen Jahren gesehen. Ihr Mann war Offizier bei der SS und im Einsatz, als wir ankamen.

Wie ich insgeheim befürchtet hatte, waren wir ihr eher eine Last. Daher versuchte ich, so gut es ging, im Haushalt mitzuhelfen.

Bürgerlich wie sie war, bestand sie darauf, dass die Mädchen selbst in diesen wirren Kriegstagen die Schule besuchten. Sie waren gute Schülerinnen und meine Tante arrangierte die Aufnahme am Gymnasium in Graz für sie. Für die Kinder hieß das, bei Wind und Wetter zuerst zu Fuß zum nächsten Bahnhof zu laufen und noch ein Stück mit dem Bummelzug in die Innenstadt zu fahren, wo sie dann die Schulbank drücken mussten. So waren sie jeden Morgen über eine Stunde unterwegs.

Jürgen hätte eine Grundschule in unserer Nähe besuchen können, doch er war zu ängstlich wegen der fremden Kinder und Lehrer und wollte mir nicht von der Seite weichen. Also ließ ich ihn zu Hause, sehr zur Missbilligung meiner Tante.

Eines Morgens war mir gar nicht wohl dabei, die Mädchen gehen zu lassen, und äußerte am Frühstückstisch meine Bedenken: Im Zug säßen sicher viele Soldaten und Menschen, die uns Geflüchteten nicht besonders wohlgesonnen seien.

»Mir wäre es lieber, wenn sie eine Weile nicht zur Schule gingen. Ich habe Angst, dass wieder Flieger kommen. Ich hätte die Kinder dann lieber hier bei uns, wo wir zusammen in den Luftschutzkeller runter können.«

Meine Tante hatte dafür kein Verständnis: »Kommt gar nicht infrage! Ich habe mir solche Mühe gegeben, einen Platz in dieser Schule für sie zu bekommen, und außerdem bin ich froh, wenn tagsüber nicht alle gleichzeitig in der Wohnung sind.« Wir hatten dankbar zu sein, also fügten wir uns widerwillig, und ich brachte die Mädchen zum Bahnhof.

Als ich wenig später mit Jürgen für Lebensmittel anstand, verbreitete sich die Nachricht, dass britische Tiefflieger die Stadt im Visier hätten. Sie sollten noch am selben Tag kommen. Der Laden, bei dem ich für die wöchentliche Ration Fett und Milch anstand, schloss eilends, noch bevor wir an der Reihe waren. Die Leute stoben davon, um rechtzeitig vor dem Alarm zu Hause zu sein. Dass ich ohne Lebensmittel dastand, war mir in diesem Moment egal.

»Mein Gott, die Mädchen!«, war das Erste, das mir durch den Kopf schoss. Ich packte Jürgen fest bei der Hand und rannte mit wild klopfendem Herzen mehrere Straßenzüge zum Bahnhof, in der

Hoffnung, der Zug hätte noch am Grazer Bahnhof kehrtgemacht. Oder die Schule hätte die Kinder sofort zurückgeschickt. Doch der Schaffner, den ich vorfand, befahl mir, schnellstmöglich den Bahnhof zu verlassen.

»Heute fährt kein Zug mehr! Schauen Sie, dass Sie wegkommen«, warnte er mich. Mein schlimmster Alptraum sollte wahr werden.

Es war noch nicht Mittag, da trug der Wind das Sirenengeheul aus der nur ein paar Kilometer entfernten Stadt zu uns. Kurz darauf wurde Graz angegriffen und auch bei uns ertönte der schrille Alarm.

Ich war hin- und hergerissen. Obwohl es völlig unklug war, wollte ich unbedingt am Bahnhof ausharren, doch ich konnte Jürgen nicht in Gefahr bringen und lief mit ihm so schnell es ging zur Wohnung meiner Tante. Dort warteten schon alle auf uns, und wir eilten in den Luftschutzkeller. Bald ertönte das unbarmherzige Surren der durch die Luft fliegenden Bomben, gefolgt von ohrenbetäubendem Krachen und Beben.

Nach knapp einer Stunde war der Spuk vorüber. Wir waren mit dem Schrecken davongekommen und verließen den Keller unverletzt. Ich stürzte sofort zum Bahnhof, wie Dutzende andere Menschen. Entweder warteten sie wie ich auf Angehörige, oder darauf, dass sie in die Stadt zu ihren Familien fahren konnten. Stunde um Stunde verging. Die Menschen harrten an den Gleisen aus und warteten auf Nachrichten aus Graz. Ich klammerte mich an ein Gebet, das ich immer und immer wiederholte.

Irgendwann konnte ich nicht mehr stehen und setzte mich einfach auf den kalten Boden. Als ich schon völlig erschöpft war von der Warterei, den Sorgen und dem Hunger, der an mir nagte, nahm ich wahr, wie der Untergrund vibrierte. Die anderen um mich herum spürten es ebenfalls.

»Ein Zug kommt! Ein Zug aus Graz!«, schrie jemand. Es dämmerte schon, als die Passagiere aus der sehnsüchtig erwarteten Bahn stiegen. Und dann, unter den Letzten, trotteten meine beiden Mädchen heraus! Der Schrecken saß ihnen in den Knochen, aber ihnen war nichts passiert. Weinend fielen wir uns in die Arme und fassten uns auf dem Nachhauseweg an den Händen. Nie wieder, schwor ich mir, würde ich mich einer Entscheidung beugen, die mir zuwider war.

Meine 16-jährige älteste Tochter wurde spätestens ab diesem Tag zu meiner wichtigsten Gesprächspartnerin. Dinge, die ich normalerweise mit meinem Mann entschieden hätte, machte ich nun mit ihr aus. Wir kamen zu dem Schluss, nicht länger bei meiner Tante zu bleiben.

Mit dem Geld, das Richard mir zugesteckt hatte, konnte ich uns ein einfaches, kleines Zimmer mit einer Kochstelle mieten. Das Haus, in dem wir unterkamen, lag nah am Grazer Waldrand. Dort suchten wir uns jeden Tag Äste und Reisig zum Feuermachen.

In der Nähe lebten auch eine Alte und ein junges Mädchen in einem Häuschen, hinter dem eine Kuppe zum Wald hinaufführte. Die Alte trafen wir hin und wieder, wenn wir Feuerholz suchten.

»Bald kommen die Russen«, raunte sie mir zu, »das sind keine guten Zeiten! Was soll nur noch alles geschehen mit uns ...« War das nur die Jammerei einer alten, geplagten Frau?

Doch tags darauf kam Anna ganz alarmiert von der Brotausgabe zurück und berichtete, die Russen seien nur wenige Kilometer vor Graz gesichtet worden. Schauergeschichten machten die Runde.

»Sie schießen alles nieder, und davor holen sie sich die Frauen und Mädchen«, hatte Anna von anderen gehört.

Ich wollte es zunächst nicht glauben – waren wir doch erst vor den Russen aus unserem eigenen Land geflohen. Die Frauen sollten recht behalten: Am 7. Mai kapitulierte die deutsche Wehrmacht und der Zweite Weltkrieg war offiziell zu Ende, doch für uns gab es kein Aufatmen. Nur einen Tag später rückten sowjetische Militärfahrzeuge und Soldaten auf Pferden an. Straße um Straße eroberten russische Soldaten Graz, immer näher kamen sie unserer Unterkunft. Was sollten wir nur tun?

»Macht es wie die anderen, versteckt euch im Wald«, riet uns die alte Nachbarin, »bringt euch in Sicherheit!«

Unsere Heimat, aus der wir geflohen waren, ist ein richtiges Waldland. Wir waren dort immer gern in der Natur gewesen und stundenlang durch die Ausläufer der Karpaten rund um Kronstadt gezogen. Wir hatten Pilze und Beeren gesammelt, Richard hatte mit den Kindern Tiere beobachtet. Der Wald gehörte für uns ganz selbstverständlich zum Leben.

Jetzt also sollte er unsere Zuflucht sein. Ähnlich wie beim überstürzten Aufbruch aus Kronstadt blieb uns nicht viel Zeit. Wir zogen mehrere Kleidungsstücke übereinander an, klemmten uns Decken unter den Arm und so viel zu essen, wie wir gerade tragen konnten. Am Abend des 9. Mai verließen wir unser Zimmer und hasteten zum Waldrand, ohne uns noch einmal umzuschauen. In der Nachbarschaft herrschte eine gespenstische Stimmung. Niemand verließ sein Haus, wenn er es nicht musste. Wer noch hatte fliehen können, war längst über alle Berge. Und wer schutzlos war wie wir, verschanzte sich im Wald.

»Wohin gehen wir jetzt, Mama?«, fragten die Kinder ängstlich. »Wie lange müssen wir da draußen bleiben?«

Die Mainächte waren kalt und feucht. Schon kurz nach Verlassen des Zimmers war uns klar, dass wir frieren würden. Die Fragen der Kinder verstummten bald, weil ich sie nicht beantworten konnte. Je tiefer wir in den Wald vordrangen, desto mehr Frauen und Kinder begegneten uns.

»Weiter, weiter«, drängte ich, denn mein Gefühl sagte mir, dass wir so lange wie möglich weiterlaufen sollten, um Vorsprung zu gewinnen. Ich zweifelte daran, dass die Russen an der Häusergrenze Halt machen würden. Wenn sie sahen, dass die Wohnungen leer standen, würden sie nicht zögern, die »deutschen Feinde« woanders zu suchen. Sorgenvoll nahm ich wahr, dass der Grazer Wald kein schwer zugänglicher Nadelwald voller riesiger Tannen war wie in unserer Heimat, sondern ein lichter, freundlicher Mischwald. Die Buchen trieben gerade zartgrün aus und auf dem Boden raschelte noch das halb vermoderte Laub vom Vorjahr. Sich unter diesen Umständen gut zu verstecken, war nicht leicht.

Erst, als unsere Beine nicht mehr mitmachen wollten, ließen wir uns in einer kleinen Senke nieder. Wir blieben in der Nähe anderer Grüppchen, das fühlte sich sicherer an. Doch Solidarität war keine zu erwarten. Niemand, der eine passable Stelle gefunden hatte, war bereit, sie mit anderen zu teilen. Jede neue Person, die auftauchte, erhöhte die Gefahr, gehört und gefunden zu werden. Feuer machen war unmöglich, der Rauch hätte uns verraten.

Eng aneinander gekauert, verbrachten wir die erste Nacht in dieser fremden, unheimlichen Umgebung und lauschten angestrengt – die Nerven zum Zerreißen gespannt – auf jedes Geräusch. Jedes Rascheln, der Wind in den Baumwipfeln, das Flüstern der anderen, ließ mich alle paar Minuten aufschrecken. Im Morgengrauen war die Erschöpfung dann so groß, dass ich in einen kurzen, unruhigen Schlaf wegdämmerte. Kaum aufgewacht und ein Stück Brot gegessen, hieß es für uns, wieder aufzubrechen: Wir sahen, dass die anderen Frauen loszogen, und schlossen uns einfach an.

Obwohl die Morgensonne durch die Blätter schien, waren wir steif und kalt von der Nacht. Unsere Kleidung war feucht vom Morgennebel und an unseren Decken hingen Laub und kleine Spinnen, vor denen ich mich sehr ekelte, doch ich gab mir große Mühe, es mir nicht anmerken zu lassen. Wir gingen und gingen, die Angst saß uns dabei die ganze Zeit über im Nacken. Die Russen waren nur ein paar Hundert Meter Luftlinie von uns entfernt, sie konnten jederzeit zu uns vordringen.

Unser Tag bestand nur daraus, uns möglichst leise weiter durch Bäume und Gestrüpp vorwärts zu bewegen. Wir sprachen nur das Notwendigste und gingen die meiste Zeit schweigend, bis zum nächsten Nachtlager. Wir verzehrten unser letztes Brot und leerten die Blechkanne voller Wasser, die ich bis dahin wie einen Goldschatz gehütet hatte. Trotzdem knurrte uns allen der Magen. Hungrig und durstig drängten wir uns bei Sonnenuntergang eng aneinander flach ins Laub. Wir versuchten, uns gegenseitig zu wärmen, und harrten aus, Stunde um Stunde. Jürgen schlief schließlich als Erster ein, dann Marie und Anna. Rita, die wie immer meine Sorgen und Ängste teilte, konnte wie in der Nacht davor besonders lange kein Auge zutun. Ich streichelte so lange über ihren Kopf, bis sie endlich gleichmäßig atmete. Mir blieb wieder nur der kurze, verkrampfte Dämmerschlaf kurz vor Sonnenaufgang.

»Mama, ich habe solchen Hunger«, war das Erste, das Jürgen nach dem Aufwachen zu mir sagte. Die Mädchen dagegen litten stumm. Sie wollten keine Last sein, aber ihre Gesichter waren grau und ihre Münder schmerzverzerrt vor Hunger. Schon nach diesen ersten Nächten im Wald war nicht mehr wichtig, dass unsere Kleidung schmutzig war, wir uns nicht waschen konnten und Käfer über uns krabbelten. Wir entschlossen uns, unsere Kräfte zu schonen und nicht weiterzumarschieren. Über Nacht waren weitere Frauen aus der Stadt zu uns vorgedrungen und teilten überraschenderweise mit uns ihr Wasser.

»Es wimmelt nur so vor Russen«, berichteten sie, »wir waren die Letzten, die fliehen konnten.« Das nahm mir die Hoffnung, dass wir am nächsten oder übernächsten Tag, wie ich es mir ausgemalt hatte, den Heimweg antreten könnten.

Am dritten Tag hatten wir nichts mehr zu trinken und zu essen. Der Hunger bohrte sich in unsere Mägen. Verzweifelt wühlten die Kinder auf dem Waldboden nach Bucheckern vom Vorjahr.

Da sah ich, wie andere Frauen sich von ihren Gruppen entfernten und in eine bestimmte Richtung davonzogen. Das machte mich stutzig. Ich überlegte, wie ich die Zurückgebliebenen fragen könnte, was da los war. Kannten die Frauen ein besseres Versteck oder wussten sie von einer Quelle im Wald? Gab es gar einen Ausguck, von dem man aus das Geschehen in der Stadt verfolgen konnte? Ich stellte mich dumm und fragte einen kleinen Jungen, der etwas abseits seiner älteren Geschwister stand, wohin seine Mama wohl gegangen sei.

»Sie schaut, ob ihr jemand was zum Essen mitgibt«, war die Antwort.

Da kam seine Großmutter her, blickte zu meiner Familie und flüsterte mir dann zu: »Da drüben, hinter dem Buchenwall, steht ein Weiler mit ein paar Höfen. Wenn du Glück hast, sind dort noch keine Soldaten, vielleicht geben sie dir was.« Als ich aufstand, um ebenfalls loszugehen, warnte sie mich: »So darfst du doch nicht gehen. Denk an die Russen! Mach dich schmutzig, zerzaus' deine Haare, tu alles, um nicht aufzufallen!«

Ich band mir ein schmutziges Wolltuch um den Kopf, rieb mir Erde ins Gesicht und nahm einen langen Ast, um gebeugt daran zu gehen. Immer war ich darauf bedacht gewesen, gut gekleidet zu sein und gepflegt zu wirken. Nun musste ich alt und hässlich aussehen, um keine Aufmerksamkeit zu erregen.

»Ich versuche jetzt, Essen zu besorgen.« Ich küsste die Kinder und verbarg mein Zittern vor ihnen. Vielleicht würde ich nicht mehr zurückkommen, doch die Verzweiflung und der Hunger waren größer als meine Furcht. Besonders Jürgen weinte, weil ihm der Bauch vor lauter Hunger schon wehtat.

»Mama, warte, ich komme mit dir«, flehte meine älteste Tochter.

»Kommt nicht infrage, du bleibst hier«, herrschte ich sie an. Keinesfalls wollte ich sie der Gefahr aussetzen, aus dem Schutz des Waldes hervorzutreten.

»Wann kommst du wieder?«, weinte Marie und drückte sich an Rita.

»Ich weiß es nicht. Rührt euch nicht vom Fleck, sonst finde ich euch nicht mehr«, meinte ich und riss mich los, um keine Zeit zu verlieren.

»Aber was soll ich denn tun, wenn sie kommen?«, fragte Anna mich mit bebender Stimme, und wir alle wussten, wer mit »sie« gemeint war. Daran konnte ich kaum denken.

»Dann nimm die Kinder und lauf mit den anderen mit«, entschied ich, »und seht zu, dass ihr um

Gottes Willen beieinander bleibt! Macht euch um mich keine Sorgen.« Mit diesen Worten machte ich mich das erste Mal in meinem Leben auf den Weg, um betteln zu gehen.

Es war, wie die alte Frau gesagt hatte. Ich musste einen Erdwall erklimmen und einen jungen Buchenwald durchqueren. Dort, wo die Bäume immer schlanker und lichter wurden, stieß ich auf einen Acker. Jenseits davon befand sich ein großer Einödhof. Ich versuchte, mir den Pfad einzuprägen. Meine Augen suchten die ganze Gegend ab. Alles war ruhig. In einiger Entfernung grasten ein paar magere Kühe auf einer Weide. Ich wollte nicht mitten über den Acker laufen, daher stapfte ich am Rand, immer am Waldsaum entlang, auf das Gehöft zu.

Es dauerte, bis ich dort angekommen war. Zu meiner Überraschung stieß ich gleich auf eine Bäuerin, die mich schon von Weitem beobachtet hatte. Ich blieb ein paar Meter von ihr entfernt stehen, unsicher, was ich sagen sollte.

»Bitte ...«, brachte ich nur hervor. Die Frau seufzte und bedeutete mir dann, ihr zu folgen.

»Wir haben selber nicht viel«, raunzte sie mich an und verschwand im Haus. Als sie kurz darauf wieder herauskam, streckte sie mir einen Laib Brot entgegen und zeigte auf eine Reihe Milchkannen, die vor dem Stall standen. »Da, nimm dir eine mit, und dann schau, dass du verschwindest. Heute Morgen sind die Sowjets hier schon durchgefahren, haben alles auf den Kopf gestellt. Suchen den Wald nach deutschen Soldaten ab. Fast unser ganzes Fleisch haben wir ihnen geben müssen«, jammerte die

Bäuerin. Als ich das hörte, fiel mir beinahe das Brot aus der Hand.

»Mein Gott, die Russen … im Wald … ich muss sofort zu den Kindern«, murmelte ich, dankte ihr und wandte mich hastig von der Frau ab. Sie aber hielt mich zurück.

»Kinder, sagst du? Dann nimm noch eine Milchkanne mit und beeil dich. Richtung Norden sind sie gefahren, bewegt euch lieber zurück zur Stadt, da haben sie schon alles durchkämmt.« Ob ich ihr trauen konnte? Würde sie mich direkt in die Arme der Soldaten treiben, obwohl sie mir eben Lebensmittel geschenkt hatte?

Aufgelöst stolperte ich nun direkt über den feuchten Acker zurück. Ob mich jemand sehen konnte oder nicht – ich musste so schnell wie möglich zu Anna, Jürgen und den Mädchen. Die Milch schwappte wild in den zum Glück verschlossenen Kannen. Ich hatte alle Mühe, das Brot, das ich in meinen Rockbund gesteckt hatte, nicht zu verlieren. Ich war nicht sehr sportlich und nicht gewohnt, lange Strecken zu rennen.

Völlig verschwitzt und um Atem ringend, sah ich zu meiner großen Erleichterung, wie sie alle vier noch dort saßen, wo ich sie zurückgelassen hatte. Als die Kinder mich kommen sahen, rannten sie mir entgegen und fielen mir erleichtert um den Hals.

Es hatte sich das junge Mädchen dazugesellt, das bei der alten Frau in dem kleinen Häuschen am Waldrand wohnte. Sie stellte sich als Greta vor und schien im Alter unseres Dienstmädchens zu sein. Sie erzählte uns, dass sich russische Soldaten in unserem Viertel breitgemacht und sämtliche Wohnungen und Häuser nach Nazis und Waffen durchkämmt hatten. Sie war auf der Suche nach Feuerholz und Pilzen und wollte wieder zurück zu ihrer Bleibe.

Zuvor warnte sie uns noch: »Heute Morgen habe ich gesehen, wie die Russen den Waldrand abgesucht haben. Es kann sein, dass sie tiefer hineingehen.«

Ich bot ihr an, eine Weile bei uns zu bleiben, aber sie lehnte ab, weil sich die Alte sonst Sorgen machen würde. Wir dagegen hatten das Gefühl, an diesem Plätzchen gut aufgehoben zu sein.

Nachdem wir uns vergewissert hatten, dass die anderen Frauen blieben, richteten wir uns erneut für die Nacht ein. Wir vertilgten gierig die Hälfte des Brotes. Von der Milch hielt ich eine Kanne für morgen zurück. Jürgen wollte gern noch mehr trinken.

»Ich habe doch solchen Durst«, klagte er. Das tat mir in der Seele weh. Den Mädchen und mir ging es genauso, aber ich musste ihnen verbieten, noch mehr zu trinken.

»Das ist alles, was wir haben«, ermahnte ich sie, »wer weiß, was morgen ist«. Mir wurde klar, dass wir, wenn ich nicht weiter betteln gehen würde, vor einem großen Problem standen.

Nach einer unruhigen und kalten Nacht hörten wir am nächsten Morgen in einiger Entfernung das Laub rascheln. Da kam jemand! Erschrocken setzte ich mich auf, mein Herz klopfte wie wild. Ich war so alarmiert, dass mein ganzer Körper sofort bereit zur Flucht war.

Gerade wollte ich die anderen wachrütteln, da sah ich, dass es Greta war, die sich da einen Weg durchs Gebüsch bahnte. Sie war in aller Frühe aufgestanden, um uns eine Blechkanne voll Wasser zu bringen und eine Dose mit Konservenfleisch.

»Sie hat ihr Leben für uns riskiert«, schoss es mir durch den Kopf.

Mittlerweile wussten wir nicht mehr, wie spät es war, denn meine Armbanduhr hatte ich unterwegs verloren, so konnten wir uns nur ungefähr nach dem Sonnenstand richten. Klar war nur: Jetzt gab es Frühstück! Was war das für ein Fest! Brot mit Dosenfleisch und dazu die restliche Milch. Greta wollte bei uns bleiben, denn die Alte habe ihr gesagt, die Russen würden die schönsten Mädchen aus den Häusern holen und mitnehmen.

Es muss früher Nachmittag gewesen sein, da verbreitete sich plötzlich Unruhe unter den Leuten.

Eine Handvoll Kinder, die Pilze suchten, kamen angestürmt und riefen aufgeregt: »Da kommen Männer mit Gewehren!«

Ein paar Frauen sprangen hoch und rafften ihre Habseligkeiten zusammen. Ich stand sofort unter Strom und erhob mich, aber da sahen wir sie schon: russische Soldaten. Wie braune Ameisen kamen sie einer nach dem anderen mit vorgehaltenen Waffen zwischen den Baumstämmen hervor. Stumm und starr vor Schreck blieben wir alle auf unseren Plätzen sitzen, kauerten uns noch mehr aneinander.

Die Soldaten marschierten stramm auf uns zu. Sie riefen etwas, das wir nicht verstanden, und durchstreiften dann erst einmal, immer noch mit gezückten Waffen, unser improvisiertes Lager. Dabei unterhielten sie sich lautstark, lachten dreckig, machten offenbar Bemerkungen über die eine oder andere Frau. Wem einer der Männer zu nahe kam, duckte sich sofort ängstlich weg. Die Männer spielten mit unserer Angst, wussten genau, wovor wir uns fürchteten. Heimlich nestelte ich die Zöpfe meiner Töchter unter die Kopftücher, die wir aus Schutz vor Ungeziefer trugen.

Dann standen zwei der Russen vor unserem Grüppchen. Einer bückte sich zu uns herunter, griff Gretas Kinn und zwang sie, ihn anzusehen. Er grinste sie breit an und entblößte dabei faulige Zähne. Vor Ekel schloss ich die Augen. Greta wehrte sich gegen die Hand an ihrem Kinn, doch der Soldat packte sie nur noch fester.

»Hau ab!«, presste sie hervor und brachte es fertig, ihn anzuspucken. Mir blieb fast das Herz stehen.

»Greta, nein«, flüsterte ich, aber es war zu spät.

Aufgebracht riss der Mann sie hoch. Greta schrie auf. Der Soldat packte sie am Arm und schleifte sie mit Hilfe des zweiten, der bisher nur danebengestanden hatte, ein paar Meter von uns weg. Zu zweit warfen sie Greta auf den Waldboden, dumpf prallte sie auf. Sie schrie, trat mit den Beinen gegen den einen der beiden Männer, der sich über sie kniete und sie festhielt. Jeder von uns wusste, was nun kommen würde. Aber wir waren wie festgefroren. Niemand erhob sich, um Greta zu helfen.

Die Soldaten patrouillierten durch die Grüppchen der anderen Frauen, und eine weitere wurde mit hinter einen Baum gerissen. Sie kreischte auf und flehte dann weinend, er möge sie wieder loslassen. Eine andere, vielleicht ihre Mutter, wollte sich auf den Peiniger stürzen, aber ein Stoß mit dem Gewehrkolben traf sie in die Magengegend und ließ sie vor Schmerz zurücktaumeln. Stumm vor Angst mussten wir nun miterleben, wie sich die Männer auf die beiden Frauen stürzten. Was mit der einen hinter dem Baum geschah, konnten wir nur hören und erahnen, aber Greta vergewaltigten sie in unserem Blickfeld. Erst der eine, dann der andere Soldat.

»Macht die Augen zu!«, flüsterte ich Jürgen, Anna und den Mädchen zu, als ich wusste, was gleich passieren würde. Die vier kauerten zusammengekrümmt neben mir und pressten sich die Hände auf die Ohren. Ich tat dasselbe, doch jeder weiß, man kann die Geräusche auf diese Weise nie ganz ausschalten.

Obwohl ihr die Soldaten ihre schmutzigen Pranken auf den Mund drückten, hörten wir trotzdem Gretas unterdrückte Schmerzensschreie. Anfangs wand sie sich noch, aber als sich der dritte und dann der vierte Soldat an ihr verging, weinte sie nicht einmal mehr. Als sie nur noch reglos am Boden lag, kam noch ein fünfter. Mir kam die ganze Prozedur wie eine Ewigkeit vor. Wir hörten das ekelerregende Stöhnen der Männer, ihr abgründiges Lachen, wie sie sich gegenseitig anstachelten. Die anderen Männer hielten sie nicht davon ab, sie sahen ungerührt zu. Manche rauchten, waren teilnahmslos. Eine Flasche Alkohol machte die Runde.

Dann endlich rief einer der Männer zum Aufbruch, und die Meute zog so rasch ab, wie sie gekommen war. Der letzte Mann, der sich an Greta zu schaffen gemacht hatte, stieg über sie hinweg und ließ sie achtlos am Boden liegen.

Minutenlang herrschte unter den Frauen und Kindern fassungsloses Schweigen. Niemand traute sich, aufzustehen und nach den beiden Opfern zu sehen. Erst als wir sicher waren, dass die Männer im Unterholz verschwunden waren und keiner mehr zurückkehrte, krochen Anna und ich auf allen Vieren zu Greta.

Sie rührte sich nicht und atmete so flach, dass ich im ersten Moment dachte, sie wäre tot. Stumm und kraftlos ließ sie zu, dass wir sie notdürftig mit ein paar Schlucken Wasser, welches uns eine der anderen Frauen reichte, säuberten, sie dann in eine Decke wickelten und sie zu unserem Platz führten, wo sie sich still zusammenrollte.

Im Hintergrund hörte ich die andere vergewaltigte Frau leise schluchzen, und wie sich ihre Familie um sie bemühte. Schweigend wandten sich die anderen Geflüchteten wieder sich selbst zu. Es gab nichts, womit man sich gegenseitig hätte helfen können.

Die Nacht kam und verging, der nächste Tag und der übernächste flossen dahin, ohne dass eine besondere Erinnerung daran geblieben wäre. Nur an die übermenschliche Angst, die uns von nun an keine Minute mehr aus ihrem Griff ließ. Die Kinder sprachen kaum etwas und entfernten sich keinen Meter von uns. Weil wir sonst vermutlich vor

Hunger und Durst gestorben wären und davor mehr Angst hatten als vor einem neuerlichen Besuch der Soldaten, riss ich mich zusammen und machte mich wieder auf den Weg zu der Bäuerin am Waldrand.

Sie hatte zum Glück wieder gefüllte Milchkannen aufgestellt. Außerdem legte sie mir altbackenes Brot und ein paar schrumpelige Äpfel vom Vorjahr in meinen vor Dreck starrenden Rock, den ich wie eine Schürze aufhielt.

»Seid's immer noch im Wald«, stellte sie nüchtern fest und meinte, es ginge das Gerücht um, die Russen zögen aus Graz ab. »Die Engländer kommen, die sind nicht so gefährlich.«

Diese Nachricht verbreitete sich auch in unserem Waldlager. Weil Greta große Schmerzen litt und dringend einen Arzt brauchte, entschlossen wir uns schließlich nach einer weiteren Nacht, den Heimweg anzutreten. Viele taten es uns gleich, und das Lager leerte sich nach und nach. Elf Tage waren wir im Wald gewesen.

Geschunden, mit struppigem Haar, verdreckt, mager und ängstlich, schafften wir es aus dem Wald heraus. Greta übergaben wir wieder der alten Frau, die das arme Ding unter großem Jammer in Empfang nahm. Sie sah sofort, dass etwas Schlimmes mit ihr geschehen war.

Die Russen hatten ihr Häuschen bei ihren Durchsuchungen regelrecht auf den Kopf gestellt. Zurück in unserem kargen Zimmer wollten wir nur eines: uns waschen, die Kleidung wechseln und die wenigen Essensmarken eintauschen, die ich unter meiner

Matratze versteckt hatte. Wir nahmen unser Leben als Geflüchtete wieder auf, aber über die Zeit im Wald konnte keine von uns sprechen.

Ich begleitete Greta mehrmals zum Arzt, denn sie hatte am ganzen Körper Wunden, die sich entzündet hatten, und wagte keinen Schritt allein aus dem Haus. Auch wir zwei Frauen schwiegen über das Erlebte. Da war einerseits diese große Scham, andererseits fehlten uns die Worte, die vielleicht passend gewesen wären. Ich fühlte mich um Jahre gealtert. Die Kinder und ich brauchten Wochen, um nachts wieder ruhiger zu schlafen. Beim kleinsten Geräusch schreckten wir hoch und litten unter Alpträumen. Schule fand nicht statt, Spielzeug gab es keines, und so verging die Zeit damit, für Lebensmittel anzustehen, für Feuerholz zu sorgen, das Zimmer frei von Ungeziefer zu halten und zu versuchen, Kontakt in die Heimat aufzunehmen. Noch immer waren Telefon- und Telegrafenverbindungen zwischen den Ländern gekappt, die Post funktionierte höchstens innerhalb von Österreich, aber nicht über die Grenze hinaus.

Wenn ich etwas Kraft gesammelt hatte, lief ich zu Fuß den weiten Weg zur britischen Kommandantur in Graz, um die Erlaubnis für unsere Rückkehr nach Kronstadt zu erhalten. Doch schon bei meinem ersten Versuch lachte der Sachbearbeiter über unsere rumänischen Pässe und kassierte sie ein.

»Die sind wertlos und außerdem gefährlich für Sie, gute Frau«, warnte er mich, »mit diesen Papieren sollten Sie im Moment nirgends unterwegs sein«. Die einzige Möglichkeit, nach Hause zu kommen, sei eine schriftliche Bewilligung durch die britischen Besatzer. »Das kann dauern«, ließ er mich wissen. Die Zugverbindungen, erfuhr ich, seien zudem höchst unzuverlässig.

Trotzig stand ich weiterhin vor dem Büro des britischen Kommandeurs, manchmal zwei- oder dreimal in der Woche. Oft musste ich dort stundenlang warten, zumal ich nicht die einzige war, die, ohne gültige Papiere zu besitzen, um einen Grenzübertritt bat.

Immer wieder kehrte ich ohne Erlaubnis und niedergeschlagen zu Anna und den Kindern zurück. Ich hatte zwar noch das Geld aus Kronstadt bei mir, aber es nützte uns in Österreich rein gar nichts – daran, dass ich auf dem Schwarzmarkt damit vielleicht Pässe hätte kaufen können, wollte ich nicht mal denken. Zu sehr fürchtete ich, mich eines Verbrechens schuldig zu machen und die Kinder im Stich lassen zu müssen.

Wieder war meine älteste Tochter Rita für mich die größte Stütze. Abends saß ich an dem Bett, das sie sich mit ihrer Schwester teilen musste, und wir überlegten im Flüsterton, ob es klug wäre, mit allen Mitteln den Rückweg nach Hause einzuschlagen. Mit ihren 16 Jahren mutete ich ihr viel zu. Ich konnte meine Kinder nicht so schützen, wie ich es mir gewünscht hätte. Immer wieder mussten sie miterleben, wie uns auf der Straße oder beim Anstehen für Lebensmittel offener Hass entgegenschlug. Wo wir auch waren, man sah in uns die Deutschen, die Nazis. Und als Geflüchtete waren wir ebenfalls nicht gern gesehen, angeblich würden wir den Einheimischen die rationierte Nahrung wegnehmen.

Riesengroß war daher die Erleichterung, als wir im Herbst 1945 überraschend die Genehmigung erhielten, Österreich zu verlassen und mit dem Zug über Ungarn nach Rumänien zu reisen. Dafür gab es ein Schriftstück, das nicht verloren gehen durfte und das ich deshalb wie einen Schatz hütete. Vor uns lag erneut eine gut tausend Kilometer lange Strecke voller Ungewissheit.

Als wir endlich einen Zug besteigen durften, sagte ein österreichischer Mitreisender ganz unverhohlen zu uns: »Euer Platz ist unter den Rädern!«

Vier lange Tage waren wir mit der Bahn unterwegs. Immer wieder hielt der Zug auf offener Strecke an, und Männer sprangen heraus, um Trümmer oder Steine von den Gleisen zu räumen. Manchmal ging es stundenlang nicht weiter. Voller Sehnsucht dachte ich an Richard. Ob er uns in Kronstadt erwarten würde? Vielleicht war ihm wie durch ein Wunder nichts passiert? Im Zug war es stickig und voll. Heimkehrer und Heimatlose, russische und britische Soldaten, zerlumpte Gestalten, Verwundete, Frauen und Kinder drängten sich auf ihrem wenigen Hab und Gut in jedem Eck, als ob es der letzte und einzige Zug dieser Welt wäre.

Wenn ich kurz wegdöste, erschien mir Richards Bild. Ich versuchte, mir all die schönen Erinnerungen ins Gedächtnis zu rufen. Unsere Hochzeit. Wie wir tanzten. Wie er unsere Kinder im Garten durch die Luft wirbelte. Es galt, all die bangen Stunden bis nach Hause irgendwie zu überstehen. Dabei hatten wir ständig Angst, der Gewalt der mitreisenden russischen Soldaten ausgesetzt zu sein. Sofort kamen die schlimmen Erinnerungen an die Zeit im Wald wieder hoch. Die Männer waren laut und rücksichtslos, soffen, urinierten sogar in die Gänge, torkelten und krakeelten durch die Waggons. Wir wagten uns nicht von unseren Sitzen. Als sich ein russischer Offizier breitbeinig vor unserem Abteil aufbaute, war ich fast der Ohnmacht nahe. Aber der Mann lächelte uns an. Er setzte sich vor unser überfülltes Abteil, in dem noch eine weitere Frau mit zwei Kindern saß, und bewachte uns die ganze Nacht hindurch, damit uns niemand etwas zuleide tun konnte. Das war ein echtes Schlüsselerlebnis für mich.

Am nächsten Tag geschah noch etwas, das mich wieder an das Gute im Menschen glauben ließ: Ausgerechnet ein Jude, für den wir Deutschstämmige ja die schlimmsten Mitmenschen sein mussten, warnte uns: »Fahrt nicht über den Bahnhof von Arad, sonst werdet ihr eingesperrt.« Es wäre der bequemere und direkte Weg für uns nach Hause gewesen, aber wir hörten auf den Mann und verließen den Zug bei der nächstbesten Station vor der ungarisch-rumänischen Grenze. Dort entschied ich mich, die Reichsmark, die wir noch bei uns hatten, loszuwerden. In der Nähe des Bahnhofs fanden wir ein Plumpsklo, wo wir das Geld hineinwarfen. Anna entließ ich, damit sie zurück zu ihrer Familie konnte. Unter Tränen verabschiedeten wir uns voneinander.

Ohne richtige Ausweise durften die Kinder und ich nicht bis nach Kronstadt weiterreisen und strandeten schließlich auf dem Bauernhof bei meiner

Mutter in Reichesdorf. Dort erfuhren wir, was sich in den Monaten unserer Abwesenheit im Land verändert hatte.

Schon kurz nach unserer Flucht waren Deutschstämmige, die Grund und Boden besaßen, weitgehend enteignet worden. Das betraf in großem Stil die Landwirte und Weinbauern. Äcker, Weinberge, Gerätschaften und Maschinen, die Höfe mit ihren Scheunen – alles gehörte nun dem neuen, kommunistischen rumänischen Staat. Hunderttausende Hektar Land waren unter Bauernfamilien aufgeteilt worden, von denen viele vorher gar keinen eigenen Boden besessen hatten. Der Staat gab vor, dass Rumänen vermehrt in die Provinz umsiedelten und in die Häuser und Höfe der Enteigneten einzogen. »Rumänisierung« nannte sich das. Gerade wir Siebenbürger waren nun in den meisten Dörfern in der Minderheit. Es gab nicht wenige Bauern, die keine landwirtschaftliche Grundlage mehr hatten und sich anderswo verdingen mussten, wenn sie denn überhaupt Arbeit fanden. Manche, so wie meine Mutter, durften ihre Ernte wenigstens noch einholen und einen kleinen Teil davon behalten. Doch ihr Betrieb war nun Teil eines Kollektivs, und sie hatte Angst vor dem Plan der rumänischen Regierung, die deutschstämmigen Bauern in andere Landesbereiche zwangsumzusiedeln. Dies wurde letztlich nie umgesetzt, doch damals fürchtete Mutter sehr, Reichesdorf verlassen zu müssen. Roma kamen keine mehr. Sie waren verschleppt, ermordet, geflüchtet – nie wieder haben wir einen der uns so vertrauten Helfer gesehen.

Mehrere meiner Onkel, Cousins und Cousinen waren in russische Lager deportiert worden. Die halbe Nachbarschaft fehlte. Entweder waren die Menschen ausgehoben worden, in Kriegsgefangenschaft geraten, ins Ausland geflohen oder tot. Wir Siebenbürger waren nun Unerwünschte im ganzen Land, so bestand keine Aussicht darauf, dass die Behörden uns in naher Zukunft Papiere ausstellen würden.

Wo Richard war, hatte meine Familie nicht herausgefunden. Seit unserer Flucht hatte niemand von ihnen nach Kronstadt fahren dürfen und keine Nachricht meiner Schwiegereltern erhalten. Wenn die Kinder im Bett waren, suchte man vorsichtig das Gespräch mit Verwandten und Nachbarn. Man hörte sich um, ob jemand Informationen hatte oder einen Hinweis, der nützlich sein konnte. Viele Frauen meiner Generation haben nie erfahren, dass ihre Männer gestorben waren – sie galten dann so lange als vermisst, bis man sie zwangsläufig eines Tages für tot erklärte. Nacht für Nacht betete ich, dass mir dieses Schicksal erspart bleiben würde.

»Ich muss unbedingt nach Kronstadt und nach unserem Haus sehen, vielleicht wartet Richard dort auf uns«, hoffte ich verzweifelt. Seit unserer Ankunft drehten sich fast alle meine Gedanken darum, wie wir als Familie wieder vereint werden könnten.

»Es gibt nur eine Möglichkeit«, beschloss meine Mutter eines Tages. Sie konnte mich nicht mehr leiden sehen und hatte mit meinem hoch betagten Großvater einen Plan gefasst. All das Geld, das er durch die schwierige Zeit hatte retten können, ein kleines Vermögen, zahlte er an die korrupten rumänischen Beamten, damit wir wieder in den Besitz von Ausweisen kamen. Er schämte sich sehr wegen dieser Bestechung. Aber das war meine einzige Chance, endlich mit dem Zug nach Kronstadt fahren zu dürfen.

Als ich unser Haus erreichte, fand ich Richard nicht vor. Stattdessen war unser wunderschönes Zuhause besetzt von rumänischem und russischem Militär. Die Offiziere hatten sich dort eigenmächtig einquartiert, nachdem Richard inhaftiert worden war. Dies erfuhr ich von meinen Schwiegereltern, die ich nach einiger Suche und mit Hilfe von Nachbarn ebenfalls nicht in ihrem ursprünglichen Zuhause, sondern in einem Zimmer in der Stadt fand. Auch sie waren vertrieben worden. Das Modehaus durften sie zu diesem Zeitpunkt noch weiterbetreiben, denn die Enteignungen durch den Staat betrafen die rumänisch-deutsche Stadtbevölkerung erst später als die Menschen vom Land. Dennoch war von unternehmerischer Freiheit keine Spur: Jederzeit bestand für Deutschstämmige die Gefahr, als »Saboteure« verhaftet zu werden.

»Richard haben sie zur Zwangsarbeit geholt«, erzählte mir meine Schwiegermutter in bitterem Ton. Die Sorgen um ihn und die beiden Schwiegersöhne, die ebenso verschleppt worden waren, hatten sie geschwächt, sodass sie ihren alten Argwohn mir gegenüber vergessen zu haben schien. Ich musste unverrichteter Dinge zurück nach Reichesdorf fahren und berichtete dort unter Tränen, dass Richard irgendwo in unserem Heimatland schuften musste und unser Haus von Fremden besetzt war.

Anfang 1946 begannen die Russen, ihre Gefangenen aus den Lagern in der UdSSR wieder zurück nach Rumänien zu schicken. Das könnte für Richard Gutes bedeuten, hofften wir. Tag für Tag warteten wir auf Nachricht von ihm, bis er im Herbst völlig unerwartet auf dem Hof meiner Mutter stand. Als er nach seiner Entlassung unser Haus in Kronstadt besetzt vorgefunden hatte, hatte er seine Eltern gesucht und auf diese Weise von unserer glücklichen Heimkehr nach Reichesdorf erfahren.

Abgemagert und blass stand er vor mir, die ersten weißen Strähnen in seinen dunklen Haaren. 45 Jahre war er alt, aber man hätte ihn gut zehn Jahre älter schätzen können. Wortlos fielen wir uns in die Arme. Wie oft hatte ich mir ausgemalt, wie es sein würde, wenn wir uns wiedersehen. Nun war es, als wären alle tiefen Gefühle verschüttet, alle Tränen schon geweint. Wir hätten uns beide stundenlang zu erzählen gehabt, aber alles, was wir hervorbrachten, waren Sätze wie »Gott sei Dank, dass du wieder da bist«, oder »Ihr seid also gut durchgekommen.«

Über das, was er durchgemacht hatte, die Entbehrungen und Erniedrigungen im Arbeitslager, sprach Richard so gut wie nichts. Nicht am Tag seiner Ankunft, nicht die Tage danach, jahrelang wurde darüber geschwiegen oder wurden nur verstohlene Andeutungen gemacht. Auch von den anderen Familien, denen es ähnlich ergangen war, erfuhr man so gut wie nichts. Was man sich von Zeit zu Zeit hinter vorgehaltener Hand erzählte, waren Geschichten von Folter in den russischen Lagern, von unmenschlicher Behandlung durch die Aufseher, von verdorbenem Essen, Ungeziefer und Krankheiten unter den Gefangenen. Die deutschen Zwangsarbeiter in Rumänien sollen nicht ganz so grausam behandelt worden sein, weil es rumänische Aufseher gab, die Mitleid mit ihnen hatten.

Ich selbst tat mir ebenso schwer damit, von unseren Erlebnissen auf der Flucht und in Österreich zu erzählen. Was ich erlebt und dabei empfunden hatte, verschloss ich in mir. Niemand wollte den anderen mit seinen Erinnerungen belasten, also blieb man still. Das galt auch für unsere Kinder. Aus den fröhlichen, musikalischen und in ihren Schulklassen beliebten Mädchen waren ernste Jugendliche geworden. Waren wir monatelang eng zusammengeschweißt gewesen, mussten sie sich zudem wieder an die Anwesenheit ihres Vaters gewöhnen. Jürgen war inzwischen acht Jahre alt und besuchte vorübergehend die Dorfschule, deren Klassen voller Kinder waren, die schwere Schicksale erlitten hatten. In der Schule und im öffentlichen Leben durfte nur noch rumänisch gesprochen und geschrieben werden, das Deutsche wurde regelrecht verbannt. Das ging so weit, dass man nur noch im engsten Familienkreis deutsch sprach, um nicht aufzufallen.

Was man Richard nicht hatte nehmen können, war seine aufrechte innere Haltung. Schon kurze Zeit nach seiner Rückkehr sagte er: »Ich lasse mich nicht kleinkriegen.«

Immer wieder zerbrachen wir uns den Kopf darüber, wie wir zurückkehren könnten in unser Haus. Die Kinder sollten wieder in ihre Schule in

Kronstadt gehen, und Richard litt darunter, im Dorf keiner Arbeit nachgehen zu können. Dazu kam, dass im Sommer 1946 eine große Dürre über das Land hereinbrach und wir abermals Hunger leiden mussten. Wie viele Schicksalsschläge würden wir noch ertragen können?

1947 sah es zunächst so aus, als müssten wir alle Hoffnungen auf ein neues Leben in Kronstadt begraben: Die Rumänische Volksrepublik wurde ausgerufen. Nun wurden die städtischen Kaufleute und Geschäftsinhaber offiziell enteignet. Alles, was wir je besessen hatten, war nun Staatseigentum. Damit hatten wir jeden Anspruch auf das Geschäft und unser Haus verloren. In Reichesdorf konnten wir nicht bleiben, denn Rumänen waren im Bauernhof meiner Mutter einquartiert worden, und wir drängten uns auf engstem Raum. Die große Dürre hatte unseren Landkreis getroffen, und die Lebensmittel wurden knapp. Es reichte gerade so, um zu überleben.

»Vielleicht gibt es doch einen Weg, zurück ins Haus zu kommen«, überlegte Richard eines Tages. Er erzählte mir, dass seine Eltern während unserer Abwesenheit die wertvolle, spezielle Nähmaschine, einst ein Hochzeitsgeschenk an uns, in ihre Obhut genommen hatten. Einer der rumänischen Offiziere, die unser Haus bewohnten, interessierte sich dafür und wollte sie seiner Frau schenken. Im Gegenzug dafür erklärte er sich bereit, uns ein Zimmer zu überlassen. So kamen wir mit Hilfe der Nähmaschine und unseren teuer erkauften Ausweisen zurück nach Kronstadt in unser Haus.

Es war keine glückliche Heimkehr. Im Wohnzimmer, in unserem Schlafzimmer, in den Kinderzimmern – überall waren wie damals, bei meiner ersten Ankunft auf der Suche nach Richard, fremde Menschen einquartiert. Neben rumänischen Sicherheitsleuten und dem Offizier lebten nun dort noch ein junger rumänischer Anwalt, eine Familie von der Moldau und für kurze Zeit auch sowjetische Soldaten.

Unsere schönen Möbel, darunter so manches Erbstück aus Richards Familie, waren kreuz und quer im Haus verteilt worden. Jeder hatte sich nach Gutdünken an unserem Hab und Gut bereichert und sich die Möbel so gestellt, wie er es brauchte. Vieles fehlte oder war beschädigt.

Fremde Menschen schliefen in unseren Betten, nutzten unsere Wäsche, hatten sich aus unseren Kleiderschränken, Bücherregalen, unserer Küche bedient. Sie aßen von unserem Geschirr, nutzten unser Besteck, unsere Handtücher. Zumindest, was davon noch übrig war. Das Haus war schlichtweg auf den Kopf gestellt worden, es war schmutzig und unordentlich.

Der Garten, Richards ganzer Stolz, war verwildert. Unser Schwimmbecken, das er eigenhändig gebaut hatte, fanden wir verdreckt und vermoost vor. Ich weinte bei diesem traurigen Anblick.

Am schlimmsten aber litten Jürgen, Rita und Marie. Sie suchten verzweifelt ihre zurückgelassenen Spielzeuge und Kleidungsstücke, die entweder nicht mehr vorhanden oder von fremden Kindern in Beschlag genommen waren. Es kostete mich die größte Überwindung, ihnen beizubringen, dass wir keine Chance hatten, die Dinge zurückzufordern. Wir hatten kein Recht mehr an unseren Sachen.

Der rumänische Offizier, dem wir unsere Nähmaschine vermacht hatten, überließ uns unser Schlafzimmer, wo wir uns erst einmal zu fünft einrichteten. Es gab nur ein Badezimmer, das alle Bewohner gemeinsam nutzten. Für mich war mitunter das Schlimmste, dass nicht jeder von ihnen die einfachsten Hygieneregeln kannte. Es kam vor, dass das Bidet als Toilette benutzt wurde.

Einige Zeit weinte ich jeden Tag und beklagte mich bei Richard bitterlich über diese Zustände und unsere Lage, doch bald wich meine Verzweiflung einer großen Resignation. Ich versuchte, es uns etwas wohnlich zu machen, und verbrachte viel Zeit damit, den Fremden hinterherzuputzen.

Gemeinsam wollten Richard und ich unser Zuhause vor dem Verfall bewahren. Zwar durfte Richard weiter für das Modehaus arbeiten, doch er war nun ein Angestellter des rumänischen Staats. Er hatte keinerlei unternehmerische Befugnisse mehr, und der Staat bestimmte, was er verdienen durfte.

Dazu kamen die extremen gesellschaftlichen und politischen Veränderungen, die bis ins intimste Privatleben der Familien hineinwirkten. Praktisch über Nacht hatte die ständige Furcht Einzug gehalten, man könnte als Deutschstämmiger etwas Falsches tun oder sagen. Selbst in unserem eigenen Haus mussten wir uns davor hüten, von den anderen Bewohnern belauscht zu werden. Wir besprachen nichts Persönliches, wenn wir uns außerhalb unseres Zimmers befanden. Eine Unachtsamkeit genügte, dass jemand auf die Idee kam, die Staatspolizei zu informieren. Diese griff dann sehr rasch durch und holte die Menschen ohne Vorwarnung oder die Möglichkeit, sich rechtlich zu verteidigen, aus ihrem Zuhause.

Solche willkürlichen Verhaftungen waren für Siebenbürger wie uns an der Tagesordnung. Es konnte passieren, dass rumänische Nachbarn, zu denen man einst ein gutes Verhältnis hatte, einen wegen irgendeiner Kleinigkeit oder aus Missgunst denunzierten. Selbst alte Bekannte und Freunde konnten sich als Fähnchen im Wind entpuppen. Den Denunzianten drohte keine Gefahr, im Gegenteil. Manche erhielten sogar Belohnungen oder Vergünstigungen, sodass viele nicht standhaft blieben und arglose Menschen auslieferten, selbst wenn es die Eltern der Schulfreunde ihrer Kinder waren. Man konnte niemandem mehr trauen. So traf es uns wieder hart.

Im Sommer 1947 beschuldigte das Kronstädter Finanzamt Richard völlig unerwartet, ein Kleidungsstück zu teuer verkauft zu haben. Wir waren sicher, dass uns ein Kunde zu Unrecht angeschwärzt hatte.

Zu meinem großen Entsetzen wurde Richard sofort inhaftiert, er bekam nicht einmal die Chance, den Irrtum aufzuklären oder einen Anwalt zu konsultieren. Man brachte ihn ins Kronstädter Gefängnis. Dort wurde er gefoltert, indem man ihn stundenlang in einem Verhörzimmer stehen ließ. Für ihn mit seinem verkürzten Bein eine große Qual.

Wieder waren wir getrennt, und ich bangte um seine körperliche und psychische Gesundheit. Besuchen durfte ich Richard nicht. Ich machte mich trotzdem mehrmals die Woche auf den Weg zum Gefängnis und beobachtete es von außen, in der Hoffnung, dass Richard zufällig in diesem Moment aus seinem Zellenfenster schauen und mich sehen würde. Es war die pure Schikane, die uns zermürben sollte. Denn mit Richards Inhaftierung hatten wir von einem Tag auf den anderen kein Einkommen mehr.

Eines Abends saß ich wieder einmal verzweifelt auf der Bettkante in unserem engen Zimmer und wusste nicht mehr ein noch aus. Rita ließ sich neben mir nieder, und wir weinten eine Weile zusammen. Sie war damals 18 Jahre alt und eine fleißige, junge Frau, die versuchte, die auf der Flucht versäumte Schulzeit auf dem Kronstädter Gymnasium nachzuholen. Es fehlte ihr nur noch ein knappes Jahr und sie würde ihren Abschluss machen. Ich war sehr stolz auf sie. Aber ich erzählte ihr von meinen Sorgen und dass ich nicht wüsste, wie wir ohne das Einkommen von Richard überleben sollten.

»Wer weiß denn, wann sie ihn wieder freilassen«, brachte ich unter Tränen hervor. Rita nahm mich in den Arm, als wäre nicht ich die Mutter, sondern sie.

»Ach, Mama, darüber habe ich mir auch schon Gedanken gemacht. Was hältst du davon, wenn ich arbeiten gehe? Ich bin ja jetzt erwachsen.« Das wollte ich auf keinen Fall!

»Nein, kommt gar nicht infrage, mir ist wichtig, dass du dein Abitur machst. Du hast schon zu viele

Monate versäumt, ohne dass du etwas dafür konntest. Wir lassen nicht zu, dass sie uns deine Zukunft auch noch stehlen.«

Aber Rita ließ nicht locker. In den Tagen nach diesem Gespräch kam sie immer wieder auf mich zu. »Mama, überleg' es dir. Ich weiß ohnehin nicht, was ich nach dem Abitur machen soll. Derzeit darf ich als Siebenbürgerin gar nicht an die Universität. Da kann ich gleich anfangen zu arbeiten.«

Als unsere knappen Ersparnisse nur wenige Wochen später zu Ende gingen, willigte ich schließlich doch in ihre Pläne ein. Allerdings war es nicht einfach so, dass sie sich auf einem freien Arbeitsmarkt hätte bewerben können. Man brauchte Beziehungen. In diesem Fall war es ein Jude, ein Holocaust-Überlebender, der uns half. Rita bekam durch ihn eine Anstellung in der Kronstädter Beiersdorf-Fabrik, wo Nivea-Creme hergestellt wurde. So wurde unsere Einkommenssituation etwas besser, doch mein schlechtes Gewissen nagte an mir, weil mein Kind die Schule für uns abgebrochen hatte.

Unterdessen griff der neue Stalinismus weiter um sich. Es kam sogar soweit, dass Kronstadt zwischenzeitlich in »Stalinstadt« umbenannt wurde.

Nach einem Jahr Haft entließ man Richard wieder, so prompt, wie man ihn ins Gefängnis gebracht hatte. Im Nachhinein gab es von Seiten der Behörden keine Erklärung, keine Entschuldigung, nichts. Das zeigte einmal mehr, dass sie mit uns Siebenbürgern machen durften, was sie wollten. Als mein Mann mit einem kleinen Bündel Kleidung wieder zu Hause ankam, war mein erster Gedanke, ob er wohl immer noch derselbe aufrechte Mann wäre, den ich kannte. Genau so war es. Richard kehrte zwar mit starken Hüftschmerzen zurück und brauchte ärztliche Behandlung, um sich von den Strapazen zu erholen, doch er wollte keine Zeit damit verschwenden, über das gestohlene Jahr im Gefängnis zu klagen. Auch nach dieser Niederlage gelang es ihm, wieder aufzustehen. War er dennoch in seinem Innersten verzweifelt, so ließ er uns das nicht merken.

Doch äußerlich kehrte keine Ruhe ein und man machte ihm weiter das Leben schwer. Während seiner Zeit im Gefängnis war sein Arbeitsplatz im Geschäft an einen Rumänen vergeben worden. Er wollte keinesfalls hinnehmen, dass uns Rita alle über Wasser halten musste, und versuchte mit großem Aufwand, eine neue Arbeit für sich zu finden. Das einzige, was sich für ihn ergab, war eine Verkaufstätigkeit an einem kleinen Kiosk. Er, Absolvent der Höheren Handelsschule, fügte sich diesem Schicksal.

»Es ist besser als nichts«, sagte er sich.

Noch zwei weitere Male nahm ihn die Polizei mit, behielt ihn willkürlich mal Tage, mal Wochen in Haft und ließ ihn danach wieder laufen. Doch fortan saß uns die Angst im Nacken, es könnte sich jederzeit wiederholen. Bei mir lagen die Nerven blank, ich traute mich kaum noch vor die Türe. Die Angst, denunziert zu werden, beherrschte unseren Alltag. Gegen solche Machenschaften konnten wir uns nicht zur Wehr setzen, ohne erneut bestraft zu werden. Richard hielt sich stoisch an dem fest, was wir uns seit unserer Rückkehr nach Kronstadt mühsam aufgebaut hatten. Er verdiente kleines Geld am Kiosk, zog im Garten Gemüse, erledigte Reparaturarbeiten am Haus. Hin und wieder stahl er sich davon und ging, ohne es mir zu sagen, zum Modehaus. Er stand dann eine Weile davor, doch niemand kam heraus, um den ehemaligen Chef zu begrüßen. Längst arbeitete keiner der früheren Angestellten mehr dort. Er musste sich wohl oder übel davon verabschieden, was einst sein Vater aufgebaut hatte und was er in die Zukunft hätte führen sollen. Meine Schwiegereltern waren über diese Entwicklung ganz verbittert geworden. Für Richards Vater war es die Zerstörung seines Lebenswerks.

Eigentlich hätte 1952 für unsere Familie nach langer Zeit einmal wieder ein gutes Jahr werden sollen. Rita hatte sich mit Walter, einem angenehmen, jungen deutschen Mann, verlobt. Voller Vorfreude über das anstehende schöne Ereignis schaute ich mich nach einem Stoff für Ritas Hochzeitskleid um und plante, dafür unsere alten Verbindungen in die Textilbranche und zu einer Schneiderin aufzunehmen. Endlich sollte sich etwas Positives ereignen! Rita, die so früh erwachsen werden musste und für uns so viel auf sich genommen hatte, sollte endlich glücklich werden dürfen.

Doch dann änderte sich erneut schlagartig alles: Noch einmal rollte eine Welle staatlicher Enteignungen über das Land hinweg. Obwohl es bei uns nichts mehr zu holen gab, verloren wir endgültig unser Haus. Wir mussten Kronstadt innerhalb weniger Tage verlassen und wurden aufs

Land zwangsevakuiert, ohne zu wissen, für wie lange. Unser Verbrechen: einmal mehr unsere deutsche Abstammung.

Rita, deren Verlobter in Kronstadt bleiben durfte, musste ihre Arbeitsstelle aufgeben und mit uns kommen. Wir wurden der provinziellen Gemeinde Tartlau im Burzenland zugeteilt, die heute Prejmer heißt. Wenigstens durften wir auf diese Weise im Kreis Kronstadt bleiben.

Richard wurde gezwungen, gegen einen regelrechten Hungerlohn für den Staat zu arbeiten, und musste mit einem Trupp anderer Männer Eisenbahngleise in der Umgebung reparieren.

In unseren Ausweisen prangte nun ein fettes »D«; das hieß, wir waren unerwünschte Personen, die den Ort ihres Zwangsaufenthalts nicht ohne behördliche Genehmigung verlassen durften. Doch diese Auflage war blanker Hohn: Selbst wenn wir beantragt hätten, woanders hinziehen zu dürfen, hätten uns die Ämter einen Riegel vorgeschoben. In Tartlau waren wir Fremde, wo uns, zusammen mit anderen Vertriebenen, eine einfache Unterkunft zugewiesen wurde. Ich fand die Umstände, unter denen wir nun zu leben hatten, noch schlimmer als in Kronstadt. Würden wir je wieder heimkehren dürfen? Was würde aus unserem schönen Haus werden, wenn nun niemand mehr ein Auge darauf hatte?

Rita machte sich Sorgen um ihre bevorstehende Hochzeit. Sie war 23 Jahre jung und wollte endlich das Leben, das vor ihr lag, genießen. Auf die Trauung hatten wir uns alle besonders gefreut, denn solche Zeremonien waren der evangelischen Kirche, neben Taufen und Beerdigungen, gerade noch erlaubt. Der atheistische neue Staat untersagte uns Evangelen ansonsten fast alle kirchlichen Aktivitäten. Rita träumte, wie viele junge Kronstädter, davon, eines Tages in der berühmten Schwarzen Kirche vor den Traualtar zu treten. Mir brach das Herz, wenn ich sie davon sprechen hörte. Sie hielt es in Tartlau nicht mehr aus.

In der Gemeinde lebten überwiegend Menschen, die durch den Zweiten Weltkrieg schwere Schicksalsschläge erlebt hatten und teils noch Schlimmeres mitgemacht hatten als wir. Aus der Gemeinde waren 1945 besonders viele Sachsen nach Russland und Sibirien verschleppt worden, und die meisten waren nicht mehr zurückgekehrt. Über fast jedem Haus, jeder Familie, lag ein düsterer Schatten. Unsere neuen Nachbarn waren traumatisiert, verstört und eingeschüchtert. Jeder blieb mit seinem Schicksal für sich, war beschäftigt mit Überleben. Es war damit unmöglich, Anschluss zu finden, Freundschaften zu schließen, sich ein soziales Leben aufzubauen.

Jürgen musste wieder einmal die Schule wechseln und sich der dörflichen Klassengemeinschaft anpassen. Marie war inzwischen zwanzig Jahre alt und musste, wie ich, Arbeiten in der verstaatlichten Landwirtschaft verrichten, damit wir einigermaßen über die Runden kamen. Sie war verliebt und träumte davon, ihren Verlobten heiraten zu dürfen, aber wie Rita war auch sie unfreiwillig von ihm getrennt worden.

Wie man die jungen Paare wieder vereinen sollte, wussten wir nicht. Der Plan der neuen Staatsmacht war, alles Bürgerliche aufzulösen und eine neue Arbeiter- und Bauernschicht zu erschaffen.

Etwas besser ging es denen, die bereit waren, in die Kommunistische Partei einzutreten. Man bekam zum Beispiel die Chance, beruflich aufzusteigen und etwas mehr zu verdienen, oder es wurde einem neuer Wohnraum zugeteilt. Besonders die Jugend wurde umworben, in der Schule unseres Sohnes war der Gruppenzwang groß. Wir versuchten, uns davor zu drücken, so gut wir konnten. Manchmal aber sehnte ich mich so sehr nach einem unbeschwerten Leben. Dass wir uns weigerten, uns offiziell zum Kommunismus zu bekennen, hatte den Preis, keine gültigen Pässe zu bekommen. Vielen war dieses Opfer zu groß, und es gab nicht wenige unter unseren Siebenbürger Nachbarn, die ihren Widerstand irgendwann aufgaben.

»Was meinst du, machen wir es uns doch nicht so schwer und treten eben in diese Partei ein, vielleicht genügt es ja, wenn wir einfach Mitglieder sind, ohne uns groß zu engagieren?«, fragte ich Richard. »Es könnte Rita und Marie helfen, endlich heiraten zu dürfen, eine Wohnung zu bekommen und eine vernünftige Arbeit ... und Jürgen wäre in der Schule beliebter bei den Lehrern.«

Aber Richard war dagegen. »Sie haben uns schon alles genommen, auf gar keinen Fall kriegen die Kommunisten auch noch unsere Stimme«, war seine Überzeugung.

Nach einem halben Jahr der Trennung wurde es Rita in Tartlau zu viel. Sie wollte unbedingt nach Kronstadt, um Walter zu sehen. Noch hatte sie die

Hoffnung, dort heiraten zu können. Nur das »D« in ihrem Ausweis machte ihr Sorgen, denn das bedeutete ja, dass sie die Provinz nicht verlassen durfte. Nachdem ich ihr vehement davon abriet und sie bat, noch Geduld zu haben, wollte sie einen Rat von ihrem Vater.

Richard war nicht gut darin, sich den neuen, gefährlichen Umständen anzupassen und meinte: »Du hast ja kein Verbrechen begangen, vielleicht kann die Polizei in Kronstadt dir ausnahmsweise eine Genehmigung geben.« Welchen Ratschlag hätte man seinem eigenen Kind, das unter den Umständen fast zugrunde ging, sonst geben können? Wir waren mit solchen Problemen ganz auf uns allein gestellt. Es gab niemanden, keinen Anwalt, kein Amt oder eine hilfreiche Person, an die wir uns wenden konnten. Wir waren gezwungen, riskante Entscheidungen zu treffen.

»Geh nicht«, bekniete ich Rita, »du kommst nicht einmal nach Kronstadt hinein. Überall wird man kontrolliert. Was glaubst du, passiert, wenn jemand deinen Ausweis sieht?«

Richard wollte nicht glauben, dass unsere Tochter genauso in Gefahr schwebte wie er selbst. »Du bist eine unschuldige, junge Frau, was sollen sie dir schon anhängen?«, ermunterte er sie.

Mir aber bereitete die Sache große Bauchschmerzen. »Ich habe kein gutes Gefühl dabei«, versuchte ich, Rita umzustimmen.

Aber als Richard sagte: »Wenn sie dich nicht zu Walter lassen, dann hast du es wenigstens versucht. Dann steigst du eben in den nächsten Zug zurück nach Tartlau«, machte sie sich mutig auf den Weg zum Bahnhof.

Es sollte ein Abschied für zwei Jahre werden. In Kronstadt wurde sie, kurz nachdem sie bei unserem zukünftigen Schwiegersohn angekommen war, von Nachbarn bei der Polizei angeschwärzt. Sie wurde sofort festgenommen und in ein Arbeitslager gebracht. Da sie erwachsen war, hielt es die Polizei nicht für nötig, ihre Familie über ihren Verbleib zu informieren. Wir haben erst einige Tage nach ihrer Verhaftung einen verzweifelten Brief von Walter erhalten und so erfahren, was mit ihr geschehen war. Zunächst wurde sie zu schwerer Feldarbeit bei Bukarest verurteilt. Als sie bemerkte, dass sie ein Kind erwartete, musste sie ihre Strafe im Gefängnis in Kronstadt fortsetzen.

Ich war völlig verzweifelt und außer mir, habe nächtelang geschrien aus Angst um unsere Tochter. Ihr Kind, unseren ersten Enkel, musste sie im Gefängnis zur Welt bringen. Es brach mir das Herz, ihr nicht beistehen zu können. Ihr Verlobter durfte seinen Sohn nur ein Mal für zehn Minuten sehen, zwischen ihm und Rita verlief Stacheldraht.

Unsere Tochter und unser kleiner Enkel kamen schließlich im Zuge einer Begnadigung durch die Behörden frei, doch die Freude darüber währte nur kurz. Nach einer in aller Eile geschlossenen Ehe, ohne das schöne Fest, das sich Rita so gewünscht hatte, sperrte man unseren Schwiegersohn ein. Über den Grund dafür ließ man uns im Ungewissen. Hatten Richard und ich gehofft, unseren Kindern würde es besser ergehen als uns selbst, so sollten wir jetzt noch einmal die Macht und Willkür des rumänisch-kommunistischen Staates mit voller Wucht spüren: 15 Jahre musste Rita mit ihrem Sohn ohne Mann und Vater auskommen. So lange blieb Walter unschuldig in Haft.

Marie war inzwischen Mutter einer kleinen Tochter geworden. Doch auch dieses arme Kind musste die ersten Jahre ohne seinen Vater aufwachsen. Maries Verlobter war, wie Walter, zu Zwangsarbeit und Gefängnis verurteilt worden, und sein einziges Vergehen war, ein Deutscher zu sein. Für Richard und mich bedeutete dies, dass unsere Töchter weiterhin unserer Unterstützung bedurften, weil sie daran gehindert wurden, ein eigenständiges Leben mit einem eigenen Auskommen zu führen.

Ein kleiner Lichtblick war, dass wir 1955, nach drei Jahren in der Provinz, im Zuge einer großen Entschädigungsaktion zugunsten der Volksdeutschen, zurück nach Kronstadt und in unser Haus durften. Es gab jedoch keine Hoffnung, dieses für uns allein zu haben und unser altes Leben wieder aufnehmen zu können. Nach wie vor wohnten dort fremde Menschen. Teils trafen wir auf dieselben Gesichter wie vor unserer Vertreibung, teils waren neue Bewohner hinzugekommen. Unsere Enttäuschung darüber war grenzenlos.

Während Rita und ihr Sohn bei ihren Schwiegereltern wohnen konnten, bezogen Richard und ich zusammen mit Marie, ihrem Baby und dem mittlerweile 17-jährigen Jürgen nun erneut unser Schlafzimmer. Wie dankbar waren wir, als die Mansarde frei wurde und Marie mit ihrer Tochter dort hinaufziehen konnte. So hatte wenigstens sie einen Rückzugsort.

Wieder mussten wir damit zurechtkommen, keine Privatsphäre zu haben, und uns davor in Acht nehmen, von den anderen Mitbewohnern belauscht und bespitzelt zu werden. Nur zu gern hätte Richard den einen oder anderen von ihnen zurechtgewiesen, wenn mal wieder unser einstiges Eigentum respektlos und unachtsam behandelt wurde. Unser Zuhause war in den Jahren unserer Abwesenheit noch mehr heruntergekommen. Böden und Möbel waren zerkratzt, das Waschbecken gesprungen, die Wände waren grau. Von außen sah man dem Gebäude an, dass es dringend einer Renovierung bedurft hätte, aber daran war nicht zu denken. Immer wieder musste Richard die Faust in der Tasche machen und seinen Ärger hinunterschlucken, um nicht selbst am Ende wieder bestraft zu werden.

Licht und Schatten wechselten sich im Lauf der Jahre ab. Für Jürgen wurde eine Kammer im Haus frei, und Richard und ich hatten wenigstens ein Zimmer für uns allein. Doch 1962 kam Richard noch einmal unschuldig in Haft. Wie schon zuvor, kehrte er geläutert und erschöpft zurück, wollte aber nie die Hoffnung aufgeben, dass es eines Tages besser werden würde für uns.

Aber je mehr Zeit verging, desto größer wurden auch bei ihm die Zweifel daran. Wie lange noch würden wir es in diesem Land aushalten können? Irgendwann verblasst selbst die schönste Erinnerung an alte Zeiten. Was würde aus unseren Töchtern werden, die in ihren besten Jahren ihr Dasein ohne Ehemann fristen mussten? Jürgen hatte nie die Chance auf einen höheren Schulabschluss bekommen und musste in einer Fabrik arbeiten. Unsere Enkel, befürchteten wir, würden ihre Väter wiedersehen, wenn diese alt und grau waren.

Als nach 1965 Teile der enteigneten Bevölkerung ihre Häuser offiziell wieder zurückbekamen, schöpften wir kurz Hoffnung. Aber letztlich waren wir nicht unter den Begünstigten, weil wir vor dem Krieg weder Bauern noch einfache Arbeiter gewesen waren. Wer einen bürgerlichen Hintergrund gehabt hatte, wurde weiterhin benachteiligt.

In dieser Zeit begann die diktatorische Herrschaft von Nicolae Ceaușescu. Sofern es für uns bis dahin nur die geringste Chance gegeben hätte, dem sozialistischen Rumänien den Rücken zu kehren, war es nun undenkbar, ins Ausland zu gelangen.

Nach Deutschland überzusiedeln, entwickelte sich, trotz der schlechten Aussichten darauf, wie bei vielen anderen Siebenbürgern zu unserem größten Wunsch. Immerhin gab es die Möglichkeit einer Familienzusammenführung. Dafür musste ein Verwandter, der in Deutschland lebte, für einen die Ausreise beantragen. Heikel war dabei immer die Entscheidung, wem aus einer Familie dieses Glück zuteilwerden sollte. Keinesfalls war es möglich, dass gleich zwei oder mehr Generationen zusammen ausreisen durften. Man wusste also, dass es immer zu einer schmerzhaften Trennung kommen würde. Manche Familien nahmen in Kauf, sich nach der Ausreise der Kinder oder Enkel vielleicht nie wiederzusehen. Es gab Fälle, bei denen Anträge jahrelang mit Absicht in den Ämtern verstaubten, um die Menschen an der Ausreise zu hindern. Eine Siebenbürger Nachbarin hatte 15 Jahre auf ihre Ausreisegenehmigung gewartet.

Ende der sechziger Jahre gab es plötzlich ein Licht am Ende des Tunnels für viele Rumäniendeutsche. Ceauşescu hatte ein Abkommen mit der Bundesrepublik Deutschland getroffen, wonach diese Deutschstämmige in geheimer Mission freikaufen durfte.

Wir wussten dies natürlich nicht und nahmen erstaunt zur Kenntnis, wie viele Ausreiseanträge in unserem Umfeld plötzlich genehmigt wurden. Richard und ich hatten einen solchen Antrag gestellt, Jürgen sowie unsere Töchter mit ihren Ehemännern ebenfalls. 1972 schafften es als Erste aus unserer Familie Rita und Walter mit ihrem Sohn, nach Deutschland zu kommen. Sie versuchten, uns nachzuholen, scheiterten aber am Widerstand der rumänischen Behörden.

Jürgen gelang die Ausreise 1973, allerdings musste er dafür einiges in Kauf nehmen. Er kannte eine Ungarin, die im Kronstädter Passamt arbeitete und auch nach Deutschland wollte. Für Einzelpersonen war das so gut wie unmöglich. Sie hatten keine Liebesbeziehung, heirateten aber dennoch und beantragten als Paar die Ausreise. Für uns hieß das, eine Hochzeit mit einer fremden Schwiegertochter zu feiern, aber längst waren wir so zermürbt, dass wir alles mitmachten, um aus diesem schrecklichen System ausbrechen zu können. Tatsächlich erhielten Jürgen und seine Frau nach der

Hochzeit die Genehmigung, nach Deutschland zu gehen. Da er noch bei uns wohnte, durften wir bei den anderen Bewohnern nicht den Eindruck von Aufbruchsstimmung erwecken. Niemand sollte etwas erfahren. Wer ausreisen durfte, wollte nicht riskieren, dass einem die Behörden wegen irgendeiner Kleinigkeit in letzter Minute den Grenzübertritt verweigerten. Damit die Nachbarschaft nichts mitbekam, reiste man ohne Gepäck aus. Daher trug Jürgen am Tag seiner Abreise seine Arbeitskleidung und hatte nichts als einen Rucksack bei sich. Wir verabschiedeten uns hinter verschlossener Tür. Trotz der Freude über seine Ausreise übermannte mich der Trennungsschmerz, und ich weinte bitterlich, meinen Jüngsten ziehen lassen zu müssen. Freilich war er längst ein junger Mann.

»Wir sehen uns in Deutschland, Mama, du wirst schon sehen«, tröstete er mich, »ich tue alles, damit ihr nachkommen könnt«. Da Rita in München war, wollte er zuerst dorthin.

»Geh deinen Weg, egal was aus uns wird«, gab ich ihm mit. Ich wollte nicht, dass er mit schlechtem Gewissen fuhr, sondern voller Vorfreude auf dieses neue Leben.

Jürgen sollte sein Versprechen halten. Mit seiner Frau kam er in München an und beantragte nur wenige Tage später die Familienzusammenführung. Zwar trennten er und seine Frau sich nach einigen Monaten in München, aber durch sein Bemühen durften Richard und ich mitsamt meinen schon sehr betagten Schwiegereltern ein knappes Jahr später nach Bayern folgen. Nach uns wiederum durfte

Marie mit ihrer Familie ausreisen. Meine Mutter erlebte dies leider nicht mehr, ich hätte ihr gerne noch einen erfreulicheren Lebensabend bereitet.

Wir sind alle in der Nähe von München sesshaft geworden, wo wir im Laufe der Zeit Kontakte zu anderen Siebenbürgern aufbauen konnten. Unsere Kinder fanden nach und nach Arbeit und eigene Wohnungen. Dabei, im neuen Leben Fuß zu fassen, half uns maßgeblich die evangelische Kirche, wo Rita eine Anstellung fand. Richard und ich bekamen drei weitere Enkelkinder, und ich hatte große Freude daran, auf die jüngsten aufzupassen, wenn ihre Mütter zur Arbeit gingen.

Während wir beide in Gedanken noch oft bei unserem schönen Heim waren und uns ausmalten, was damit wohl geschehen sein würde, wollten unsere Kinder davon nichts mehr wissen.

»Wir wollen nach vorne schauen«, sagten sie, wenn die Sprache auf unsere Heimat kam. Unsere beiden ältesten Enkel, die noch gute Erinnerungen an das Haus ihrer Großeltern hatten, das stets voller fremder Leute war, verkündeten stets:

»Dort wollen wir nie wieder hin!«

Aufarbeiten konnten wir das Erlebte zwar niemals ganz, aber die nächsten Generationen sollen die Möglichkeit haben, zur Ruhe zu kommen und sich ein Leben in Frieden und Freiheit aufzubauen.

Unsere Kinder haben inzwischen Anträge ausgefüllt, die ihnen eine Entschädigung für die Haftstrafen versprechen. Doch wirklich wichtig ist ihnen das in Aussicht gestellte Geld nicht, es ist eher wie eine späte Entschuldigung für sie. Richard hätte ebenso ein Anrecht auf eine solche Entschädigung gehabt, aber das hat er nicht mehr erlebt. Er ist mit achtzig Jahren in einem Pflegeheim gestorben.

Vor seinem Tod hat unser ältester Enkel voll Bewunderung über ihn gesagt: »Ich kann mir niemanden vorstellen, der so aufrecht und tapfer ist wie er.«

*Frieda und Michael bei ihrer Hochzeit*

## Immer stark und standhaft geblieben

### Frieda und Michael

Um mich heiraten zu können, hat mein Michael einiges in Kauf genommen. Da er katholisch war und ich aus einer evangelischen Familie stammte, wurde er als Bauer in seinem Dorf in Mittelfranken nicht mehr akzeptiert. Daher mussten wir nach der Hochzeit von Spielberg, wo er eigentlich die elterliche Landwirtschaft übernehmen wollte, wegziehen. Wir entschieden uns aber, nach Gunzenhausen zu gehen, wo er Arbeit als Vertreter einer Spirituosenfirma fand. Das war kurz nach dem Ersten Weltkrieg. Seine Schwester führte den Bauernhof weiter, und Michael half ihr, so oft es die Zeit erlaubte. Für uns bedeutete das in den kargen Nachkriegsjahren und später zur Zeit des Zweiten Weltkriegs, dass wir leichter an Nahrungsmittel kamen als so manch anderer. Doch auch auf dem Hof gab es magere Zeiten.

Ich bin das älteste von sechs Kindern, und auch meine eigene Ehe sollte kinderreich werden. Allerdings war ich schon 32, als ich 1929 unsere erste Tochter Anne bekam. Es folgten drei weitere Töchter in den Jahren 1932, 1934 und 1937, bis am 31. Juli 1939 unser Sohn Werner das Licht der Welt erblickte.

Michael war unseren Mädchen ein lieber Vater, aber er hatte doch sehnsüchtig auf einen Stammhalter gewartet.

Schon in der Nacht zum 1. August klopfte es jedoch an unserer Haustür.

»Michael, komm raus, es ist Krieg!«, riefen die Männer aus der Nachbarschaft ganz aufgeregt.

Als Soldat der Kavallerie zog die Wehrmacht Michael kurz darauf ein. Er konnte nur die ersten drei Lebenswochen bei unserem Sohn sein. Zunächst ging es für ihn nach Polen. Dann folgte der Frankreichfeldzug.

Ich habe in dieser Zeit so gut wie nichts von ihm erfahren, sehr selten kam ein kurzer Feldpostbrief. Eineinhalb Jahre war Michael weg.

Schon vor Werners Geburt sind wir aus unserer kleinen Mietwohnung in das Haus meiner Mutter umgezogen. Sie lebte dort allein, aber viel Platz gab es trotzdem nicht. Als wir mit einzogen, war es für alle vorbei mit der Privatsphäre. Das kleine, bescheidene Häuschen war nun voller kleiner Kinder und uns drei Erwachsenen. Es gab eine Küche und eine gute Stube, über die man zu den drei Schlafkammern gelangte. Es waren eigentlich Kämmerchen, das erste hatte die Großmutter nur für sich. Im zweiten standen zwei Betten, in denen jeweils zwei Mädchen schliefen. Das dritte hatten Michael und ich, bei uns schlief auch das jüngste Kind. Sowie es warm genug war, hielten sich die Kinder im Freien auf, im Haus wäre es sonst zu eng gewesen.

Bis spät in die Nacht hinein nahm für mich die schwere Hausarbeit kein Ende. Meine Mutter war schon recht alt, sie konnte mir nicht mehr viel helfen. Damit sie tagsüber etwas Unterhaltung hatte, saß sie auf einem Holzschemel am Fenster und beobachtete die Straße und die Nachbarn. Abends umringten sie die Kinder, und sie erzählte ihnen Märchen. Wenn dann die Kirchenglocken läuteten, sprach sie mit ihnen das Nachtgebet.

Während dieser Stunde musste ich zusehen, wie ich unsere eiskalten Betten warm bekam. Es gab im Haus nur in der Stube einen Ofen, und in der Küche den Holzherd. Spätestens im Herbst wurde es ungemütlich kalt in unserem Heim. Damit die Kleinen und auch wir Großen nicht frierend im Bett liegen mussten, erhitzte ich Wasser auf dem Herd, das ich in Wärmflaschen füllte. Die kamen in die Betten der Erwachsenen zum Vorwärmen. Für die Kinder wurden Ziegelsteine im Kachelofen erhitzt. Lagen sie im Bett, kam der warme Stein erst mal unter den Po. Nach einer Weile verschob ich die Steine bei allen nacheinander zu den Füßen. So ging das von Oktober bis zum Frühling. Im Winter war es besonders schlimm im Haus. Abends überzog dann eine dünne Eisschicht die außenliegenden Zimmerwände, zum Beispiel am Bett unserer beiden ältesten Mädchen. Ich klemmte dann eine Holzplatte zwischen Bett und Wand.

Damit ich mit der Arbeit fertig wurde und unsere Anne rechtzeitig in die Schule kam, musste ich schon um halb sechs in der Früh aufstehen. Die vier Mädchen hatten alle wunderschönes dickes, langes Haar, das ich jeden Tag erst einmal zu festen Zöpfen band. Für die Kleineren gab es einen Kindergarten, wo sich Gemeindeschwestern um die Mädchen und Buben kümmerten. Dort gab es auch eine Milchstation für Mütter, die zufüttern mussten oder ihre Kinder nicht selbst stillen konnten. Ein Segen vor allem in der Kriegszeit! Als unser Werner ein Baby war, holte auch ich unsere Tagesration Milch dort ab: Man bekam einen Behälter mit sechs Glasfläschchen, die die Schwestern vorher mit großer Sorgfalt mit Säuglingsnahrung gefüllt hatten. Sie rührten sie aus einem Pulver an, das war etwas ganz Neues für uns. Am nächsten Tag brachte man die leeren Flaschen wieder zurück, wo sie ausgekocht wurden.

Waren die Kinder untergebracht, hieß es, Küche und Kammern zu fegen. Mindestens einmal in der Woche musste ich den Holzfußboden einlassen, also mit Bohnerwachs behandeln. Doch im Krieg gab es das nicht. Das einzige, was man bekommen konnte, war ein stinkendes Öl, aber es war besser als nichts. Den Boden musste man schützen, sonst wäre er bei so viel Belastung rau und spröde geworden. Eine Waschküche hatten wir nicht. Die Wäsche musste ich daher in einem riesigen Topf auf dem Küchenherd auskochen – und da reichte ein Topf bei Weitem nicht. Nicht nur von den Kindern war viel zu waschen, auch von der Großmutter. Die nasse, dampfende Wäsche wurde über einer Wanne ausgewrungen, in einem Korb gesammelt und draußen aufgehängt. Da durfte man es nicht mit dem Kreuz haben! Mir tat abends trotzdem jeder Knochen weh.

Wenn es regnete, wurden kurzerhand quer durch die Küche Seile gespannt, wo dann die Wäsche hing. Das Tropfwasser musste man von Hand aufwischen. Oft habe ich auch noch den Nachbarn im Haushalt geholfen und dort sauber gemacht oder eingekauft.

Obwohl die Nationalsozialisten es begrüßten, wenn man viele Kinder bekam, waren wir in unserer Nachbarschaft die einzige Großfamilie. Die meisten Eheleute hatten zwei, manche auch nur ein Kind. Mit fünf Kindern bekam man noch kein Mutterkreuz, das gab es erst ab dem sechsten! So kam es, dass meine betagte Mutter noch eine solche Auszeichnung erhielt, ich aber nicht. Ich kann nicht behaupten, dass wir damals besonders anerkannt waren für unseren Kinderreichtum, obwohl das immer so propagiert wurde. Im Gegenteil. Hilfe oder Unterstützung konnte ich aus der Nachbarschaft nicht erwarten. Die Haltung dort war eher: »Schaut's zu, wie ihr mit eurer Schar zurechtkommt!«

Zeit für mich selbst hatte ich so gut wie nie. Selten kam ich einmal dazu, Zeitung zu lesen. Wenn mittags die Große aus der Schule kam, wusste sie oft schon die neuesten Neuigkeiten, da brauchte ich das Blatt gar nicht mehr aufzuschlagen.

Überdies musste ich, als Michael eingezogen wurde, Geld für uns verdienen. Ich war gelernte Köchin und bekam Arbeit als Aushilfe in der Küche eines Hotels. Wäre nicht Krieg gewesen und die Männer alle fort, hätte ich die Stelle sicherlich nie bekommen – ich hätte ja sonst einem Mann den Arbeitsplatz weggenommen.

Trotz meines Einkommens reichte es oft vorn und hinten nicht. Stets war man auf der Suche nach Verdienstmöglichkeiten nebenher.

Wenn zum Beispiel zwischen August und September die Hopfenbauern mit ihren vollen Wägen durch die Gegend zogen, haben wir uns, wie viele andere Nachbarn auch, an der Straße aufgestellt, um zu zeigen, dass wir bei der Ernte helfen wollten. Dann bekam man über den Zaun eine Fuhre Hopfen abgeladen.

Meine Mutter, die Kinder und ich, mit dem Baby auf dem Rücken oder in einem Korb daneben, hockten auf dem Boden und zupften in mühevoller Handarbeit die Dolden von den Stängelchen. Stundenlang ging das so, bis die Finger ganz steif waren und schmerzten. Wenn man einen Korb voll Dolden hatte, gab es fünfzig Pfennige dafür. Zwischendurch machten die Kinder allein weiter, und ich stillte den Jüngsten. Auf diese Weise kamen wir zwischendurch an kleines Geld, ohne dass ich aus dem Haus musste.

Sehr schwer lastete die Sorge um Michael auf mir und ich betete jeden Tag, dass er wieder zu uns zurückkehren möge. Da ich die Zügel in der Hand halten musste und die Erziehung unserer Kinder verantwortete, hatten sie und ich ein sehr enges Verhältnis zueinander. In den Jahren nach dem Krieg hat man das noch lange stark gespürt, weil sie in allen Belangen stets zu mir kamen und ich in der Hauptsache entschied, was erlaubt und was verboten war. Trotzdem hatte ich nicht viel Zeit, mich ihnen zu widmen. Das gelang am ehesten, wenn mal eines krank war: Dann hatte ich endlich Gelegenheit, es zu hegen und zu pflegen und ihm meine ganze Liebe und Zuneigung zu zeigen.

Weil ich unter der Woche und oft auch samstags zur Arbeit gehen musste, konnte ich einen Großteil der Hausarbeit nur am Samstagabend und sonntags erledigen. Selbst an Feiertagen gab es keine Ruhe für mich. So schleppte ich auch am 1. Mai 1940 mal wieder einen großen, schweren Korb voller Wäsche in den Garten, um sie dort aufzuhängen. Die sauberen, weißen Stoffwindeln, die Werner zu dieser Zeit noch brauchte, flatterten im Wind an der Leine, als anlässlich des Maifeiertags ein festlicher SS-Zug mit Fahnenträgern durch unsere Straße marschierte.

Ein SS-Mann trat mit wichtiger Miene aus dem Zug hervor an unseren Gartenzaun und fuhr mich an: »Wenn du deine Wäsche an diesem hohen Feiertag nicht sofort von der Leine nimmst, schneide ich sie ab.« Vor Schreck wusste ich nicht, was ich sagen sollte. Die Truppe marschierte weiter und voller Angst holte ich hastig die Wäsche vom Seil. Für mich bedeutete das an diesem Tag die doppelte Arbeit.

Der Vorfall ließ mich nicht so schnell zur Ruhe kommen. Abends, als die Kinder endlich alle im Bett lagen und ich die Wäsche ein zweites Mal von der Leine geholt hatte, besprach ich mich mit meiner Mutter.

»Ich dachte, als Mutter gilt man was in diesem Land«, meinte ich enttäuscht zu ihr, »es heißt doch immer, der Reichtum des Landes seien seine Kinder. Aber die machen nun mal auch in die Hosen!«

Meine Mutter winkte ab: »Reg dich nicht auf, Friede, was willst du machen? Die von der SS sitzen am längeren Hebel, mit denen legt man sich nicht an.«

Ich seufzte: »Wenn wenigstens der Michael da gewesen wäre.«

Mutter lachte: »Der hätte auch nichts ausrichten können. Hast du nicht gesehen, wie stramm die anderen an ihren Gartenzäunen gestanden sind?« Sie hatte ja recht, man konnte keine Unterstützung von anderen erwarten, zu sehr waren die Menschen eingeschüchtert oder sie waren selbst Nazis. In unserer Stadt waren die Nationalsozialisten sehr präsent, und es war immer ein schmaler Grat, auf dem man sich bewegte. Wir versuchten, uns als Familie weitestgehend aus allem herauszuhalten.

Ich ging, trotz der Warnung meiner Mutter, die Sache auf sich beruhen zu lassen, am nächsten Tag zu unserem Bürgermeister und berichtete, man habe mir gedroht, meine Wäscheleine durchzuschneiden. Zu meiner Erleichterung verstand man mich im Rathaus.

»Das hätte er sich mal trauen sollen«, sagte unser Stadtoberhaupt über den SS-Mann. Ich solle nur weiter meine Wäsche aufhängen. Es kam zu keinem weiteren Vorfall, und ich konnte mir wenigstens ein Mal über Unterstützung freuen, wenn schon mein Ehemann nicht an meiner Seite war.

Ansonsten verließen sich Bekannte und Verwandte eher auf mich, wenn es Probleme gab. Ich hatte vier Brüder, und alle waren sie im Krieg. Zwei von ihnen waren schon verheiratet und hatten kleine Kinder. Zu mir als ältere und lebenserfahrene Frau kamen regelmäßig meine beiden Schwägerinnen, um sich trösten zu lassen oder sich Rat bei der Säuglingspflege zu holen. Ich war gern für sie da, obgleich ich selbst um das Leben meiner Brüder bangte. Fast täglich saß eine der jungen Frauen in unserer Küche, und ich redete ihr gut zu, während ich Kartoffeln schälte, Strümpfe stopfte oder mal wieder Wäsche auskochte.

Einer Schwägerin ging es ganz besonders schlecht. »Was mache ich nur, wenn er in Frankreich eine andere kennenlernt«, jammerte sie, »eine Französin womöglich? Die sollen unseren Soldaten ja reihenweise den Kopf verdrehen, hab ich gehört.« –

»Lies nicht so viele Illustrierte«, ermahnte ich sie. Aber was sie sagte, war mir auch schon zu Ohren gekommen. Obwohl ich kein Verständnis dafür hatte, wenn verheiratete Männer auf dumme Gedanken kamen, taten mir die ganz jungen Soldaten schon ein wenig leid: Ihnen verdarb der Krieg die ganze Jugend.

»So einer ist mein Bruder nicht, er wird dir schon treu bleiben«, versuchte ich sie aufzumuntern, aber ganz so sicher war ich mir insgeheim nicht. Ein Trupp Männer, weit fort von zu Hause, was sollten sie schon machen, wenn es mal ein paar Tage ruhig blieb an der Front? Wir Frauen daheim hatten ja so wenig Ahnung von dem Leben, das unsere Männer während der Einsätze führten. Wir stellten uns daher vor, dass in Frankreich abends der Wein rundum ging und »leichte Mädchen« ihnen schöne Augen machten.

Auch, dass sie arbeiten gehen musste, machte meiner Schwägerin zu schaffen: »So wie du das machst, würde ich es nie hinbekommen! Ich möchte doch für meinen Mann ein schönes Zuhause herrichten und nicht den ganzen Tag für fremde Leute tätig sein müssen.« Manchen jungen Frauen, die höchstens den Reichsarbeitsdienst absolviert hatten und auf ein Leben als Hausfrau und Mutter vorbereitet worden waren, fiel der Gedanke an einen Beruf außer Haus schwer. Zumal es in unserer ländlichen Gegend wenig Firmen gab, wo man bequem an der Schreibmaschine arbeiten konnte.

Ich erklärte ihr, dass mich dieser Alltag viel Kraft kostete, es mir aber auch Freude machte, weil ich Geld verdiente und Kontakt mit anderen hatte. »So komme ich unter die Leute und kriege mit, was los ist«, zählte ich zwei Vorteile auf.

Tatsächlich war die Arbeit eine Nachrichtenbörse. Man saugte begierig alle Neuigkeiten auf, die man kriegen konnte. Ob wahr oder falsch, das wusste niemand so recht. Ob wir dem, was in der Zeitung stand oder im Radio gesagt wurde, immer glauben konnten, das war schließlich auch nicht ganz klar. Die Älteren, die den Ersten Weltkrieg erlebt hatten, warnten uns jedenfalls davor, alles für bare Münze zu nehmen.

Das Problem war leider, dass wir Frauen damals ein widersprüchliches Bild vermittelt bekamen, wie man zu sein hatte: eine aufopfernde Mutter mit vielen Kindern. Eine Ehefrau oder Braut, die auf den Liebsten, der im Krieg war, wartete und nicht ungeduldig oder gar untreu wurde. Natürlich und bodenständig sollte man sein, sich nicht schminken und keinen Schmuck tragen. Beides hätte sich ohnehin nicht mit meinem Alltag vertragen. Auf der anderen Seite gab es mondäne Frauen wie Leni

Riefenstahl oder Zarah Leander, unerreichbar für uns Landfrauen.

»Ach«, schwärmte meine junge Schwägerin stets, wenn sie mit einer neuen Zeitschrift an meinem Küchentisch saß, »die Leander sieht man ja leider nicht mehr im Kino, aber es gibt einen neuen Film mit Kristina Söderbaum, darin ist sie so wunderschön. Und sie leidet mal wieder unter der Liebe! Was für ein romantischer Streifen, den musst du sehen, Friede!«

Bei dem Gedanken musste ich lachen: »Ich und Kino! Wo denkst du hin? Als ob ich mich vergnügen könnte, wo mein Michael jeden Tag dem Tod ins Auge blickt. Außerdem hab ich gar keine Zeit für so was.« War doch mal ein Heftchen bei mir liegen geblieben, wartete ich den restlichen Tag sehnlich darauf, es durchblättern zu können – spätabends, wenn mir schon fast die Augen zufielen.

Dann fand ich eine Möglichkeit, meine besorgten Schwägerinnen zu beschäftigen: Unsere Tochter Anne hatte in der Schule stricken gelernt. Norwegermuster waren zu der Zeit schwer in Mode, und es war Brauch, unseren Soldaten warme Handschuhe und Pullover anzufertigen. Also saßen die jungen Frauen bald bei uns in der guten Stube und ließen sich von Anne das Handarbeiten zeigen. Auf die kleinen Nichten und Neffen passte dann die restliche Kinderschar auf.

Für uns Frauen gab es in den Kriegsjahren wenig zu feiern. Ein seltener Höhepunkt war das Weihnachtsfest, welches die Nationalsozialistische

Volkswohlfahrt, die NSV, für die Mütter in Gunzenhausen ausrichtete. Die NSV gehörte zum Winterhilfswerk des Deutschen Volkes, eine Stiftung, die in der kalten Jahreszeit Sachspenden und Geld für Bedürftige sammelte.

Wir wurden an Weihnachten in den Fränkischen Hof eingeladen. Dort sang man gemeinsam NS-Lieder, denn christliche Weihnachtslieder waren ja verboten, und bekam ein Essen spendiert. Dann gingen NSV-Frauen zu den Tischen und verteilten Lose. Die Vorfreude war jedes Mal groß, hoffte doch jede, etwas Brauchbares zu gewinnen: eine Hose oder einen Pullover vielleicht. Etwas, das man dringend benötigte. Irgendeinem Kind wird es schon passen, dachte ich. Doch zu meiner Enttäuschung war nie etwas Besonderes dabei.

Einmal kam ich mit einem wunderhübschen, verzierten Paar Kinderpantöffelchen nach Hause. Sie passten keinem der Mädchen. Ich gab sie Anne zum Spielen, die sehr glücklich war, denn Geschenke gab es ansonsten keine. Vernünftige Schuhe wären mir lieber gewesen.

Der Winter verging. Kaum war Michael 1941 aus Frankreich wieder zurück, wurde in Ansbach schon das Regiment für den Russlandfeldzug zusammengestellt.

»Kannst du das nicht noch etwas hinauszögern?«, bat ich ihn. »Dein Sohn hat sich ja noch nicht mal an seinen Vater gewöhnen können. Und von den Mädchen kann sich nur noch die Große an dich erinnern.«

»Es hilft doch alles nichts, Friede.« Michael zuckte mit den Schultern. »Ich kann mich nicht dem Befehl widersetzen.«

Ich erzählte ihm die Geschichte von einem Mann, der sich absichtlich selbst verletzt hatte, um nicht wieder in den Krieg ziehen zu müssen, weil ihm sonst das Vieh verreckt wäre.

»Das hat doch keinen Sinn«, erwiderte Michael, »was meinst du, machen sie mit uns, wenn das herauskommt? Dann wird man doppelt und dreifach bestraft. Außerdem lasse ich meine Kameraden nicht im Stich«, war er überzeugt. Also fuhr Michael nach Ansbach.

Da passierte es: Bei einer Übung fiel er so unglücklich vom Pferd, dass er sich das Rückgrat brach. Als ich die Nachricht von seinem Regiment bekam, dass mein Mann verletzt im Ansbacher Krankenhaus liege, suchten wir zu Hause gleich Geld zusammen, damit ich mit dem Zug zu ihm fahren konnte. Die Ärzte hatten seinen Oberkörper mit einem Korsett eingegipst, und er lag unfähig zu jeder Bewegung im Krankenbett.

»Mein Gott, Michi, es tut mir ja so leid, das ist alles meine Schuld!«, rief ich bei seinem Anblick entsetzt aus. Ich dachte wirklich, er habe sich meinetwegen vom Pferd gestürzt, und befürchtete nun die schlimmsten Strafen für meinen Mann.

»Du glaubst doch wohl nicht im Ernst, dass ich so feige bin und das absichtlich getan habe?« Michael war zornig, wie ich so etwas von ihm denken konnte. Dazu kam unser beider Sorge, dass er womöglich nie wieder gesund werden würde.

»Noch ein Unfall oder eine falsche Belastung der Wirbelsäule, und Sie haben einen querschnittsgelähmten Mann«, warnte mich der Arzt auf dem Flur, sodass es Michael nicht hören konnte. Er aber wusste längst Bescheid über das, was ihm drohen könnte.

Er war einer, der sich nicht so schnell unterkriegen ließ, und außerdem ein umgänglicher, netter Mensch, und so vertrugen wir uns schnell wieder. Auch jetzt, wo uns das Schicksal schwer prüfte, standen wir zueinander.

»Es wird schon nicht so schlimm kommen«, beruhigte er mich, »wirst schon sehen, ich erhole mich, und dann gehe ich eben wieder arbeiten.« Doch als man das Gipskorsett endlich abnahm, wurde deutlich, dass er sich nicht mehr gerade aufrichten konnte. Die Wirbelsäule blieb an der gebrochenen Stelle gekrümmt, und Michael konnte zeitlebens nur noch gebeugt laufen.

Als hätte er damit nicht schon genug zu kämpfen, gab es für ihn mit mir als protestantischer Ehefrau noch weitere Prüfungen zu bestehen! Jedes Jahr, sogar im Krieg, kam der katholische Pfarrer extra von weit her zu uns ins Haus, um Michael die Beichte abzunehmen.

»Ich kann dich nachtaufen«, schlug ihm der Pfarrer immer wieder vor. Schließlich drohte der Kirchenmann mit der Exkommunikation, wenn er nicht einlenkte.

»Der soll mich bloß in Ruhe lassen«, brummte Michael immer, wenn der Pfarrer wieder abgefahren war. Mir machte die Situation zu schaffen.

»Ein Mann aus der Nachbarschaft war auch katholisch, und als er starb, hat ihn der Pfarrer nicht hier auf dem Friedhof beerdigen wollen«, redete ich auf Michael ein. »Seine Frau hat Himmel und Hölle in Bewegung gesetzt, damit ein anderer Pfarrer anreist, um den guten Mann endlich unter die Erde zu bringen.«

Das stimmte Michael dann doch nachdenklich. »So soll es dir wegen mir einmal nicht ergehen«, beschloss er. Er wechselte nach dem Krieg die Glaubensrichtung und fand damit seinen Frieden.

Später sollten wir durch eine unserer Töchter einen evangelischen Pfarrer zum Schwiegersohn bekommen, und mit ihm konnte Michael das Thema dann ein für alle Mal klären. Gläubig blieb er sein Leben lang. Schließlich war es wie ein Wunder, dass er nach dem Sturz vom Pferd nicht gelähmt war. Er haderte nie laut mit seiner Verletzung und gab sich alle Mühe, für uns keine zusätzliche Last zu sein. Es war nun ja um eine Person voller in dem kleinen Haus. Michael litt oft starke Schmerzen, und es war dann an mir, ihn einzusalben oder ihm warme Umschläge zu machen, damit es für ihn erträglicher wurde.

Für den Kriegsdienst war er nun nicht mehr tauglich. Ich wagte nicht mehr davon zu sprechen, dass dies aus meiner Sicht ein Glück war. Denn eine vernünftige Arbeit zu finden, die er mit seiner Behinderung verrichten konnte, war alles andere als einfach.

»Du wirst schon sehen, ich bringe bald wieder Geld nach Hause«, sagte Michael immer wieder, und ich wünschte mir, es würde ihm gelingen. Denn ich spürte, dass er sonst für immer unzufrieden mit sich selbst sein würde.

Er machte sich ohnehin schon Vorwürfe, dass er kein Soldat mehr war und seinen Kameraden nicht mehr beistehen konnte. Den Krieg selbst hasste er. Er fand schließlich seine Berufung bei der Reservisten-Kameradschaft. Starb ein Soldat aus dem Ort, kamen die Mitglieder zu seiner Beerdigung. Michael ließ es sich nicht nehmen, jedes Mal die Fahne zu tragen, obwohl sein Rücken dabei sehr schmerzte und er sich schwer tat mit dieser Aufgabe. Er fand schließlich Arbeit bei einer Baufirma, wo er die rechte Hand des Inhabers wurde und nicht selbst auf der Baustelle schuften musste.

Ich konnte zu diesem Zeitpunkt nicht mehr arbeiten gehen, da meine Mutter immer gebrechlicher wurde und meine Pflege brauchte. Zeitgleich begannen mich oft heftige Kopfschmerzen zu plagen. Manchmal war es so schlimm, dass ich Anne zur Apotheke losschickte, wo man ihr Schmerztabletten pulverisiert in Tütchen mitgab. Der Apotheker kannte uns schon bald sehr gut und wusste gleich, was Anne brauchte, wenn sie durch die Tür kam. Zum Arzt ging man eigentlich nicht, man versuchte, seine Probleme erst einmal selbst zu behandeln. Später ließ ich mich dann aber doch untersuchen, und es kam heraus, dass ich einen viel zu hohen Blutdruck hatte und deshalb die starken Kopfschmerzen litt.

Das war sicher eine Folge der schweren Arbeit aber auch der ständigen Angst, die bei uns so richtig einzog, als Gunzenhausen ab 1944 von den Amerikanern bombardiert wurde. Unser Haus hatte keinen Keller, aber gegenüber stand ein bewohnter Turm, der sogenannte Storchenturm, der früher Teil der Stadtmauer war. Der hatte einen Keller, und sobald die Sirenen vor einem Angriff warnten, liefen wir zu den Nachbarn. Wir wähnten uns dort in Sicherheit. Später wurde uns einmal gesagt, dass der Turm uns jederzeit unter sich hätte begraben können. Wir saßen also immer in der Todesfalle, ohne dass es uns bewusst war.

Auch wenn Michael nun Arbeit hatte, war nie genügend Geld da. Meine Hauptsorge blieb stets, dass wir genug zu essen hatten. Das war trotz des Bauernhofs von Michaels Schwester bei Weitem nicht immer der Fall. Oft gab es tagelang nichts als Kartoffeln. Butter gab es schon lange keine mehr, nur Margarine, von der man wöchentlich eine kleine Menge zugeteilt bekam. Für mich als gelernte Köchin ein Graus!

Nachts träumte ich davon, wie ich meiner Familie eine Schüssel mit dampfenden Kartoffelklößen servierte, aber tagsüber sah es anders aus: Häufig musste ich der Familie Brotsuppe auftischen, das heißt, jeder bekam ein Stück altbackenes Brot, das er in Milch tunken konnte. Um unsere Älteste machte ich mir dabei die meisten Sorgen, sie vertrug nämlich keine Milch und musste das Brot in Wasser tränken. Lange begleitete mich die Angst, sie bekäme nicht genug Nahrung. Dabei hatten wir es ausgerechnet ihr zu verdanken, dass wir immer wieder an einen großen Laib Brot kamen.

Sie war mit der Bäckerstochter befreundet, die jedes Wochenende stundenlang Lebensmittelmarken kleben musste und daher nie Zeit zum Spielen hatte. So bot ihr unsere Tochter an, zu helfen. Zum Dank gab es dafür freitags einen Achtpfünder Brot, den sie freudestrahlend nach Hause brachte. Ging der Laib im Lauf der Woche zur Neige, musste ich stark rationalisieren. Manchmal ging es auch hungrig ins Bett. Zwar hatten wir Brotkarten, aber je länger der Krieg dauerte, umso öfter kam es vor, dass man für Lebensmittel lange anstehen musste. Am Ende konnte es passieren, dass man nichts mehr für seine Karte bekam. Oder der Bäcker hatte tagelang kein Mehl und konnte nichts backen.

Zu besonderen Anlässen ließ ich mir daher schon Wochen vorher etwas einfallen und sah zu, dass ich die nötigen Vorräte beisammen hatte.

Als Anne im März 1945 ihre Konfirmation feierte, hatte ich mir ein Rezept ausgedacht, wie ich aus Kartoffeln und Grieß einen Kuchen backen konnte. Ich hatte außerdem ein Päckchen Vanillepudding wie meinen Augapfel gehütet für diesen Tag. Ein Glas eingemachte Kirschen vom Vorjahr gab es dazu.

Nur kurze Zeit später sollten wir von Glück sagen können, Annes Konfirmation noch so fürstlich gefeiert zu haben. Nicht nur, weil meine Mutter kurz darauf starb, sondern auch wegen des verheerenden Bombenangriffs der Amerikaner am 16. April auf unser Städtchen. In mehreren Wellen folgte der Bombenhagel, und es wurden nicht nur die

Munitionsfabrik und der Bahnhof völlig zerstört, sondern auch Hunderte Häuser. Über 140 Menschen kamen in den Trümmern oder im Feuer ums Leben, darunter auch viele Kinder. Die Toten wurden in einem Massengrab auf dem Friedhof bestattet. Es war entsetzlich. Ein Schulfreund von Anne hat seinen Vater eigenhändig wieder aus dem Grab herausgeholt und ihm ein eigenes geschaufelt.

Wir erlebten den Angriff im Keller des Storchenturms. Nur Michael war gegen zehn Uhr vormittags, als es losging, schon bei der Arbeit und konnte sich dort in Sicherheit bringen. Es dauerte nur knapp eine Stunde, uns kam es aber wie eine Ewigkeit vor. Die Wände zitterten, draußen sirrten die herabfallenden Bomben in der Luft, bis sie sich mit ohrenbetäubendem Tosen und Krachen in die Erde bohrten. Eng aneinandergedrückt saßen wir mit den Nachbarn im Keller, die Kinder schrien vor Angst.

Als die Entwarnung kam und wir uns ins Freie begaben, stockte mir beim Anblick der Nachbarschaft der Atem: Unser Haus lag in einer kleinen Nebenstraße und es stand noch, aber in den größeren Straßen unweit von uns klafften rauchende Krater im Boden, so groß, dass man ein Haus darin hätte versenken können. Über der ganzen Stadt waberten schwarze Rauchschwaden, es roch verbrannt. Wie durch ein Wunder war Michael unverletzt und konnte sich zu uns durchschlagen, um nach dem Rechten zu sehen.

»Hier können wir nicht bleiben«, entschied ich. »Lass uns zu deiner Schwester gehen.« Nur, wie sollten wir die zwölf Kilometer mit den Kindern zurücklegen, ohne ein Ziel für Tiefflieger zu werden? Und würde mein Mann den langen Weg auch schaffen?

»Es geht nur, wenn es dunkel ist«, beschloss Michael und zerrte unseren alten, schon etwas klapprigen Leiterwagen aus dem Schuppen hervor. Erst als es anfing zu dämmern, gab es für jeden noch ein Stück Brot. Dann luden wir zwei eilig gepackte Koffer und die drei jüngsten Kinder auf den Wagen. Michael und ich zogen ihn abwechselnd, die beiden älteren Töchter mussten zu Fuß gehen.

Die Straßen konnten wir nicht mehr nutzen. Dort hatten sich all die jungen und alten Männer verschanzt, die jetzt noch als Volkssturm die Brücken und Zufahrtswege zu bewachen hatten. Panzer und Blockaden waren zusätzliche Hürden. Also ging es im Dunkeln über Stock und Stein, holprige Feldwege und manchmal quer über einen Acker.

Völlig entkräftet kamen wir am späten Vormittag des nächsten Tages bei Michaels Schwester in Spielberg an. Auf dem Bauernhof war der Platz für alle eng bemessen. Michael, die Kinder und ich schliefen auf dem Fußboden in der guten Stube. Mein Mann war auch zum Volkssturm eingezogen worden, der zwar nur noch wenige Tage aufrecht erhalten werden konnte, aber auch in dieser kurzen Zeit hätte er ihn noch das Leben kosten können. Täglich musste er nun zusehen, wie er von Spielberg lebend nach Gunzenhausen kam und wieder zurück. Ihm blieb nur ein altes Fahrrad, und mit diesem fuhr er schon weit vor Sonnenaufgang los, um nicht aus der Luft gesehen zu werden. Vom Bauernhof aus schaute man auf Hügel, über die Michael Richtung Gunzenhausen radelte. Da stand ich nun mit den beiden ältesten Mädchen jeden Morgen am Fenster und blickte Michael bang hinterher, bis er nur noch ein winziger Punkt war. Links und rechts seiner Fahrroute grasten selbst jetzt noch weiß-braune Kühe, und die waren von Fliegern leicht zu erkennen. Ich hatte Angst, dass er in den letzten Gefechtstagen um Gunzenhausen zu Tode kommen könnte. Zum Glück kam Michael jeden Abend nach Hause zurück.

Inzwischen tauchten immer mehr versprengte deutsche Soldaten auf, die in der Umgebung Unterschlupf suchten. Auch bei uns klopften drei Landser auf der Suche nach einem Versteck. Wir ließen sie ein und teilten mit ihnen auch noch den knappen Schlafraum in der Stube, doch das war keine gute Idee: Die Soldaten hatten Läuse mitgebracht, und bald entdeckte ich sie auch in den schönen Haaren meiner Töchter. Stundenlang durchzogen meine Schwägerin und ich den Kindern die Haare mit einem Läusekamm. Die Tortur hatte für uns ein Ende, als am 23. April die Amerikaner in Gunzenhausen einmarschierten und die Lanzer in die Wälder flohen, um sich zu verstecken. Wir hängten ein weißes Bettlaken aus dem Dachfenster, doch in Gunzenhausen wehte sogar noch die eine oder andere Hakenkreuz-Flagge.

Als wir im Mai erfuhren, dass Gunzenhausen befreit war, machten wir uns auf den Weg dorthin.

Beim Überqueren der Altmühlbrücke kam uns ein Bekannter entgegen, der mich anhielt: »Hast du schon gehört, dass dein jüngster Bruder gefallen ist?«

Nein, das hatte ich nicht – es gab auch keine Möglichkeit mehr, sich zeitnah zu verständigen. Oft schickte man, um Todesnachrichten an Verwandte zu überbringen, die eigenen oder Nachbarskinder auf dem Rad kilometerweit durch die Gegend. So konnte es Tage dauern, bis man wusste, ob man Familienmitglieder verloren hatte.

»Gott sei Dank muss die Mutter das nicht mehr erleben«, war meine erste Reaktion auf den Tod meines Bruders. Er wurde nur 28 Jahre alt und hinterließ neben meiner Schwägerin zwei Kinder. Richtig trauern konnte ich erst viel später, denn das zerstörte Gunzenhausen, die Sorge um Geld, Nahrung und Arbeit sowie um unsere Gesundheit inmitten der zerstörten Nachbarschaft, all das nahm meine Gedanken voll in Anspruch.

Mühsam bauten wir uns nach dem Krieg über die Jahre wieder ein Leben auf. Es gab unglaublich viel zu tun, um über die Runden zu kommen. Unbeschwerte Stunden waren selten. Vielleicht war dies ein Grund, warum viele Männer dem Tabak sehr zugetan waren. Zum Leidwesen der Frauen. Auch Michael rauchte viel. Richtige Zigaretten konnten wir uns nicht leisten, so baute man den Tabak selbst an. Im Garten an einer Leine trocknete man die Blätter und rollte daraus Zigaretten. Wir wussten zwar, dass das Tabakrauchen nicht gesund war, und Michael litt die letzten Jahre seines Lebens unter starkem Husten. Aber dass es so schädlich sein konnte, war uns nicht bewusst: 1960 starb Michael mit nur 63 Jahren an Lungenkrebs. Zuvor wurde er noch für mehrere Wochen in ein Lungensanatorium nach Ansbach gebracht, wo ich nächtelang an seinem Bett Wache hielt. Dann entließ man ihn.

»Ihr Mann ist unheilbar krank, bereiten Sie ihm noch ein paar schöne Tage zu Hause«, riet mir der Arzt.

Michael aber starb nicht so schnell, wie man es mir prophezeit hatte, sondern war noch ungefähr drei Monate bettlägerig. Er konnte fast nicht mehr sprechen, sich nicht mehr selbständig bewegen und brauchte rund um die Uhr Pflege und Zuwendung. Ich verbrachte wieder jede Nacht an seinem Bett, bis ich ganz entkräftet war. Dass mich unser Sohn ablöste, der noch daheim wohnte, lehnte ich ab: Ich sah es als meine Aufgabe an, das für Michael zu tun.

Eines Tages hatte ich das Gefühl, es gehe bald zu Ende mit ihm. Da wir nie ein Telefon besessen hatten, ließ ich meine ältesten Töchter, die schon verheiratet und aus dem Haus waren, von Nachbarn benachrichtigen. Sie reisten mit unseren Enkeln an, um noch einmal bei Michael zu sein und mir in den schweren letzten Stunden beizustehen. Nun konnte ich endlich loslassen und die Unterstützung akzeptieren. Als Michael schließlich seinen letzten Atemzug tat, war ich froh, dass ich ihn bei mir zu Hause hatte und wir alle bei ihm waren. Wir hatten bis zuletzt eine gute Ehe geführt und noch die Gelegenheit, uns dafür gegenseitig zu danken.

Drei von insgesamt zwölf Enkelkindern hat er noch erleben dürfen. Ich habe mich noch lange Jahre um alle gekümmert, Kinder gehütet und sie bekocht und war glücklich, nun trotzdem auch etwas mehr Zeit für mich zu haben. Die Erinnerungen an den Krieg sind verblasst, nur wenn ich am Storchenturm, der immer noch steht, vorbeigehe, dann sehe ich die Zerstörung wieder vor mir und bin froh, dass wir im Krieg alle mit dem Leben davongekommen sind.

## Das Glück so nah und doch so fern

### Waltraud und ihre Brüder Lois und Ernst

»Um Himmels Willen, nicht noch ein Kind!«, soll meine Mutter ausgerufen haben, als sie merkte, dass sie zum sechsten Mal schwanger war. Mit mir, Waltraud, geboren 1940 in Kolbermoor. Ich war kein Wunschkind, das kann man wohl so sagen. Aber mein Bruder Alois, benannt nach unserem Vater und von uns stets Lois oder Loisl gerufen, auch nicht. Mit ihm sollte ich, solange er lebte, auf eine ganz besondere Art und Weise eng verbunden sein. Denn kaum, dass ich mich als sechstes Kind ankündigte, erhielt Lois seinen Marschbefehl – der Zweite Weltkrieg forderte seinen Tribut von unserer Familie. Das eine Kind kam, das andere ging.

»Ich bin schon gespannt, ob ich noch ein Schwesterchen oder ein Brüderchen bekomme«, hatte Lois zu meiner Mutter gesagt, als er sich in den Krieg verabschiedete. Er war ein feiner, freundlicher Kerl, 16 Jahre jung, überhaupt nicht gemacht für den Dienst an der Waffe.

So gespannt er auf das neue Erdenkind war, meine Mutter war es nicht, und sie war auch prompt froh, mit Loisls Weggang einen Esser weniger versorgen zu müssen. Unsere ältesten Schwestern Hermine und Maria waren schon 17 und 18 Jahre alt, als sie erfuhren, dass es erneut Nachwuchs geben sollte.

Maria, die so hieß wie unsere Mutter, machte eine Ausbildung zur Köchin und sollte später in der Kaserne in Bad Aibling eine Anstellung finden; Hermine arbeitete tagsüber als Hausmädchen. Anna, meine dritte Schwester, war damals 14 und ging, wie mein zweiter Bruder Ernst, der sieben Jahre alt war, noch zur Schule. Als sich der Loisl mit seinem Rucksack über der Schulter von ihnen allen verabschiedete, standen sie da wie die Orgelpfeifen und drückten nacheinander den Bruder. Einzig unser Vater vergoss Tränen, als er an der Reihe war. Der Erste Weltkrieg hatte tiefe Spuren bei ihm hinterlassen, und er hatte sich nie vorstellen wollen, dass noch einmal so etwas Grausames passieren würde.

»Dieser verdammte Krieg«, raunte der Pap und steckte seinem ältesten Sohn zum Abschied noch ein Fläschchen Hochprozentigen zu. »Komm mir bloß gesund zurück und mach keine Dummheiten«, schärfte er ihm ein und klopfte ihm auf die Schulter.

»Der kommt schon wieder heim«, sagte unsere Mutter, dann ging für sie der arbeitsreiche Alltag auf unserem kleinen Bauernhof am Stadtrand zwischen morastigen Torfwiesen und einem dichten Mischwald erst einmal wie gewohnt weiter. Wenn sie sich Sorgen machte, dann nur, weil jetzt zwei Hände weniger zum Zupacken da waren und es doch so viel zu tun gab.

»Ausgerechnet jetzt, wo der Lois bald einen Lohn verdient hätte«, schimpfte sie vor sich hin, als sie sich mit zwei Eimern auf den Weg zu unserem Ziegenstall machte, um die Tiere zu melken. Zum Ziegenhüten scheuchte sie meinen Bruder Ernst vor sich her. Nur noch ein paar Wochen, und der Loisl hätte seine Bäckerlehre in Rosenheim abgeschlossen. Dann endlich, so hatte sich unsere Mutter schon gefreut, hätte man für den Buben kein Gesellengeld mehr aufbringen müssen, sondern im Gegenteil, er hätte zum Familieneinkommen beigetragen. Aber daraus wurde ja nun nichts. Das hatte sie nun davon, obwohl sie ihn vorausschauend schon mit zwölf Jahren von der Schule genommen und als Knecht ins Sägewerk nach Rottmühle gebracht hatte, bevor er beim Bäcker unterkam. Der Bub sollte schließlich lernen, was es hieß, zu arbeiten.

Dass unserer Mutter stets die Angst vor der Armut im Nacken saß, lag in ihrer Kindheit begründet. Geboren 1903 im Bayerischen Wald, hielt ihr Vater seine stetig wachsende Familie mit Schreinerarbeiten über Wasser. Meine Großmutter brachte insgesamt 15 Kinder zur Welt, von denen jedoch sechs nach der Geburt starben. Übrig blieben neun Kinder, davon acht Mädchen. Meine Mutter Maria war die älteste.

Weil es in der Heimat zu wenige Aufträge gab, ging mein Großvater auf die Stör, wie man sagte – auf Wanderschaft. Und als sich eines Tages herumsprach, dass im oberbayerischen Kolbermoor eine riesengroße Baumwollspinnerei Hunderte von Arbeitern suchte, siedelte die Großfamilie in der Hoffnung auf ein besseres Leben dorthin um. Meine Mutter war damals zwölf Jahre alt.

Am neuen Wohnort gab es eine Eisenbahn, und jeder Siedlerfamilie wurde eine Torfparzelle zugewiesen, wo man sein Heizmaterial in vielen Stunden mühsamer Arbeit aus dem Boden holte. Meine Großeltern bauten ein kleines Häuschen in der Aiblinger Au, von wo aus der Großvater jeden Morgen mit dem Rad zur Fabrik aufbrach. Wie sie es von daheim gewohnt waren, betrieben sie nebenher weiterhin eine kleine Landwirtschaft, und dazu gehörte auch eine Kuh.

Es hätte das Paradies sein können, doch der Erste Weltkrieg pfuschte in dieses aufkommende kleine Glück hinein. Mein Großvater musste einrücken. Er war ein überzeugter Christ und wurde schon nach ein paar Monaten wieder nach Hause geschickt, weil er sich offenbar absichtlich dumm an der Waffe anstellte. Er wollte niemanden erschießen, auf den zu Hause womöglich hungernde Kinder warteten. Dafür musste er nun in einer Rosenheimer Munitionsfabrik arbeiten.

Kurz vor dem Ende des Krieges gab es dort eine verheerende Explosion, und das Gebäude flog in die Luft. Es war ein schreckliches Unglück, das viele Frauen aus der Gegend zu Witwen machte, denn alle Arbeiter kamen dabei ums Leben. Nur nicht mein Großvater, der wegen einer Gallenkolik zu Hause geblieben war. Man könnte meinen, der Herrgott hätte es besonders gut mit ihm gemeint, doch das nächste Unglück ließ nicht lange auf sich warten.

Der Erste Weltkrieg, die Zeit der Arbeitslosigkeit und des größten Hungers waren endlich vorüber.

Die Kolbermoorer Spinnerei war wieder aufgebaut worden. Als der Großvater eines Tages nach einem harten, 14-stündigen Arbeitstag nach Hause kam, fand er seine neun Kinder weinend vor: Die Kuh hatte meine Großmutter beim Melken mit ihren Hörnern schwer verletzt. Nur wenige Tage darauf starb sie an einer Blutvergiftung. Meiner 17-jährigen Mutter wurde von einem Tag auf den anderen die Verantwortung für ihre acht Geschwister und den Haushalt aufgebürdet. Mein Großvater indes fackelte nicht lange und heiratete wieder.

Mit seiner neuen Frau bekam er noch einmal vier Kinder. Meine Mutter blieb die wichtigste Arbeitskraft für die Großfamilie. Diese Umstände erlaubten es ihr nicht, eine ordentliche Ausbildung zu machen. Sie lernte meinen Vater kennen und sah darin wohl eine Möglichkeit, den Zuständen zu Hause zu entkommen. Sie heiratete ihn 1921, mit 18 Jahren. Noch im selben Jahr kam als erstes Kind Maria zur Welt, es folgten 1922 Hermine und 1923 der Alois. Drei Jahre später kam Anna zur Welt. Bestimmt glaubte unsere Mutter, mit der Geburt von Ernst im Jahr 1933 hätte der Kindersegen sein Ende gefunden. Schluss mit dem schier endlosen Kreislauf aus schlaflosen Nächten, Kinderkrankheiten, Wäsche auskochen, Hosen flicken, Strümpfe stopfen und nicht zuletzt dem Stopfen aller hungrigen kleinen Mäuler. Weil stets das Geld knapp war, baute sie in unserem Garten Gemüse an, auch Kartoffeln, zog Obstbäume, verbrachte Tage und Wochen mit Ernten, Einkochen und Einwecken. In der Küche verarbeitete sie die Milch unserer Ziegen.

Mit jedem Kind schien unsere Mutter erschöpfter, launischer und wütender zu werden. Unser Pap dagegen nahm die wachsende Kinderschar gelassener auf. Aber er war ja auch kaum zu Hause, er schuftete selbst den ganzen Tag und schaute abends gern noch beim Wirt vorbei, um nicht zu früh bei seiner mürrischen Frau aufzuschlagen.

Geboren 1892 in Miesbach, waren mein Vater und seine drei Geschwister die ersten Lebensjahre in großer Armut aufgewachsen. Dabei hätte es für die Familie auch ganz anders aussehen können. Seinem Großvater, meinem Ur-Opa, hatte einst eine Mühle in Niederbayern gehört, die ihn reich gemacht hatte. Regelmäßig schickte er seine Frau mit den Einnahmen in einer Postkutsche los, um das Geld bei der Bank einzuzahlen.

Eines Tages jedoch überfiel der Postillion, der wusste, welch kostbare Fracht er kutschierte, meine Ur-Oma. Er hätte ihr das Geld einfach entreißen und damit abhauen können, doch stattdessen misshandelte er sie schwer, ließ die arme Frau halb erdrosselt in einem Waldstück liegen und rannte dann erst mit seiner Beute davon. Waldarbeiter fanden meine sterbende Ur-Großmutter, die immerhin noch aussagen konnte, wer ihr das angetan hatte. Das war im April 1867. Der Postillion, der den Raubmord an ihr begangen hatte, war der letzte Mensch in Niederbayern, an dem noch die Todesstrafe vollstreckt wurde.

Mein Ur-Großvater trauerte nicht lange, denn er war ein Weiberheld, der schon mit einer seiner Mägde angebandelt hatte. Mit seiner neuen Frau wollte er in der Mühle leben und dabei waren ihm die erstgeborenen vier Kinder im Weg. Ohne ihnen etwas von ihrem Erbe zu geben, jagte er sie aus dem Haus. Dieser Frevel sollte sich später rächen, als aus der neuen Ehe zwei taubstumme Töchter hervorgingen, die keinen Mann zum Heiraten fanden. Der Ur-Großvater ließ die Mühle verkommen und hat am Ende sein gesamtes Vermögen verloren.

Mein Großvater ging, um Arbeit zum Überleben für sich und die Geschwister zu finden, nach Oberbayern und kam in Miesbach in einer Papierfabrik unter. Doch viel Glück hatte er dort nicht. Als er schließlich selbst Vater von vier Kindern war, reichte es für die Familie manchmal nicht einmal für das Nötigste. Meine Großeltern gaben meinen Vater und seine Geschwister daher schweren Herzens an kinderlose Bauersleute nach Lampersberg in der Gemeinde Söchtenau. Bei den Pflegeeltern, die in ihrem Leben sage und schreibe 36 Kinder großzogen, wurden sie liebevoll aufgenommen.

Als mein Vater ungefähr 13 Jahre alt war, konnten meine Großeltern in Kolbermoor ein kleines Grundstück kaufen und begannen, ein Haus zu bauen. Dort wollten sie endlich glücklich werden, und nach und nach sollten die Kinder zurück zu ihnen kommen. Voller Vorfreude stürzten sie sich in die Arbeit.

Doch während der Dachdeckerarbeiten geschah ein großes Unglück: Mein Großvater rutschte auf dem Dach aus, fiel hinunter und starb noch an der Unfallstelle. So hatte zwar mein Vater wieder ein Zuhause, aber war zu einer Halbwaise geworden.

Schnell musste Geld verdient werden, um die Schulden zu tilgen und alle satt zu bekommen, und so verließ er vorzeitig die Schule und verdingte sich unter der Woche als Holzknecht. Mein Vater aber wollte lernen und einen gescheiten Beruf ergreifen. Bis er 16 war, besuchte er daher die Sonntagsschule. Das war ein kleiner Ausgleich, dass er keine richtige Lehre machen konnte. Denn dafür hätte meine Großmutter etwas bezahlen müssen, und freilich reichte ihr Witwengeld dazu nicht. Mein Vater aber war sehr zielstrebig und ließ sich nicht unterkriegen. Von seinem Knechtgeld konnte er einen kleinen Teil sparen, und davon bezahlte er sich ab 1913 selbst eine Ausbildung an der Gartenbauschule in Weihenstephan. Da war er 21 Jahre alt.

Zwei Jahre später war er ein ausgebildeter Gärtner und hätte gern noch im Anschluss studiert. Doch da begann der Erste Weltkrieg. Er wurde von der Gartenbauschule weg zur Armee eingezogen und kam an die Front nach Frankreich. Er war schon immer sehr gläubig und zeitlebens davon überzeugt, nur mit Gottes Hilfe den Krieg unbeschadet überstanden zu haben. Er gab Gott und sich selbst das Versprechen, nie wieder eine Waffe in die Hand zu nehmen.

Zurück in der Heimat, war er bereits 26 Jahre alt. Statt weitere Zeit mit einem Studium zuzubringen, war es wieder einmal das Gebot der Stunde, Geld zu verdienen. Arbeit gab es kaum, die Menschen litten Hunger.

Als er meine Mutter in Kolbermoor kennenlernte, war ihnen schnell klar, dass sie heiraten wollten.

Noch im Hochzeitsjahr 1921 zogen beide nach Amerang, wo sie sich mit knapper Not ein kleines Häuschen leisten konnten. Armut war allgegenwärtig.

Als nach und nach meine Geschwister zur Welt kamen, wurde unser Vater erfinderisch. Er ergatterte einen alten Gaul und kaufte bei den Bauern der Umgebung Obst, Gemüse, Fleisch und Milch. Damit ritt er nach Rosenheim, wo er alles von seinem Pferdewagen aus verkaufte. Damals gab es in der Stadt wenige Lebensmittel, und die Menschen rissen ihm die Waren förmlich aus den Händen. Weil das gute Fleisch für den Verkauf bestimmt war, gab es daheim allerdings für die Familie selten etwas Ordentliches auf dem Teller. Oft schickte unsere Mutter meine Schwestern Hermine und Maria zur sogenannten Freibank nach Amerang, wo es billiges Fleisch gab, das meist von einem notgeschlachteten Rind stammte. Für eine Reichsmark bekam man dort zum Beispiel Suppenfleisch.

1929 suchte ausgerechnet kurz vor Weihnachten das Schicksal die kleine Familie heim: Das Häuserl in Amerang brannte bis auf die letzten Steine nieder. Bitterarm und nur mit dem, was sie am Leib trugen, machten sich meine Eltern mit den Erstgeborenen im Schlepptau auf nach Kolbermoor, um bei Verwandten unterzukommen.

Mein Vater machte sich sofort auf die Suche nach Arbeit. Zuerst fand er diese beim Bau der Zugspitzbahn. Ab 1933 kam er als Straßenbauer zum Einsatz: Hitler ließ zwischen Rosenheim und Salzburg die Autobahn anlegen, eine extreme Arbeit unter freiem Himmel und bei jedem Wetter, aber mein Vater war zäh. Schwere körperliche Strapazen nahm er auf sich, um seine wachsende Familie ernähren zu können. Es lohnte sich für ihn: Endlich kam er zu gutem Verdienst und konnte sich, unserer Mutter und meinen Geschwistern, den Traum vom eigenen Haus in Kolbermoor erfüllen.

Zu der Zeit taten sich dort einige Familienväter zusammen und gründeten einen Verein, woraus unsere kleine Siedlung in der Kolbermoorer Vorstadt hervorging. Weil sie es so gewohnt waren und der Pap als Gärtner genug Wissen mitbrachte, bauten er und unsere Mutter sich dort nebenher eine kleine Landwirtschaft für den Eigenbedarf auf. Sie hielten nicht nur Ziegen, sondern auch Hühner. Was sie selbst nicht brauchten, verkaufte meine Mutter in der Nachbarschaft und verdiente so ein paar Groschen dazu.

Als mit dem Zweiten Weltkrieg die Lebensmittel knapp wurden, rettete ihr kleiner Handel unsere Familie vor der größten Not. Dieser neue Krieg und die Nationalsozialisten waren besonders für unseren Vater ein schlimmes Übel. Die braunen Hemden fand er grauenhaft. Loisl war, wie alle Gleichaltrigen aus der Nachbarschaft, in der Hitlerjugend und musste freilich braune Hemden und Hosen tragen. In einem Wutanfall entfachte der Pap eines Tages ein Feuer im Garten und warf Loisls Hemden hinein.

»Zum Teufel mit diesem vermaledeiten Zeug!«

Gerade noch rechtzeitig, bevor das letzte Hemd brannte, kam Loisl dazu und rief: »Halt, das brau-

*Waltrauts Bruder Alois (Lois)*

che ich doch für den Sport!« Er war kein Nazi, aber ein folgsamer, braver und fleißiger junger Kerl. Und er wusste, welche Konsequenzen es für ihn haben würde, wenn er aus der Reihe tanzte, nur weil sein Vater sich eigene Ansichten leistete.

Als ich 1940 das Licht der Welt erblickte, befand sich mein Bruder vermutlich in einem Schützengraben in Russland. Man hatte ihn zu den Berchtesgadener Gebirgsjägern gesteckt, und unsere Eltern hörten, bis auf wenige Briefe von ihm, vier Jahre lang nichts. In den Zeilen, die er nach Hause schickte, schrieb er von Hunger und übersandte unserem

Vater drei Zigaretten, zu denen er mit etwas Glück gekommen war. Das rührte den Pap zu Tränen.

1942 wurde der Ausbau der Autobahn kriegsbedingt eingestellt, und wieder stand unser Vater ohne Arbeit da. Da kam ihm zusammen mit einem unserer Onkel die Idee, Geld mit dem Kolbermoorer Torf zu verdienen. Auch andere Familien schlossen sich dem Vorhaben an. In Schlarbhofen wurde gestochen, was die Kräfte und der Boden hergaben, auch Frauen und Kinder mussten mit anpacken. Mein Vater organisierte dann einen Güterzug bei der Bahn, weiß der Himmel, wie ihm das gelungen war. Er war eben ein Schacherer, ein Tausendsassa, ein findiger Mann. Er gab niemals auf, und er tat es nicht um seinetwillen, sondern mühte sich ausschließlich für das Wohl seiner Familie ab. Ob die Mutter ihm das jemals dankte? Vermutlich nahm sie der Alltag zu sehr in Beschlag. Auch wenn sie ihre Liebe zueinander vor uns Kindern nie zeigten, bildeten sie eine Einheit und standen zusammen jedes Übel aus, so unterschiedlich sie auch waren.

Der Torf-Handel jedenfalls sollte während der Kriegszeit Vaters großer Wurf werden, uns aber auch einigen Ärger einbringen – und den Pap am Ende fast das Leben kosten. Aber der Reihe nach.

War genügend Torf gestochen, wurde die kostbare Fracht in die notleidende Hauptstadt Berlin transportiert, wo das heiß ersehnte Brennmaterial auf dem Schwarzmarkt verkauft wurde. Dort hatte unser Pap einen Kontaktmann, einen Juden, der das Risiko des Zwischenhändlers auf sich nahm. Das war in jenen Kriegstagen eine heikle Sache, und mein Vater als Strippenzieher musste den Transport wohl oder übel begleiten. Der Plan war, dass er mit einem Batzen Geld aus Berlin wieder zurück in die Heimat kommen würde, um den Erlös unter den Torfstechern aufzuteilen.

Gesagt, getan: Der Zug kam heil nach Berlin. Doch just an diesem Tag wurde die Hauptstadt bombardiert. Das erfuhr man in Kolbermoor übers Radio, und in der Nachbarschaft brach die helle Panik aus. Was, wenn es den Zug getroffen hatte? Was würde aus dem Schwarzmarkt-Geld werden, sollte die ganze Plackerei am Ende umsonst gewesen sein? Freilich machte sich die Mutter auch Sorgen um den Pap. Nicht, dass sie es uns gezeigt hätte. Aber wir wussten, dass sie abends, nach getaner Arbeit, die ihr wenig Zeit zum Nachdenken ließ, im Gebet am Küchentisch versank.

Der Pap hatte, wie schon so oft in seinem Leben, Glück: Mitsamt dem Geld kam er heil wieder nach Hause. Locker hätte er sich davon etwas in die eigene Hosentasche stecken können. Aber er war ein gerechter Mann, und jeder aus der Gruppe bekam den ihm zustehenden Anteil. Und so nahm die ganze Sache erst richtig Fahrt auf.

Fortan fuhr der Güterzug aus Rosenheim immer wieder in Richtung Berlin. Mal mit Torf, mal mit lebenden Hasen, die unsere Mutter züchtete – jedes Mal wurde dem Zwischenhändler die Ware nur so aus den Händen gerissen, und während ein Teil unserer Siedlung Not litt, ging es manchen Familien auf diese Weise erstaunlich gut. Das durfte man freilich niemanden wissen lassen, es gab schließlich auch eingefleischte Nazis in unserer Straße. So lernten schon die Kleinsten, was es heißt, schweigsam zu sein.

Nach einem neuerlichen Transport mit erfolgreichem Ausgang kam unser Vater eines Nachts aber nicht allein den weiten Fußweg vom Rosenheimer Bahnhof in unsere Siedlung zurück. Er hatte den jüdischen Mittelsmann im Schlepptau, der aufgeflogen war und Hals über Kopf hatte fliehen müssen. In Berlin musste er seine Frau und seine zwei Kinder zurücklassen. Mucksmäuschenstill hatten wir Kinder in unseren Schlafkammern zu liegen, wo wir uns immer zu zweit ein Bett teilten, während meine Eltern und der Mann in der Küche sich berieten, wie es weitergehen sollte.

Anfangs war unsere Mutter nicht begeistert über den gefährlichen Gast, aber der Pap konnte sie von der guten Tat überzeugen.

»Wir verstecken ihn im Keller«, sagte er zu ihr und verbat sich Widerworte, was er selten tat. Seinem Geschäftspartner, der inzwischen wie ein guter Freund für ihn war, schärfte er ein: »Du darfst dich tagsüber nicht im Haus blicken lassen, dann sind wir dran!« Also schlich dieser nur nach Einbruch der Dunkelheit die Kellertreppe nach oben und bekam von der Mutter das Essen vorgesetzt, das von uns übrig geblieben war.

Ich war damals etwa drei Jahre alt. Wir jüngeren Kinder, der Ernst und ich, mussten täglich Aufgaben im Haushalt erledigen. Oft gehörte es dazu, Kartoffeln, Zwiebeln oder Lageräpfel aus dem Keller zu holen. Dann begegneten wir dem armen

Mann, der stets Tränen in den Augen hatte, bestimmt, weil wir ihn an seine eigenen Kinder erinnerten.

Ernst sollte ihm Papier und Bleistift von seinen Schulsachen abzweigen. Im schwachen Schein einer Kerze kauerte unser Gast dann auf einem Stuhl und schrieb Briefe an seine Frau, die unsere Eltern heimlich abschickten.

»Niemand darf von dem Onkel im Keller erfahren«, schärfte man uns Kindern ein, »sonst sind wir alle tot!« Das machte großen Eindruck auf mich, auch wenn ich mir nicht vorstellen konnte, was das alles bedeutete.

Während wir uns daheim mit unseren eigenen Methoden durch die wirre Nazi-Zeit schlugen, hatte mein Bruder Lois bereits schreckliche Kriegserlebnisse in Russland überlebt. 1942 machte er sich mit einer Handvoll Kameraden, von ihrer ursprünglichen Truppe durch widrige Umstände getrennt, verzweifelt und orientierungslos auf zu einem gefährlichen Fußmarsch durch den Kaukasus. Nach Hause wollte er, doch sollte er fast vier Jahre dafür brauchen. Nur noch drei seiner einstigen Kameraden waren am Ende übrig, und es hieß, dass sie ihr Leben meinem Bruder zu verdanken hätten.

Eines Morgens im Jahr 1946 stand er dann plötzlich vor der Tür unseres Elternhauses in Kolbermoor. Weil alle meine Geschwister außer Haus waren, der Pap Torf stach und die Mutter die Hühner fütterte, war ich es, die öffnete. Verwundert blickte ich in die warmen Augen dieses fremden, jungen Mannes, der eine zerschlissene braune Uniform trug. Das war für mich mit meinen sechs Jahren kein ungewohnter Anblick, doch hatte man mir eingeschärft, dass Soldaten vor dem eigenen Haus nicht unbedingt Gutes bedeuteten.

»Mama!«, rief ich daher verzweifelt, und der Lois begriff sofort, dass er da sein jüngstes Schwesterchen vor sich hatte.

»Ja, Traudi, bist du es?« Er legte seinen Rucksack ab und beugte sich lächelnd zu mir herunter. Er wollte mich in die Arme schließen, aber ich wandte mich von ihm ab, denn er roch nach Schweiß und Zigaretten, und ich hatte Angst, dieser Fremde könnte mich mitnehmen. Ich ließ ihn stehen und rannte in die Küche, wo unsere Mam gerade einen Korb voller frischer Eier auf den Tisch stellte. Ich wusste, was nun kommen würde: Ich würde die Eier vorsichtig mit einem nassen Lappen säubern und zur Aufbewahrung in den Keller bringen müssen. Doch diesmal geschah etwas anderes: Die Mam stieß einen spitzen Schrei aus, als sie den Soldaten hereinkommen sah, und ich ließ vor Schreck die beiden Eier fallen, die ich mir schon aus dem Korb genommen hatte.

»Jessas Maria und Josef«, stieß die Mam hervor und wischte sich mit der Schürze den Schweiß von der Stirn.

»Mama, ich bin wieder da«, stammelte der junge Mann und blickte abwechselnd zu mir und zu ihr.

»Das ist dein Bruder Lois«, sagte die Mam knapp zu mir, als sie sich wieder gefangen hatte, und machte sich dann daran, das vom Tisch tropfende Eiweiß mit einem Becher aufzufangen.

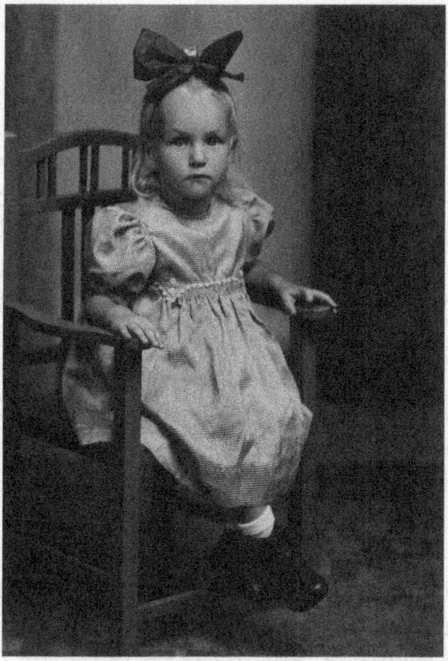

*Waltraud als kleines Mädchen*

»Das gute Ei!«, murrte sie. Und zum Lois gewandt, sagte sie: »In deiner Kammer schlafen jetzt die Traudi und der Ernst, vielleicht schaust du, dass du in deiner Kaserne unterkommst. Essen gibt's erst in zwei Stunden.« Falls die Mutter erleichtert war, ihren Sohn nicht an den Krieg verloren zu haben, so zeigte sie ihre Gefühle wieder einmal nicht. Wir spürten es nur, als sie später ausnahmsweise dem Lois, nicht dem Pap, die größte Portion Kartoffeln zugestand und ihm obendrauf noch einen Klecks Ziegenbutter gab, die sie am Morgen in unserem Butterfass geschlagen hatte.

Als Ernst, Anna und der Pap an diesem Tag nach Hause kamen, gab es ein größeres Hallo. Ich sah unseren Vater erstmals Tränen vergießen.

»Gott sei gedankt«, rief er wieder und wieder aus. Er wollte gar nicht mehr aufhören, Loisls Schulter zu klopfen. Dabei staubte die dreckige Uniform, sodass die Mam ihn aufforderte, die Kleidung zu wechseln. Ihr Zeichen der Liebe war, Loisls Sachen noch am selben Tag auszukochen, obwohl gerade kein Waschtag war. Demonstrativ wehte nachmittags die Uniform in unserem Vorgarten an der Leine, sodass jeder, der an unserem Haus vorbeikam, der Mam zu Loisls Heimkehr gratulieren musste.

Dieses Glück war nicht jeder Nachbarsfamilie vergönnt. Es gab eine alte Frau, die während des Krieges auf ihrem klapprigen Rad jeden Tag zur Post fuhr, und wenn es Nachrichten von der Front für jemanden aus der Siedlung gab, überbrachte sie selbige persönlich. Sobald wir Kinder die Frau anrücken sahen, blieben wir wie angewurzelt stehen und beobachteten mit angehaltenem Atem, vor welchem Haus sie schnaufend ihren quietschenden Ständer ausklappen würde. Jeder wusste: Sie bringt auch die schlechten Neuigkeiten.

Einmal traf es die Schmids von schräg gegenüber. Mutter und Tochter standen in der Tür und warteten schon auf die Botin, als hätten sie geahnt, dass an diesem Tag Nachrichten aus Russland kommen würden. Der Vater war bereits gefallen. Und diesmal kam erneut eine Todesmeldung. Die Frau Schmid knüllte das Papier in ihren Händen, und ihre Schreie brachten alle in der Nachbarschaft dazu, die Köpfe aus den Fenstern zu recken. Ich weiß noch, wie die alte Frau die weinende Mutter in den Arm nahm und sich dann langsam wieder mit ihrem Rad von der Unglücklichen entfernte.

Der Lois dagegen hätte nun eigentlich frohgemut ein neues Leben beginnen können. Er war noch so jung und hatte den Krieg überstanden. Seine scheinbar einzige Verwundung war an der linken Hand zu sehen, wo ihn ein Schuss getroffen hatte. Weil die Stelle nicht rechtzeitig versorgt worden war, blieb die Hand für immer steif.

Das war aber nur die äußere Verletzung. Innerlich war der Loisl nicht mehr derselbe. An der Front hatte er schnell gemerkt, dass sich die Schrecken des Krieges mit Alkohol leichter verdauen ließen, und konnte fortan nicht mehr darauf verzichten. Dass ihr Sohn als Trinker zurückgekommen war, merkten unsere Eltern recht schnell, denn bereits am nächsten Morgen nach seiner Heimkehr fanden sie in der Küche die leere Schnapsflasche, die dem Pap gehört hatte. Es hatte sie ganz hinten im Geschirrschrank aufbewahrt wie ein Heiligtum, und der Lois musste intensiv nach ihr gesucht haben.

Der Pap wollte nicht mit seinem heimgekehrten Sohn schimpfen und redete mit ruhiger Stimme auf ihn ein. »Mensch, Bub, die wollte ich doch aufheben, falls wir mal eine Medizin oder etwas anderes Wertvolles brauchen, zum Tauschen! Weißt du denn nicht, dass unser Geld so gut wie nichts mehr wert ist?«

Die Mam dagegen reagierte ungehalten: »Da kommt er heim und trinkt uns als Erstes den Schnaps weg«, und zu Lois gewandt: »Schäm dich! Das kannst du mit deinen Kameraden machen, aber nicht bei uns. Was sollen denn die Leute denken?«

Der Lois döste noch halb am Küchentisch, den Kopf mit den struppigen Haaren zwischen den Armen vergraben. Ich stand vor diesem jungen Mann und schaute ihn mit großen Augen an. Gewiss, meine Schwestern hatten mir von dem unbekannten Bruder im Krieg erzählt, aber ich hatte mir keine Vorstellung von ihm machen können. Dann hatte es auch immer wieder geheißen, vielleicht käme er gar nicht mehr nach Hause.

»So wie der Huber Georg, der ist auch im Krieg geblieben«, hatte die eine Schwester hinter vorgehaltener Hand zur anderen gesagt.

»Ja, so schade, der war ein fescher Kerl«, hatte die andere geantwortet.

Im Krieg bleiben? Auch das war mir ein Rätsel. Der Pap war stets wütend geworden, wenn er so etwas hörte, und hatte allen befohlen, so nicht über seinen Sohn zu denken. Jetzt war er also wieder da, und es gab gleich einmal Streit um eine Schnapsflasche. Das konnte ja heiter werden!

Als ich meinen fremden Bruder, den ich mir eher wie einen Spielkameraden und nicht wie einen erwachsenen Mann vorgestellt hatte, so halb am Küchentisch liegen sah, dachte ich: Jetzt ist doch alles gut, er ist ja nicht im Krieg geblieben. Warum regen sich meine Eltern so auf?

Als Loisl sehr viel später an diesem Tag seinen Rausch ausgeschlafen hatte, war er sehr nett zu mir. Ich durfte mit meinen kleinen Fingern seine steife

Hand berühren und sang ihm das Lied »Heile, heile Gänschen«, das mir meine Schwestern stets vorsangen, wenn ich mir wehgetan hatte.

»Kleine Traudi«, murmelte der Loisl liebevoll und strich mir über die Wange. Er ließ mich Hoppereiter auf seinen Knien hüpfen. Er roch immer noch arg nach Schnaps, und aus irgendeinem Grund dachte ich mir, dass man so eben riecht, wenn man aus dem Krieg kommt.

Ich ließ meinen Bruder nur sehr langsam in mein Herz und blieb anfangs, trotz seiner Freundlichkeit mir gegenüber, reserviert. Immer noch kam er mir komisch vor, wenn er mit uns am Esstisch saß, denn er redete so gut wie nichts. Er schaffte es immer irgendwie, an Alkohol zu kommen, und so erlebte ich ihn meist betrunken. Nüchtern war er in keinem guten Zustand. Die Mutter schimpfte nur mit ihm herum und war eifrig darauf bedacht, dass niemand die Trinkerei mitbekam. Der Pap kniete abends vor dem Ehebett und betete für seinen Sohn.

Erleichtert waren sie beide, als Lois wieder zurück nach Berchtesgaden fuhr, wo er nach dem Krieg als Grenzsoldat eingesetzt war. Auf über 1600 Metern tat er seinen Dienst in einer Schutzhütte im Hagengebirge in den Berchtesgadener Alpen. Vermutlich ging dort nach Dienstschluss auch der Alkohol um.

Kam mein Bruder an manchem Wochenende nach Kolbermoor heim, brachte er mir stets ein kleines Sträußchen Almrausch mit. Der Mutter auch, aber ich war diejenige von uns, die sich am meisten darüber freute. Was vielleicht auch daran lag, dass die Mam diejenige war, die sofort nach Loisls Ankunft seine Wäsche waschen musste, damit sie bis Sonntagabend wieder trocknete.

Leider wurde ich bei seinen Besuchen immer wieder Zeugin seiner Alkoholsucht. Wenn er mit der Arbeit, in die er zu Hause selbstverständlich sofort eingebunden wurde, fertig war, fing er mit dem Trinken an. Meist war es noch nicht besonders spät, da war er schon nahe der Besinnungslosigkeit. Seine steife linke Hand lag dann auf dem Tisch, mit der rechten hielt er die Bierflasche. Irgendwann war er nicht mehr ansprechbar, lallte und nuschelte nur noch, am Ende schleppte ihn der Pap wie ein Häuflein Elend in sein Bett.

Manchmal traf sich der Lois auch mit ehemaligen Kameraden, und dann ertränkten sie ihren Kummer gemeinsam. Grund dazu hatten sie alle: Dem einen war die Verlobte weggelaufen, während er im Schützengraben um sein Leben kämpfte. Der andere hatte seine Eltern verloren. Einer war halb blind nach Hause zurückgekehrt, der andere durch die schrecklichen Erlebnisse derart traumatisiert, dass er ständig am ganzen Leib zitterte. Der Lois fühlte sich in ihrer Gegenwart vielleicht in besserer Gesellschaft als bei uns daheim. Dort jedenfalls unternahm niemand große Versuche, ihn vom Trinken abzuhalten.

»Der säuft halt«, hieß es. Bald wusste es die ganze Nachbarschaft, wofür sich unsere Mutter sehr schämte. Obgleich unsere Nachbarn bestimmt andere Sorgen hatten, als sich das Maul über den Lois zu zerreißen, war die Mam der Ansicht, jeder rede über uns. Sie strafte ihren Sohn mit Verachtung für seine Sucht und stürzte sich, wenn er bei uns war, umso mehr ins Waschen und Fegen. Unser Vater dagegen wollte gern zum Lois halten, doch wusste auch er nicht recht, wie er seinem Sohn helfen sollte.

»Mensch, Bub«, seufzte er immer, und mir machte es Sorgen, dass mein sonst so tatkräftiger Vater hilflos war. Manchmal trank er mit, weil er wohl meinte, dann mehr auf den Lois achten zu können. Oft aber musste er kraftlos mit ansehen, wie es mit seinem Sohn Stunde für Stunde bergab ging. Wir Kinder mussten ganz still sein am Tisch, das verlangte die Mutter, und so hörte man nur das eifrige Klappern unserer Löffel, die alle gierig in die große Pfanne in der Tischmitte getaucht wurden, aus der wir gemeinsam aßen. Die jüngsten, Ernst und ich, hatten den größten Appetit vom Ziegen hüten, Unkraut jäten, Beeren sammeln und anderen Diensten, zu denen wir geschickt wurden. Der Lois trank stets mehr, als er aß. Vom Trinken wurde er noch stiller, blasser und schmaler, als er eh schon war.

Ich spürte genau, dass mit ihm etwas ganz und gar nicht stimmte, und streichelte ihm in solchen Momenten vertrauensvoll über die steife Hand.

»Trink doch einfach nicht so viel Schnaps«, riet ich meinem großen Bruder in kindlicher Unschuld.

Dann seufzte er aus tiefster Seele und meinte zu mir: »Ja, weißt du, Traudi, ich hab doch auch keinen Schimmer, warum ich das tue. Ich kann halt nicht aufhören damit.« Für mich war das schlimm, weil ich sehr ernst nahm, was Erwachsene zu mir sagten.

Wenn einer nicht selbst aufhören kann, dachte ich mir, dann kann ihm wohl keiner helfen. Nachts hörte ich den Lois manchmal im Traum schreien.

Unsere Mutter hatte keine Geduld mit ihm und wandte auch keine Zeit auf, sich um ihn zu kümmern. »Ich habe ihn großgezogen, jetzt ist er erwachsen, da muss er selber zuschauen, was er aus seinem Leben macht«, war ihre Meinung.

War Lois wieder nach Berchtesgaden gefahren, dann war es daheim so, als wäre er nie da gewesen. Alle leeren Bier- und Schnapsflaschen waren verschwunden, die Küche durchgelüftet, über seinem Bett war straff eine Decke gespannt, als hätte nie jemand darin gelegen. Es wurde nicht über ihn gesprochen. Wenn das Essen mal wieder knapp war, atmete sie erleichtert auf, für einen weniger kochen zu müssen.

»Zu viele hungrige Menschen im Haus«, so sah das die Mutter, doch auch wenn sie sich beklagte und sich sträubte, im Grunde ihres Herzens wollte sie niemanden seinem Schicksal überlassen.

Als in Kolbermoor ein Lager für Kriegsflüchtlinge entstand, dauerte es nicht lange, und bettelnde Menschen zogen durch unsere Siedlung. Ich hatte ein wenig Angst vor den ausgezehrten Gestalten, vor allem die Frauen ängstigten mich, die noch jung sein mochten, aber alt wie Großmütter aussahen. Auch bei uns klopften sie an die Tür. Nicht immer sprachen sie Deutsch, aber die Mam verstand auch so, worum es ging.

Schon bald packte sie die Sache pragmatisch an. Da sie ohnehin jeden Tag für uns Brot machen musste, backte sie einfach noch mehr. Jeden Morgen stellte sie nun einige Flaschen voller Ziegenmilch und mehrere Laibe geschnittenes Brot auf unsere Kommode im Hausflur.

»Wenn's klopft, machst du auf und drückst jedem eine Flasche Milch und ein Brot in die Hand, verstanden?«, lautete der Befehl an mich.

»Aber ich fürchte mich«, gab ich zurück.

Da wurde die Mutter sofort streng und stemmte die Hände in die Hüften. Widerspruch duldete sie nicht. »Willst du etwa schuld daran sein, wenn jemand vor Hunger stirbt?« Damit war die Sache klar. Und je mehr Brote und Flaschen ich gab, desto überzeugter war ich schließlich, dass wir es mit »ganz armen Teufeln« zu tun hatten, wie unser Vater sagte.

Dann waren da noch die Zwangsarbeiter in Kolbermoor, überwiegend Russen. Für sie war ein gesondertes Lager am Anfang der Siedlung errichtet worden. Als die Bahngleise zwischen Kolbermoor und Bad Aibling im Krieg zerstört wurden, mussten sie die Trümmer entfernen und unter Aufsicht Reparaturen durchführen. Täglich sahen wir die traurigen, ausgemergelten Gestalten ihre schwere Arbeit verrichten. Es waren auch Frauen darunter, die ihre kleinen Kinder, oft noch Säuglinge, in ihrer Not am Bahndamm ablegen mussten, während sie selbst den ganzen Tag schufteten. Es gab herzlose Aufseher, die verhinderten, dass sie sich um ihre Kinder kümmerten. Unsere Eltern mussten diese Szenen beobachtet haben, denn sie schmiedeten einen Plan, der mich als zentrale Figur miteinbezog.

Zu meinem großen Erstaunen bekam ich einen kleinen, hölzernen Puppenwagen geschenkt, den der Pap selbst gefertigt hatte. Draußen war es heiß, die Sonne schien.

»Aber es ist doch noch gar nicht Weihnachten«, war meine einigermaßen verwirrte Reaktion auf dieses überraschende Geschenk.

Der Pap lächelte vielsagend: »Du bist halt ein braves Mädel.« Im Wägelchen lag sogar eine selbst genähte Puppe, die man mit einem kleinen Kissen zudecken konnte. Ich erkannte das Muster eines ausrangierten Kissenbezugs. Zu meinem noch größeren Erstaunen, wurde mir erlaubt, das neue Spielzeug mit auf die Straße zu nehmen. Sofort war ich von einer begeisterten Kinderschar umringt. Doch die Mutter pfiff mich zurück zum Haus und legte verschwörerisch die Finger an ihre Lippen. Sie lupfte für eine Sekunde das Kissen, sodass ich sehen konnte, was darunter verborgen war: Kleine Glasfläschchen mit gezuckerter Ziegenmilch. Ganz früh am Morgen hatte sie die Mutter extra zubereitet.

»So«, sagte sie bestimmt, »und jetzt marschierst du runter zum Bahndamm damit. Die Milch bringst du den armen russischen Kindern. Und lass dich nicht erwischen!«

Gehorsam und mit dem Gefühl, etwas Verbotenes und zugleich unglaublich Wichtiges zu tun, zog ich mit dem Wägelchen los und ließ die Nachbarskinder enttäuscht zurück. Ich bemerkte, dass mich die Aufseher nicht groß beachteten, an denen ich vorbeihuschte. Sie dachten wohl, ich würde bloß mit den Kindern spielen wollen, was anscheinend kein Problem darstellte. Eine Flasche nach der anderen drückte ich den Kleinen hastig in die Händchen, dann war das Wägelchen leer, aber noch so viele vor Hunger weinende Kinder übrig.

So kam es, dass ich täglich mehrere »Lieferungen« ausfuhr, ohne den Argwohn der Aufpasser zu erregen. Schon von Weitem sichtbar prangte das Hakenkreuz auf ihrer Armbinde. Sie trugen diese bräunliche Uniform, die Hosenbeine straff in die blank geputzten Stiefel gesteckt. Ich blieb für sie harmlos, obgleich ich immer dachte: Gleich hört einer, wie mein Herz klopft!

Nach ein paar Wochen mussten die Zwangsarbeiter weiterziehen, in eine ungewisse Zukunft, und ich trauerte den Kindern noch eine ganze Weile lang nach.

»Wir haben getan, was wir konnten«, sagte die Mam schulterzuckend. Das Leben musste weitergehen.

Ich hatte großen Respekt vor dem Mut meiner Mutter und ich wollte sie so gerne liebhaben, aber sie konnte meine Liebe leider nicht erwidern. Uns Geschwistern ging es in dieser Hinsicht allen gleich – mit einer Ausnahme.

Mutters Lieblingskind war stets Hermine, die Zweitgeborene. Bekam sie Schleifchen in die Zöpfe, hagelte es für den Rest Ohrfeigen. So war das eben. Uns Geschwister hat das nicht gegeneinander aufgewiegelt, wir hielten zusammen. Wie es üblich war, passten die Älteren auf die Jüngeren auf. Für mich waren meine großen Schwestern wie junge Tanten, die mich vom ersten Tag meines Lebens an herzten, sich um mich kümmerten, mich hübsch anzogen und mir die Haare kämmten. Vor allem Hermine und Maria umhegten mich. Vielleicht lag es auch daran, dass sie nie ein Spielzeug hatten und ich ihnen wie eine Puppe war. So haben wir auch die dunkelsten Stunden unseres jungen Lebens miteinander ausgestanden.

Es war am 18. April 1945, einem Mittwoch. Meine Schwester Maria, die zu dieser Zeit in München als Köchin arbeitete, hatte einen freien Tag und sich in den Kopf gesetzt, ich müsste doch einmal fotografiert werden. Fünf Jahre war ich alt, und kein einziges Bild gab es von mir. Die anderen hatten wenigstens schon Klassenfotos. Maria hatte etwas von ihrem mageren Lohn gespart und die Zugfahrt nach Rosenheim schon Tage vorher geplant. Einen Fotografen gab es nur in der Stadt.

Früh am Morgen weckte sie mich.

»Wach auf, kleine Traudi, heute ist ein ganz besonderer Tag! Du darfst mit der Bahn fahren.« Noch ganz verschlafen, aber schon ordentlich hungrig, nahm ich gern die Tasse voller Ziegenmilch entgegen, die mir Maria reichte. Ich war noch nie Zug gefahren, und es kribbelte vor Aufregung in meinem Bauch.

Am aufregendsten aber war, dass mich meine Schwester herausputzte, als wär's ein Festtag. Sie steckte mich in ein luftiges Kleidchen mit großen Puffärmeln und einer Biese unter der Brust, das sie aus München mitgebracht hatte. Sie frisierte hingebungsvoll meine feinen, blonden Haare und krönte mich mit einer großen, dunkelrosa Taftschleife, die sie mitten auf meinem Kopf platzierte. Dann zauberte sie zu meiner großen Überraschung auch noch ein paar schwarze, lederne Schnürschuhe hervor! Ich besaß nämlich nur ein einziges, durchgelaufenes Paar, das schon dem Ernst gehört hatte und das ich höchstens sonntags tragen durfte oder wenn es sehr kalt war. Ansonsten rannte ich barfuß herum. Diese neuen schwarzen Lederschühchen waren mir noch etwas zu groß. Ehrfürchtig starrte ich auf meine Füße hinunter. Maria band die Schuhe extra eng, damit ich nicht so herausschlappte.

»Dass du mir die Traudi auch rechtzeitig wieder heimbringst, wenn die Ziegen geholt werden müssen«, gab ihr unsere Mutter mit auf den Weg, die den Kopf über diese unsinnige Geldausgabe schüttelte.

Im Zug nahm ich voller Stolz neben meiner großen Schwester Platz. Als wir am Rosenheimer Bahnhof ankamen, stockte mir der Atem angesichts des Menschengewirrs dort. Vor allem wimmelte es vor Soldaten. Ich sah in eingefallene, graue Gesichter, erblickte lumpige Gestalten, humpelnde Männer und solche, die wild und vergnügt herumkrakeelten, verbreitete sich doch auch immer mehr die Nachricht von einem angeblich baldigen Kriegsende. Maria musste mich auf den Arm nehmen, so voll war es. Sie hatte Angst, ich könnte verloren gehen oder im Gedränge zu Boden gerissen werden.

Vom Bahnhof aus mussten wir noch ein ganzes Stück zu Fuß laufen, um zum Studio des Fotografen Simson zu gelangen. Tapfer lief ich neben Maria her, aber bald hatte ich mir in den neuen Schuhen Blasen gelaufen und Maria musste mich die weiteste Strecke tragen. Etwas erschöpft kamen wir beim Haus des Fotografen an. Doch genau in diesem Moment heulten die Sirenen auf.

»Fliegeralarm!«, rief meine Schwester entsetzt, und wir ließen uns von Herrn Simson mir nichts, dir nichts mit in den modrigen Keller eines Nachbarhauses nehmen. Dort kauerten wir dicht an dicht mit zahlreichen anderen fremden Menschen. Draußen ging der gellende Alarm bald unter im Krachen und dem Getöse des Bombenhagels, der auf Rosenheim niederging. Nie werde ich vergessen, wie es sich anhört, wenn sich die Bomben von oben mit lautem Surren nähern. Wenn man weiß, dass sie gleich mit großer Wucht einschlagen werden, macht man sich steif und vergisst fast zu atmen, in Erwartung der unausweichlich folgenden heftigen Detonation.

Als Maria nach einer guten Stunde im Keller mit mir auf dem Arm wieder ans Tageslicht taumelte, hatte sich unsere heitere Stimmung vom Morgen natürlich in Luft aufgelöst. Maria zupfte mein Kleid und meine Haare zurecht, und der Fotograf machte das Bild.

Mit klopfenden Herzen machten wir uns auf den Rückweg zum Bahnhof. Wir mussten einen weiten Umweg nehmen, weil immer wieder rauchende Trümmerhaufen die Straßen versperrten. Meine Füßchen schmerzten so sehr, dass ich weinte, und Maria trug mich fast eine Stunde lang. Sie kämpfte sich mit mir bis zum Bahnhof vor, wo sich uns ein furchtbarer Anblick bot. Vom herrschaftlichen Bahnhofsgebäude stand nur noch ein Teil der Fassade, nackte Tragbalken ragten rußgeschwärzt in den Himmel. Das weitläufige Bahnhofsareal war ein rauchendes Trümmerfeld. Die Hitze des Bombenfeuers, das regelrecht über den Bahnhof hinweggefegt sein musste, hatte die stählernen Eisenbahnschienen verbogen, die wie Schlittenkufen unter den Schuttbergen hervorspitzten. Würde überhaupt ein Zug fahren? Beim Anblick der unzähligen Leichen, die bereits von Helfern auf einem freigeräumten Platz aufgebahrt wurden, musste Maria aufschreien.

»Schau bloß nicht hin, Traudi, mach die Augen zu«, bat sie mich, aber ich hielt meine Arme stumm um ihren Hals gelegt und ließ meinen Blick ruhig über die Reihen der Toten gleiten. In mir regte sich nichts, zumindest keine Furcht und kein Ekel. Die Menschen, vor allem junge Soldaten, die sich eben noch ihren Weg durchs Gedränge gebahnt hatten, sahen aus, als würden sie schlafen. Nur waren sie grau vom Staub, der sie jetzt bedeckte. Später sollten wir erfahren, dass dies der schwerste Angriff auf Rosenheim in der gesamten Kriegszeit war. 1300 Menschen verloren allein an diesem Tag im April 1945 ihr Leben.

Der Bahnhof war in Schutt und Asche gelegt worden. Natürlich fuhr kein Zug mehr, denn die Gleisbahn, die als Hauptverkehrsstrecke die Städte München und Salzburg verband, war das Ziel der Bomber gewesen. Wo wir uns noch vor wenigen Stunden durch die Menschenmassen gezwängt hatten, klafften nun riesige, trichterförmige Löcher in der schwarz verbrannten Erde.

Maria hat mich auch noch den ganzen Weg zu Fuß nach Kolbermoor heimgetragen. Mein Foto sollte erst zwei Wochen später fertig sein, und weil die Post nicht funktionierte, musste es Maria persönlich beim Fotografen abholen. Ernst schaue ich auf dem Bild, als würde die Last der Welt auf meine schmächtigen Schultern drücken. Nur die pompöse Schleife auf meinem Kopf präsentierte sich unbeeindruckt.

Zu Hause hatte man freilich den schweren Bombenangriff auf Rosenheim mitbekommen. Zum ersten Mal erlebte ich unsere Mutter in nervösem Zustand. Sie stand auf der Straße und hielt Ausschau, als wir erschöpft, hungrig und durstig von unserer lebensgefährlichen Tour endlich auf unser Haus zusteuerten. Es dämmerte schon. Schnell tat Mama so, als würde sie nur kurz nach den Hühnern schauen, und verschwand im Stall.

»Da seid's ja endlich«, war alles, was wir zu hören bekamen, und dann wurde ich auch schon in den Keller geschickt, um dem armen Juden seine gewaschene Hose zu bringen. Die hatte natürlich nicht im Garten, zwischen unseren Sachen, trocknen dürfen, sondern in der Küche.

Kurz nach diesem schrecklichen Ereignis, nur wenige Wochen, bevor die Wehrmacht kapitulierte und die Amerikaner in unsere Heimat kamen, geschah es dann doch noch: Jemand aus der Nachbarschaft zeigte den Pap wegen seiner »verbotenen Verbindung zu einem Juden« an. Unser Vater war einigen

Nazis in der Nachbarschaft ein Dorn im Auge, seitdem er sich standhaft geweigert hatte, sich dem Volkssturm anzuschließen.

»So einen Schmarrn mache ich nicht mit!«, bekräftigte er immer wieder. »Ich habe geschworen, nie wieder eine Waffe zur Hand zu nehmen, und dabei bleibt's auch.« Zur Strafe für seine Haltung hatte man ihn und eine Handvoll anderer Verweigerer eine Woche lang im Keller des Kolbermoorer Wirtshauses eingesperrt. Das war noch nicht lange her, und Mutters Nerven hatten sich gerade erst wieder erholt von der Aufregung.

Nun also sollte es erneut so weit sein, dass er wegen seiner Verachtung für Hitler und sein Gefolge zur Verantwortung gezogen werden sollte.

Im Morgengrauen an einem Tag Ende April hämmerte es gegen unsere Haustür. Wir standen alle senkrecht in unseren Betten, ich weinte, und die Mutter rief entsetzt: »Jetzt ist alles aus! Ich hab's kommen sehen!«

Der Pap trat den SS-Männern mutig entgegen. Ein Trupp stürmte unser Haus und stellte es förmlich auf den Kopf, um nach dem Versteckten zu suchen.

Als sie ihn gefunden hatten, schleiften sie den jammernden Kerl die Treppe rauf und schubsten ihn in einen Transporter, der schon mit laufendem Motor vor dem Haus wartete. Genauso wie einige unserer Nachbarn. Unter ihnen befanden sich eingefleischte Nazis, die ganz unverhohlen zu uns herüberglotzten und Beifall klatschten, als der arme Mann von den SS-Leuten aus dem Haus geführt wurde. Andere wiederum hielten sich zurück, schielten höchstens hinter den Gardinen hervor.

Die Eltern haben später erfahren, dass »unser Jude« in ein Konzentrationslager gebracht wurde, wo er ums Leben kam. Dass auch dessen Frau und Kinder im KZ starben, erfuhr unser Vater dann über seine ehemaligen Berliner Kontakte.

Auch auf unseren Vater wartete der Tod, er sollte für seine »Untat« gehängt werden. Dafür stand auf dem Grundstück von einem der Männer, mit denen der Pap einst gemeinsam unsere kleine Siedlung aufgebaut hatte, ein Galgen. Jeder aus der Nachbarschaft konnte das sehen, er war aus frischem Fichtenholz gezimmert worden. Unser Vater bekam die Gelegenheit, sich den Ort seines Schicksals vorher anzusehen. Er nahm mich Fünfjährige bei der Hand und führte mich hin.

»Merk dir diesen Ort gut«, sagte er mit fester Stimme zu mir. Ich verstand gar nichts.

Am Nachmittag ärgerten mich beim Spielen auf der Straße die Nachbarskinder.

»Bald hängen's deinen Papa auf!«, riefen sie und liefen weg. Doch dazu kam es nicht:

Zwei Tage, bevor das Urteil vollstreckt werden sollte, marschierten die Amerikaner in Bayern ein. Am 2. Mai 1945 fuhren ihre Militärjeeps auch durch Kolbermoor. Die Nachbarn suchten hektisch weiße Leintücher zusammen, um sie aus ihren Fenstern zu hängen. Der Galgen verschwand wie von Zauberhand, genauso die Hakenkreuzfahnen, und nie wieder hat jemand davon gesprochen, was man unserem Vater noch kurz zuvor antun wollte.

»Ein Wunder«, sagte unsere Mutter immer wieder, aber der Pap winkte ab:

»Geh weiter, das war bloß ein Zufall.« Er weigerte sich auch, diejenigen zu hassen, die ihm und uns das hätten antun wollen. »Das schadet mir nur selber«, war er überzeugt. Insgeheim schien er sich höchstens darüber zu freuen, dass der Plan dieses speziellen Nachbarn, der extra seinen Grund für den Galgen zur Verfügung gestellt hatte, nicht aufgegangen war: »Der ist bloß spitz auf das Häusl von den Hubers.«

Das war eine Familie mit vier Kindern, die nicht weit von uns in derselben Straße lebte. Der Vater war im Krieg gefallen und die Mutter war mit einer schwierigen Erkrankung auf unbestimmte Zeit in einer Klinik. Die vier Kinder wären also in fremde Obhut gegeben worden, wo man sie wahrscheinlich voneinander getrennt hätte, und das Häuschen wäre womöglich versteigert worden. Unser Galgen-Nachbar hatte sich erhofft, als treuer Nazi dabei in die engere Auswahl zu kommen.

»Das kann man doch nicht mit ansehen, wie die Kinder da so auf sich allein gestellt sind!«, war die Meinung vom Pap.

»Ich weiß, was du vorhast«, keifte unsere Mutter, wenn er mal wieder mit mitleidigem Blick von den Huber-Kindern sprach. »Das kommt gar nicht infrage!«

Doch der Pap setzte sich durch: »Die Vier kriegen wir auch noch satt! Der Herrgott wird's uns schon vergelten.« Am Ende trafen er und unsere Mutter mit einigen weiteren Nachbarn eine Vereinbarung, nach der jeder reihum die Kinder versorgte. Und so kam es bald, dass mehrmals die Woche zusätzlich vier weitere Löffel bei uns auf dem großen Esstisch lagen und noch mehr hungrige Kinder heiße Kartoffeln aus der eisernen Pfanne angelten.

Warum auch immer – irgendwie zog unsere Familie Kinder förmlich an.

Zum Beispiel die kleine Hilde. Und das kam so: Meine jüngste Schwester Anna arbeitete in München als Krankenschwester, als es wieder einmal einen schweren Bombenangriff auf die Hauptstadt gab. Wir hatten es mittags im Radio gehört, und während sich die Mutter nicht groß sorgte und mich zum Ziegenhüten scheuchte, lief der Pap daheim nervös auf und ab. Er wartete auf weitere Nachrichten, welche Stadtteile es getroffen hatte und ob man vielleicht sogar das Krankenhaus von Anna erwähnte. Als er zwei Stunden später immer noch nichts Konkretes gehört hatte, machte er sich auf zum Bahnhof und setzte die letzten Groschen, die er bei sich trug, für eine Fahrkarte nach München ein.

»Jetzt ist er stundenlang weg und ich kann alle Arbeit allein machen«, jammerte die Mutter und wischte sich mit erdverschmierten Händen den Schweiß von der Stirn. Sie war dabei, Kartoffeln zu setzen. Eine mühevolle Arbeit, die sehr auf den Rücken ging.

Der Pap dagegen schlug sich durch das brennende und rauchende München zur Arbeitsstätte meiner Schwester durch und fand sie unversehrt dort vor. Er wollte im nahen Schwesternwohnheim auf sie warten, aber als er das Zimmer betrat, das sie sich mit einer Kollegin teilte, fand er zu seinem großen Erstaunen ein schlafendes Baby vor. Nein, es war kein Überraschungs-Enkelkind, sondern gehörte zu der Kollegin, blutjung wie unsere Anna, aber zu ihrem großen Beschämen ledig. Beide Frauen kümmerten sich abwechselnd um das kleine Mädchen und hielten es im Wohnheim versteckt.

Das erklärte, warum Anna an den Wochenenden fast nie nach Hause kommen wollte und am Ende ihrer Kräfte schien. Auch die Mutter des Babys war nur noch ein Schatten ihrer selbst, so jedenfalls schilderte es der Pap in ergreifenden Worten unserer Mutter, nachdem er spätabends mitsamt dem zum Bündel geschnürten Kind wieder bei uns in der Küche stand.

»Nein, nein und nochmals nein!«, hörte ich von meinem Bett aus die Mutter vehement rufen, aber da quäkte das Baby, und irgendwann war die Mam still, und das Kleine nuckelte in ihrem Arm zufrieden aus einer Glasflasche.

Zufrieden schlief auch ich in dieser Nacht ein, in der Gewissheit, dass da nun ein kleines Lebewesen bei uns eingezogen war, das die Mutter eine Zeit lang in Beschlag nehmen würde. So würde sie weniger Gelegenheit haben, mit mir zu schimpfen. Sechs Jahre lang sollte die kleine Hilde unser Gast sein. Als sie eingeschult wurde, holte ihre Mutter sie wieder nach München. Mir war sie bis dahin wie eine kleine Schwester geworden.

In diesen sechs Jahren sollte es nicht bei einem Kind bleiben, das uns das Schicksal ins Haus brachte. Denn in dieser Zeit kam der kleine Fritzi in unser Leben, wenn dies auf mich auch erst einmal befremdlich wirkte. Denn der Fritzi war das Kind von meiner Schwester Maria. Ich war fast sechs Jahre alt, und es kam mir so vor, als sei er vom Himmel gefallen. War ich noch vor Kurzem für Maria barfuß nach Rosenheim gelaufen und hatte ihr für fünfzig Pfennige Taschengeld ihre wertvollen Seidenstrümpfe zum Reparieren gebracht, so brauchte sie nun meine Hilfe auf ganz neue Weise.

Maria war passiert, was in diesen Tagen vielen jungen Frauen passierte, sie hatte sich »schwängern lassen«, wie man sagte, aber sonst wurde nicht weiter darüber gesprochen. Kurz vor Fritzis Geburt erlitt meine große Schwester eine schwere Lebensmittelvergiftung, und ihr Baby kam sehr krank auf die Welt. Voller Staunen betrachtete ich das winzige, fest in Tücher eingewickelte Bündel, das die Mutter am Küchentisch tröpfchenweise mit Ziegenmilch zu füttern versuchte. Maria saß aufgelöst daneben und weinte Sturzbäche von Tränen.

»Die Ärzte im Krankenhaus haben gesagt, sie können ihn nicht am Leben halten!«, schluchzte sie.

Aber unsere Mutter sagte streng, während sie sich über das schmächtige Baby beugte: »Sei still, das schaffen wir schon mit ihm.«

Woher sie die Kraft dafür nahm, blieb uns ein Rätsel. So wenig sie uns ihre Liebe zeigen konnte, das kleine, kranke Kind schien den harten Kern in ihr zum Schmelzen zu bringen. War etwas mit aller Macht am Leben zu erhalten und großzukriegen – seien es kränkliche Zicklein, einäugige Küken, mickrige Pflanzensetzlinge oder eben ein Kind –, setzte sie alles daran, ihr Ziel zu erreichen, was bewundernswert war. Hielt sie Fritzi im Arm, entdeckte ich an meiner Mutter ganz neue Seiten.

Maria musste, kaum halbwegs genesen, wieder arbeiten gehen. Und so blieb der kleine Fritzi tagsüber bei uns. Seine Haut war gelb, fast schon orange, weil er einen schweren Leberschaden hatte. Meine Aufgabe war, ihn nicht aus den Augen zu lassen, wenn die Mutter im Haushalt, mit dem Garten oder den Tieren beschäftigt war. Ich sollte bald ein Schulkind sein, und ich nahm diese verantwortungsvolle Tätigkeit sehr ernst.

Ehrfürchtig betrachtete ich das fast immer schlafende Wesen, das in unseren Waschkorb gebettet war, damit man es überall mit hinnehmen konnte. Plötzlich war er der Herr im Haus, obwohl er so winzig war. Wenn er Hunger hatte, krächzte Fritzi kläglich, um dann nicht mehr als ein paar Schlückchen aus einem Glasfläschchen mit Gummisauger zu nuckeln. Danach wand er sich eine Stunde lang und weinte sich wieder in den Schlaf. Der alte Doktor, der täglich mit seinem klapprigen Rad zu uns kam, wog ihn jedes Mal und stellte meistens fest, dass der Fritzi wieder kein Gramm zugenommen hatte. Er wusste auch keinen Rat.

Schlimm waren die Nächte. Oft brannte eine Kerze für den Fritzi. Mehr als einmal hieß es abends im Flüsterton: »Heute Nacht stirbt der Bub bestimmt.« Aber so kam es nicht.

Wer kam, war zufällig ein junger Arzt aus München, der aufs Land evakuiert worden war. Er schärfte der Mutter ein, dass das Baby nichts außer gekochten Karotten und abgekochtem Wasser bekommen dürfe. Jede Stunde hieß es für uns ab da, dem Fritzi ein paar Löffelchen Brei einzuflößen. Zu unserer Erleichterung kam er etwas zu Kräften, doch seine Haut blieb gelb. Zu allem Überdruss kam hinzu, dass auch ich, kurz vor meiner Einschulung 1946, plötzlich Anlass zur Sorge gab. Zumindest beim Pap und meinen Geschwistern, war doch die Mutter vollauf mit Fritzi beschäftigt. Weil die Läuse umgingen, behandelte man allen Kindern die Köpfe, und auf meinem wurde Spiritus verrieben. Das war wohl nicht das Richtige gewesen, denn innerhalb weniger Tage hatte ich eine vollständige Glatze.

»Zwei kleine Kinder, und mit keinem kann man sich auf der Straße sehen lassen«, jammerte die Mam.

Immerhin, als ich eingeschult wurde, hatte ich schon wieder Stoppelhaare, und Fritzis Haut wurde langsam blasser.

Doch zwei weitere, besondere Sorgenkinder hielten unsere Mutter auf Trab, kaum dass sich der Fritzi erholt hatte und ich vormittags »verräumt« war. Mein Bruder Lois hatte 1946 vorübergehend eine glückliche Phase in seinem Leben.

Er lernte eine junge Frau kennen, Rosi, und verkündete uns eines Abends stolz: »Ich werde heiraten! Und Papa werde ich auch.« Loisl war damals 23 Jahre alt, die Rosi fünf Jahre jünger. Ein zartes, blondes Wesen, in das er sich Hals über Kopf verliebt hatte.

Der Mutter blieb das Stück Brot im Hals stecken, sodass sie einen Hustenanfall bekam, und der Pap sprang vor Freude von seinem Stuhl auf und klopfte seinem Sohn wohlwollend auf die Schultern: »Bub, das machst du gut!«

Die Mam schaltete sich schließlich auch ein: »Aber geheiratet wird, bevor das Kind kommt, gell!«

Das junge Paar fand eine kleine Wohnung in Rosenheim, und Lois war, wie er selbst sagte, »im Himmel«. Er war wie ausgewechselt, und wir erlebten ihn immer öfter nüchtern und bei klarem Verstand. Nachdem die beiden sich an einem sonnigen Tag im Mai das Ja-Wort gegeben hatten, wurden nur drei Monate später die Zwillinge Veronika und Maximilian geboren. Mein Bruder gab sein Bestes, seine junge Familie gut zu versorgen. Doch immer wieder ließ ihn seine blutjunge Frau allein mit den Säuglingen, wohl, weil sie überfordert war und nicht genügend Abwechslung erlebte. Völlig aufgelöst war der Lois dann, und unsere Schwestern und die Mutter mussten anrücken, um sich der Zwillinge anzunehmen.

Die beiden waren etwas früh zur Welt gekommen, sehr schmächtig und kränklich. Die Mam versuchte verzweifelt, sie, wie kurz zuvor schon den Fritzi, mit Karottenbrei und Ziegenmilch aufzupäppeln. Trotzdem blieben die Kleinen mager und kläglich, sie gediehen einfach nicht, wie sie sollten.

Kurz vor Weihnachten 1946 bekamen die beiden hohes Fieber, und unsere Eltern bezahlten dem

Doktor, der auch dem Fritzi geholfen hatte, gutes Geld, damit er nach Rosenheim in die Wohnung von Loisl und Rosi fuhr. Doch die Hilfe kam zu spät. Ausgerechnet am Heiligen Abend starben beide Babys kurz nacheinander an einem Infekt.

Wie unter einer großen, dunstigen Glasglocke erlebte ich ihre Beerdigung wenige Tage später mit. Ich staunte beim Anblick der zwei winzigen Särge, die im Boden des Rosenheimer Friedhofs versenkt wurden, während der Pap neben mir stand, den Kopf schüttelte und immer wieder murmelte:

»So ein Unrecht, das darf es doch gar nicht geben.«

Nachts schmiegte ich mich zum Trost an den schlafenden, kleinen Fritzi, denn wir mussten uns ein Bett teilen. Immerhin, wir waren nur zu zweit darin! Ein seltener Luxus, den ich zu genießen wusste. Dass der Fritzi bei mir schlief, machte mir nichts aus. Besuchte uns Maria, dann lagen wir nämlich alle drei in diesem Bett. Sie bewohnte zu der Zeit ein kleines Zimmer in München, und solange sie in Kolbermoor keine Arbeit und Wohngelegenheit gefunden hatte, sollte ihr Sohn bei uns bleiben. Für mich war der Fritzi schon wie ein kleiner Bruder. Dass ich seine Tante sein sollte, leuchtete mir wenig ein.

Wenn Maria ihn am Wochenende mit zu einem Ausflug nahm, war ich fast ein bisschen neidisch und fühlte mich weggedrängt. Sonst war ich ihr kleines Kind gewesen, jetzt hatte sie selbst eines. Aber Maria hatte mich nicht vergessen. Immer brachte sie mir etwas aus München mit. Mal eine hübsche Haarspange, mal eine Mütze oder Schokolade.

Leider lernte sie schließlich einen Mann kennen, der sie heiratete und mit ihr eine Wohnung in Kolbermoor bezog. Den Fritzi holten die beiden nach einer Weile zu sich, was unsere Eltern sehr aufregte. Die Mutter wollte ihn nicht hergeben, aber es blieb ihr nichts anderes übrig. Als der Bub weg war, fehlte er uns schrecklich. Maria bekam noch einen Sohn, doch diesen Enkel bekamen unsere Eltern kaum zu sehen. Unser einst so enges Verhältnis begann sich aufzulösen.

Umso enger war meine Beziehung zu meinem Bruder Ernst, sieben Jahre älter als ich. Für mich war er mein enger Vertrauter, Beschützer, mein bester Freund. Weil sonst niemand auf mich aufpasste, hatte Ernst diese Aufgabe übernommen. Zum Leidwesen seiner Freunde tauchte ich überall da auf, wo auch der Ernst war. Wir Kinder hatten rund um die bescheidene Siedlung ein großes Paradies aus Eichenwäldchen, Kletterbäumen, selbst gebauten Lagern, nicht zu vergessen die vielen kleinen Weiher, die beim Torfstechen entstanden waren. Es war uns egal, dass es sich dabei vorwiegend um braune Tümpel handelte. Man konnte sich dort herrlich nass spritzen und natürlich auch hineinspringen. Viele Schlangen gab es dort, harmlos, aber mir lief bei ihrem Anblick immer ein Schauer über den Rücken. Die Buben machten sich einen Spaß daraus, sie zu fangen.

Einer unserer Lieblingsplätze war eine große Wiese, die unseren Eltern gehörte. Auf ihr standen ein Heustadel und der Hasenstall. Die Hasen hielten wir, um sie selbst zu essen und einen Teil von ihnen zu verkaufen. Auf der Wiese grasten unsere Ziegen, und im Stadel versteckten wir Kinder uns stundenlang. Ernst erzählte mir dort Geschichten, bis wir merkten, dass es dämmerte, und schnell nach Hause liefen.

Eines Tages hatten Ernst und ich unseren Eltern geholfen, das frische Heu auf den Hänger zu verladen, der von einem alten Gaul namens Ruppi gezogen wurde. Gegen Abend waren wir alle hungrig und durstig, und das voll beladene Gefährt setzte sich in Bewegung. Ernst und ich saßen oben auf dem Heuhaufen und genossen die kühle Abendluft. Doch dann geschah das Schreckliche. Über die paar Hundert Meter vom Stadel bis zu unserem Haus verlief eine Stromleitung, und unter dieser blieb der Wagen, kurz bevor wir zu Hause waren, stehen.

»Schau mal, wie hoch ich komme«, sagte Ernst und griff ohne nachzudenken mit beiden Händen nach der Leitung über unseren Köpfen. Sofort sackte sein Kopf nach vorn, mit seinen Händen hielt er sich aber weiter am Draht fest.

»Der Ernst, der Ernst!«, kreischte ich. Ich ahnte sofort, dass etwas Schlimmes passiert war mit ihm. Dem Pap entfuhr ein Schrei. Er ließ die Zügel los und kletterte auf den Heuwagen.

Kaum, dass er den Ernst angefasst hatte, schrie er abermals auf. Ein heftiger Stromschlag ließ seinen Körper wie eine Gliederpuppe zucken. Er riss meinen bewusstlosen Bruder mit sich und beide fielen wie tot hinab auf den Boden. Obwohl nur wenige Minuten vergangen waren, hatte die Mam blitzschnell reagiert, war nach Hause gerannt und hatte die Sicherung herausgedreht.

Als sie zurück zum Unfallort kam, hatte sich schon eine kleine Traube aus Nachbarn um die beiden Verunglückten versammelt. Der Ernst war zu sich gekommen und schrie vor Schmerzen, sodass es mir durch Mark und Bein ging. Während sich die einen um ihn kümmerten, schleppten zwei andere unseren Vater nach Hause und hievten ihn aufs Bett. Er war nach wie vor nicht bei Bewusstsein. Ich saß immer noch zitternd und weinend auf dem Heuwagen. Mir war, als läge ein Stein auf meiner Brust. Ich konnte nicht atmen.

»Muss der Ernst jetzt sterben?«, rief ich immer wieder von oben zu den Leuten herab, aber niemand beachtete mich. Irgendwann kletterte ich herunter und jemand führte den Gaul mit der Ladung zum Haus und half, den Wagen zu leeren. Der junge Doktor, der schon den Fritzi gesund gemacht hatte, wurde eilends herbeigeholt. Er hastete mit seiner schweren Tasche zwischen dem Schlafzimmer, wo der Pap lag, und der Kammer, die Ernst und ich uns teilten, hin und her.

»Kaltes Wasser!«, rief jemand, und die Mutter, in heller Aufregung, hinterließ eine nasse Spur, als sie zwei Eimer zum Ernst trug. Man hatte sein Bett verschoben, sodass er links und rechts die Hände ins kalte Wasser hängen konnte. Er jammerte und weinte so sehr, wie ich ihn noch nie weinen gehört hatte. Seine Hände waren schrecklich verbrannt und er litt wochenlang furchtbare Schmerzen. Ich hatte die Aufgabe, ihn dreimal am Tag zu füttern und ihm das Glas zu halten, weil er seine bandagierten Finger nicht bewegen konnte. Vater hatte sich nach einigen Tagen erholt, er litt trotzdem wie ein Hund, weil er sich für Ernsts Verletzungen verantwortlich fühlte. Er saß oft weinend am Bett seines Sohnes. Doch schließlich verheilten Ernsts Wunden, er ging wieder zur Schule.

Ernst war damals 13 Jahre alt, und weil viele Kinder damals durch den Krieg schon genug Schule verpasst hatten, musste er sich ranhalten. Die Mutter wollte ihn so schnell wie möglich in einer Lehre wissen. Das klappte dann auch, der Ernst kam zwei Jahre später zu einem Schuster, um Handwerker zu werden.

Damals wohnte noch die kleine Hilde aus München bei uns, deren Mutter nach wie vor mit Anna zusammen als Krankenschwester arbeitete. Wenn ihre Mutter Hilde am Wochenende zu sich holte, kam unsere zweitälteste Schwester Hermine nach Hause. Sie arbeitete zu der Zeit in einem Kinderheim in der Nähe von Rosenheim und hatte gegen Kriegsende ein kleines Mädchen bekommen, die Heidi. So wurde unser Haus in Kolbermoor nie leer, nie war es ruhig oder gar langweilig.

Hermines Verlobter war im Krieg als Soldat nach Afrika geschickt worden, und sie litt entsetzliche Qualen vor Angst, ihr Otto könnte sein Leben im Krieg lassen. Er hatte sein wertvolles Uhrmacherwerkzeug in einem kleinen Koffer, welchen niemand anrühren durfte, in ihre Obhut gegeben.

1948 erst kam Otto aus der Kriegsgefangenschaft zurück und lernte seine Tochter kennen. Solange die drei keine Bleibe hatten und mein neuer Onkel seine Uhrmacherwerkstatt aufbaute, wohnten sie alle zusammen in einem kleinen Zimmer bei uns.

Wäre unsere Mutter nicht so fleißig gewesen, hätte sie nicht auf jedem Zentimeter im Garten Gemüse gepflanzt, hätte sie sich nicht die Mühe der Aufzucht von Hühnern, Enten, Gänsen und Hasen gemacht, nicht eimerweise Obst eingekocht und Sauerkraut gestampft – wer weiß, ob es ihr gelungen wäre, die ganze Meute in ihrem Haus satt zu bekommen. Ob sie deshalb stets grantig und ungeduldig war und hin und wieder nach mir mit dem Kochlöffel ausholte?

Bald schon hatte sie jedenfalls erneut eine Handvoll Kinder am Hals, und mal wieder steckte der gutmütige Pap dahinter. In unserer Nähe wohnte die Familie Müller mit den drei Kindern. Mit dem Seppi, dem Michi und der kleinen Susi spielte auch ich ab und an. Ihr Vater galt als vermisst, sein letztes Lebenszeichen war aus Russland gekommen, dann verlor sich die Spur. Die Mutter war eine blasse, magere Frau, die alle Hände voll zu tun hatte, die Kinder zu versorgen.

Eines Tages kam die Arme bei einem Unfall ums Leben, und die Kinder standen ganz allein da.

»Was machen wir da bloß?«, war gleich die erste Reaktion unseres Vaters. Es dauerte nicht mal einen Tag, da hatte er organisiert, dass sich einige Nachbarn mit uns zusammen um die drei Halbwaisen kümmerten. Waren wir an der Reihe, kochte die Mam stets Unmengen an Kartoffelschmarrn mit Apfelkompott, »das ist billig und macht alle satt«, war ihre Devise. Trotzdem war ich jedes Mal heilfroh, wenn der Seppi, der Michi und die Susi wieder von dannen zogen, denn am Tisch herrschte ein schier unerträgliches Schweigen.

Die Kinder waren zutiefst betrübt und erweckten mit jeder Faser den Eindruck, dass Gott und die Welt sie verlassen hätten. Man hörte nur, wie die Löffel in der eisernen Pfanne schabten. Mein Hals war dann oft wie zugeschnürt, ich zerfloss vor Mitleid und bekam nichts hinunter. Irgendwann hat sich eine entfernte Verwandte der Kinder erbarmt, und sie zogen fort.

Dann hatte eines Tages unser Vater ein neues, bedürftiges Kind im Schlepptau. Eigentlich hatte die Mam ihn zum Schweinebauern nach Rosenheim geschickt, um ein Ferkel abzuholen. Zurück kam der Pap aber nicht nur mit dem quiekenden Tier unterm Arm, sondern auch mit dem kleinen Erwin an der Hand. Er mochte etwa fünf Jahre alt sein. Die Bauersleute hatten ihn und seinen Bruder kurzfristig aufgenommen, nachdem die beiden ihre Eltern verloren hatten.

»Sie möchten nur einen Buben behalten«, erklärte unser Vater seiner Frau, die mit hochrotem Kopf gerade in einem riesigen Topf Wäsche auf dem Herd auskochte, »da hab ich mir gedacht, ich bringe ihn mit zu uns. Die Anna zieht mit dem Otto und der Heidi doch eh bald aus.« Es dampfte in unserer Küche wie nach drei Tagen Regen im Hochsommer und es zischte, wenn Wasser auf die heiße Ofenplatte schwappte.

»Geh mir bloß weiter mit dem Kind«, herrschte die Mam ihn an, ohne sich dabei umzudrehen. Angestrengt drückte sie die schweren Leintücher unter die brodelnde Wasseroberfläche. Schnell holte man sich eine ordentliche Verbrennung, kam man mit der kochenden Brühe in Kontakt.

Doch wie ich mir hatte denken können, blieb der Erwin erst einmal. Er bekam das Bett von Anna, die mit ihrer kleinen Familie tatsächlich kurz darauf in eine eigene Wohnung zog. Aber es ging leider nicht gut mit unserem neuen Mitbewohner. Traumatisiert durch den Verlust beider Elternteile und getrennt von seinem Bruder, nässte der arme Kerl jede Nacht ins Bett. Auch mein größtes Mitleid und alle Bitten unseres Vaters halfen nicht: Die Mutter weigerte sich, den Erwin zu behalten.

»Jeden Tag so viel Wäsche, das hält kein Mensch aus«, schimpfte sie und zeigte ihre roten, aufgerissenen Hände, »dieser Bub muss weg!«

Schweren Herzens setzte der Pap den Erwin und mich auf unseren Wagen, spannte den Gaul an, und es ging mit Gerüttel und Geklapper nach Glonn, wo es ein Waisenhaus gab. Dort übergab der Pap den Buben, aber nicht, ohne ihn vorher ganz lang in den Arm zu nehmen. Still sah ich zu. Zum Abschied schenkte er dem Kind eine kleine Mundharmonika. Lange winkte ich dem Erwin nach, der an der Hand einer Pflegerin im Eingang des Waisenhauses stand.

»Ich habe es gut«, seufzte ich, neben dem Pap sitzend, und er nickte mir schweigend zu.

Auf einmal hatten wir wieder Platz im Haus. Die Anna war weg und der Erwin auch. Nun zog auch noch Ernst, mein treuer Kamerad, dahin: Als er mit 18 seine Schusterlehre beendet hatte, siedelte er nach München über, um dort auf die Kaufmannsschule zu gehen. Mir fehlte er schrecklich. Und weil ich das letzte Kind daheim war, musste ich auch noch ganz allein unsere Ziegen hüten, wenn ich aus der Schule kam. Dafür trieb ich sie täglich quer durch die Siedlung bis zu den Wiesen und blieb oft so lange es ging dort. Oft gesellten sich andere Kinder zu mir, wir spielten im Wald und machten dort auch unsere Hausaufgaben. Darüber vergaß ich manchmal die Geißen und rannte dann in der Dämmerung zu ihnen, um sie wieder heimzutreiben.

Ich ging ganz gern in die Schule und war begierig aufs Lernen, aber wenn die Glocke nach der letzten Schulstunde ertönte, war ich auch jedes Mal sehr froh, hinauszukommen. Wir waren 44 Kinder in einem Klassenzimmer, vom Alter her recht gemischt, weil viele Flüchtlinge darunter waren. Im Sommer schwirrte einem der Kopf, weil es so warm und stickig wurde; im Winter war es feucht ob der vielen, vor Nässe triefenden Jacken der Kinder. In der Mitte des Raums stand ein alter Eisenofen, der im Winter mit Torf beheizt wurde, worum sich die Schüler zu kümmern hatten. War es draußen kühl, liefen innen die Fenster an, und es wurde so gemütlich, dass manche Kinder im Unterricht einschliefen. Das waren die, die morgens von weit her zu Fuß gelaufen kamen. Die meisten von uns, auch ich, waren bis zum ersten Frost barfuß unterwegs. Krank wurde deswegen niemand.

Inzwischen konnte ich ganz gut lesen, aber da ich keine Bücher besaß, konnte ich dieses neue Vergnügen nicht wirklich auskosten. Aber eines Tages fiel mir bei einem heimlichen Streifzug durchs Haus ein Bündel Briefe in die Hände, verschnürt mit einem Schuhband. Rein zufällig war ich in das Schlafzimmer meiner Eltern spaziert und hatte neugierig und wie aus Versehen in ein paar Schubladen geguckt.

Es waren Briefe, die der Loisl von der russischen Front nach Hause geschickt hatte. Mit klopfendem Herzen steckte ich das Bündel unter meine Jacke. Als ich wenig später zur Wiese rannte, um nach den Ziegen zu schauen, suchte ich mir als erstes ein geschütztes Versteck hinterm Heustadel. Nervös öffnete ich den ersten der Briefe und fing an zu lesen. Soweit ich das beurteilen konnte, waren es traurige Zeilen. Viel hatte der Lois nicht geschrieben, und manches konnte ich nicht entziffern. Aber was ich las, genügte mir, um ein völlig anderes Bild von meinem ältesten Bruder zu bekommen.

»Wir haben solchen Hunger«, stand in kindlicher Schrift in den Briefen, »meine Schuhe haben unten Löcher, daher sind meine Füße oft nass und eiskalt.« Und: »Ich bin heute zu ein paar Zigaretten gekommen, die ich dem Pap mitbringen will.« Immer wieder hatte mein Bruder in seinen Briefen den Herrgott beschworen, ihn wieder heil nach Hause zu bringen. In fast jedem Brief war von jemandem die Rede, der gestorben war. Auch wenn der Lois nie konkret auf die Umstände einging, ging meine Fantasie bei solchen Sätzen mit mir durch, und ich konnte nach der heimlichen Lektüre nächtelang nicht schlafen.

Ich sah den Lois nun mit anderen Augen. Nach dem Tod seiner beiden kleinen Kinder dauerte es nur wenige Tage, und er stand bei uns in Kolbermoor vor der Tür. Er bat um sein altes Bett. Denn seine Rosi hatte ihn kurz nach der Beerdigung der Babys für einen amerikanischen Besatzungssoldaten verlassen und war Hals über Kopf mit dem Fremden aus der Stadt geflüchtet. Fortan ging es wieder bergab mit meinem Bruder. Es gab für ihn nichts mehr, was erstrebenswert schien, und nichts, wofür es sich gelohnt hätte, morgens aufzustehen. Der Alkohol war wieder sein täglicher Begleiter. Seinen Posten bei den Grenzern hatte er verloren, und es dauerte viele Monate, bis er sich aufraffen konnte, sich eine neue Arbeit zu suchen.

Wenn die Mutter ihn nachts mal wieder nicht ins Haus ließ, weil er sturzbesoffen war, hämmerte er vergebens an die Tür. Wurde es dann still draußen, wusste ich, wohin er sich verzogen hatte. Er verkroch sich im Heustadel, wo er seinen Rausch ausschlief und wohin er auch sonst oft tagelang verschwand.

In solchen Phasen, in denen er die Hilfe seiner Familie gebraucht hätte, verweigerte sich ihm die Mam ganz besonders hartnäckig. Sie strafte ihn mit Missachtung, und es stand für ihn auch kein Teller auf dem Tisch, wenn es Essen gab. War unsere Mutter abends noch mit dem Garten, mit Strümpfe stopfen oder anderem beschäftigt, schlich ich mich in die Küche und stibitzte Essensreste für meinen Bruder, die ich ihm mit einer Kanne Wasser heimlich in den Stadel trug. Wir hatten ein geheimes Zeichen, einen Pfiff. So wusste der Lois, dass ich es war. Meist wartete er schon sehnsüchtig mit hungrigem Magen auf mich.

»Mensch, Traudi, du bist die Beste«, freute er sich dann und schlang vor meinen Augen alles in wenigen Minuten hinunter. Unsere Schwester Anna und ich waren die Einzigen, die offen zu Lois hielten, wenn es ihm nicht gut ging. Und das sollte sein Leben lang so bleiben.

Er blieb ein gebrochener Mann, dem letztlich niemand helfen konnte. Es war sehr tragisch für mich, seinen Niedergang mit ansehen zu müssen, und ich tat alles, was in meiner Macht stand, um meinem Bruder eine liebende Schwester und Weggefährtin zu sein. Auch der Pap bemühte sich auf seine Art um ihn, doch es gab kein Wissen darüber, wie man ihn von seiner Alkoholsucht und seinen Depressionen hätte befreien können. Und so schleppte sich Lois weiter tapfer durchs Leben.

Es gab Zeiten, da schottete er sich von uns allen radikal ab, verschwand für Wochen und Monate in der Versenkung. Dann wieder tauchte er bei uns auf und blieb eine Weile. Zu Weihnachten besorgte er für uns alle einen Christbaum, was meine größte Bewunderung hervorrief, musste das Heilige Fest doch für ihn immer mit der schlimmsten Erinnerung an den Tod seiner Kinder verbunden sein. Er vergaß auch nie den Muttertag, doch da ihn unsere

Mam immer noch vehement ablehnte, steckte er stets mir etwas Geld zu und bat: »Kauf ihr davon was Schönes.« Auch er wartete nur auf ein Zeichen der Liebe und Zuneigung.

Lois wurde später Kraftfahrer. So war er nicht an einen festen Ort gebunden, wo ihn seine Vergangenheit immer wieder hätte einholen können. Er war stets unterwegs und hatte nur ein kleines Zimmer in München. Es muss ihn große Kraft gekostet haben, sich dieses neue Leben aufzubauen, und ob er wegen seiner Verantwortung am Steuer zumindest an Arbeitstagen dem Alkohol entsagen konnte, blieb sein Geheimnis. Es kann sein, dass er nach Feierabend oder am Wochenende weiter getrunken hat.

Das Leben auf dem Hof in Kolbermoor jedenfalls nahm in den Nachkriegsjahren rasant neue Züge an. Kurz nach dem Krieg kam man nur über Lebensmittelmarken an Produkte, die gab es in den zwei »Konsum«-Läden. Für die Marken musste man stundenlang im Rathaus anstehen. Zum Beispiel gab es pro Person und Tag 400 Gramm Brot und 25 Gramm Fett, für Männer gab es außerdem zwei Zigaretten pro Tag.

Nun war es so, dass unsere Familie dank dem Fleiß und dem Erfindungsreichtum unserer Eltern nie wirklich große Not leiden musste – Gemüse, Eier, Fleisch, Milch, das hatten wir alles aus eigenem Anbau und eigener Aufzucht. In der Küche stand das ganze Jahr über ein Tontopf mit Sauerteig, aus dem die Mutter jeden Tag aufs Neue Brot backte.

Um die langen Wartezeiten im Rathaus abzukürzen, hatten die Siedler die Idee, jemanden mit der Verteilung der wichtigsten Lebensmittel, Brot, Milch und Fett, zu beauftragen.

Die Mutter witterte darin sogleich ein Geschäft und meldete sich. Die eigene Entlohnung dafür, täglich zwei Liter Milch und einen Laib Brot, verkaufte sie einfach weiter gegen Marken. Auch die Zigaretten, die dem Pap zustanden – schließlich sorgte er selbst für seine tägliche Pfeife. An unserem Gartenzaun wuchsen große Tabakpflanzen empor, deren Blätter er säuberlich auf einer Schnur zum Trocknen aufreihte. Die zusammengerollten und geschnittenen Tabakblätter hat er dann in einer Blechdose aufbewahrt und darin mit getrockneten Apfelschalen aromatisiert. Eine Tabakernte reichte dem Pap ein ganzes Jahr, so sparsam war er damit. Und umso mehr Zigaretten konnte die Mam zu kleinem Geld machen oder gegen anderes tauschen. Hatte sie Marken als Lohn für die Brot- und Milchverteilung erhalten, mussten Ernst und ich abends bei Kerzenschein sie auf Zeitungspapier kleben. Dazu rührten wir etwas Mehl mit Wasser an, was einen ordentlichen Kleber ergab. Der kleine Handel, den die Mutter da heranzog, sollte mein späteres Leben noch mehr bestimmen, als mir lieb war.

Erst ging es ganz langsam los. Und geheimnisvoll. Zunächst war es so, dass der Pap auf einmal abends nicht mehr mit uns am Tisch saß.

»Der muss noch was erledigen«, erklärte die Mam knapp, und Nachfragen war nicht erwünscht. Tags darauf stapelten sich bei uns im Hausflur Kisten und Körbe mit allerhand Waren.

So ging es in unregelmäßigen Abständen weiter. Abends war der Pap »unterwegs«, am nächsten Tag hatte sich das Haus auf wundersame Weise in ein kleines Warenlager verwandelt. Mal roch ich schon beim Aufwachen geräucherte Schweinebacken, mal zog der Geruch von Gummi durchs Haus, als Fahrradschläuche über den Küchenstühlen drapiert waren. Säcke voller Hühnerfutter standen herum, Tüten mit Johannisbrot oder Kernseife in ganzen Brocken. Noch wundersamer aber war in meinen Kinderaugen, dass der ganze Zauber, der über Nacht gekommen war, nach abermals einer Nacht wieder verschwand. Denn kaum war ich im Bett und es gingen ringsum bei den Nachbarn die Lichter aus, blühte im schummrigen Hausflur meiner Eltern ein kleiner Schwarzmarkthandel.

Ein Klopfzeichen an der Tür, ein kurzer Blick nach draußen, dann ging drinnen das Verhandeln los.

Zwei Gummischläuche und Nähmaschinengarn gegen eine Flasche Korn und einen Ledergürtel, zum Beispiel. Eine Nachbarin brauchte Schmerztabletten, wieder eine andere freute sich über echtes Kakaopulver. Zum Tausch kamen Spitzenband und Seidenstrümpfe, Strickwolle und Stoffreste. Erwischt werden durften unsere Eltern nicht bei ihrem bunten Treiben, das hätte mit Sicherheit Gefängnis bedeutet. Irgendwann wusste ich, dass der Pap nachts mit einem Nachbarn, der zu den Glücklichen zählte und einen der ersten Lastwagen der

Gegend besaß, nach München fuhr. Von dort kam er mit den Waren zurück.

Eines Tages beschlossen unsere Eltern, ihren Handel offiziell zu machen, nachdem das Geschäft »zu heiß« geworden war und es behördlich erlaubt wurde, ein Gewerbe anzumelden. Die Frage war nur: Wo sollte der Laden Platz finden? Zwischen den Eltern entspann sich eine lebhafte Diskussion.

»Im Keller, da ist es schön kühl«, meinte der Pap.

»Oder bei den Ziegen im Stall«, mischte ich mich ein. »Da könnt ihr die Milch gleich ganz frisch verkaufen!« Auf meine kindlichen Vorschläge wurde jedoch nicht eingegangen.

»I wo«, winkte die Mutter ab. Sie hatte längst ganz andere Pläne geschmiedet und Widerspruch kam für sie überhaupt nicht infrage. »Unser Schlafzimmer geht zur Straße raus, da brechen wir einfach eine Tür in die Wand«, entschied sie.

Gesagt, getan. Mit einem wuchtigen Hammer riss der Pap ein Loch in die Mauer des Elternschlafzimmers, baute eine Tür ein und mauerte von außen eine Treppe dran. Fertig war der kleine Laden. Kurzerhand quetschte die Mam das Ehebett in die Kammer, in der auch schon der Ernst und ich schliefen. Ein Bad gab es übrigens nicht. Gebadet wurde einmal in der Woche in einer großen Zinkwanne, für die im Waschraum im Keller auf einer Feuerstelle Wasser im Kupferkessel heiß gemacht wurde. In diesem Kessel kochten am Schlachttag unsere Würste, an Einkochtagen blubberte darin der Rübensirup. Und hin und wieder, nachdem der Kessel auf geheimnisvolle Weise umgerüstet worden war, auch

Schnaps. Die Fenster wurden für diesen Zweck dann gut abgedichtet, und gebrannt wurde freilich nur nachts.

Weiterhin erreichten uns in der Nacht Kisten voller Waren, die dann erst einmal in der Küche gelagert wurden. Tagsüber ging es bei uns nun drunter und drüber, jede Ecke im Haus war vollgestellt, und die Mutter stand von früh bis spät in unserem kleinen Schlafzimmer-Laden. Kein Wunder, dass ihr manchmal alles über den Kopf zu wachsen schien. Dann war sie zornig und es war besser, ihr nicht über den Weg zu laufen.

Mit 14 Jahren sollte ich nach dem Willen der Mutter die Schule verlassen, um mit ihr in unserem Kramerladen zu arbeiten.

»Ich würde so gern weiter lernen«, bettelte ich daheim, »lasst mich doch bitte nach Rosenheim aufs Gymnasium!« Ich hatte eine Empfehlung meiner Lehrer dafür, doch die Mam blieb hart.

»Wozu soll das gut sein?«, fragte sie ein ums andere Mal, wenn wieder die Sprache darauf kam. »Sie soll besser arbeiten gehen.« Damit meinte sie nicht, dass ich woanders arbeiten sollte, sondern sie ging selbstverständlich davon aus, dass ich in unserem Laden helfen würde.

Der Pap spürte, dass es mir nicht guttun würde, den ganzen Tag von der Mutter im Schlafzimmer-Geschäft herumkommandiert zu werden, und setzte sich für mich ein.

Die Lösung, die ihm einfiel, war das Beste, was mir damals, 1954, passieren konnte: »Auf der Fraueninsel im Chiemsee betreiben die Klosterschwestern von Frauenwörth eine Hauswirtschaftsschule. Da lernst du auch noch Säuglingspflege.« Diese Schule würde ein Jahr dauern. Ein Jahr, das mir am Ende auch die Mutter gewährte.

Ich aber war noch nie weiter als bis Rosenheim gekommen und fragte bang: »Aber dauert es nicht furchtbar lange, jeden Tag von Kolbermoor zum Chiemsee und abends wieder zurückzufahren?«

Der Pap schmunzelte: »Nein, nein, Traudi, du würdest auf das Internat der Ordensschwestern gehen und dort ein Jahr wohnen. Jetzt, wo der Laden gut läuft, können wir uns auch das Schulgeld leisten, gell, Maria?«, sagte er Richtung Mutter. Die nickte, wenn auch grimmig. Ich hätte vor Freude laut aufschreien können, aber ich riss mich zusammen und fiel dem Pap einfach um den Hals. Aus lauter Überschwang umarmte ich sogar die Mutter, die ganz überrascht war und schnell aufstand, um sich die Schürze zu glätten.

»So, dann wäre das ja geklärt«, meinte sie nur knapp und ging zur Tagesordnung über. Ich aber durfte schon kurze Zeit danach mein Köfferchen packen und mit dem Zug an den Chiemsee fahren. Dort waren schon alle neuen Mitschülerinnen versammelt, alle in Begleitung ihrer Eltern – nur ich kam allein! Aber das machte mir nichts aus.

In den Monaten auf der Hauswirtschaftsschule saugte ich begierig alles auf, was es zu lernen gab. Kochen, Kranken- und Kinderpflege, ich wollte einfach alles wissen. Wenn meine Schulkameradinnen sich nachts vor Heimweh in den Schlaf weinten, schniefte ich aus lauter Sympathie ein wenig mit, doch mir war alles andere als zum Weinen zumute. Dableiben wollte ich, am besten für immer!

Bekamen die anderen alle paar Wochen Besuch von ihren Müttern und manchmal auch den Vätern oder Geschwistern, so konnte ich niemanden in Empfang nehmen. Die Mutter und der Vater waren zu sehr mit dem kleinen Laden beschäftigt, um nach mir zu sehen. Meine Schwestern hatten ihre eigenen Familien, meine Brüder ihre Berufe. Ich verstand das schon und suchte mir an den freien Tagen eine sinnvolle Beschäftigung oder ging spazieren.

Doch ein Jahr ist schnell vorbei, und so kam auch für mich der Tag, an dem es wieder nach Kolbermoor gehen sollte.

Da holte mich die Oberin des Klosters zu sich und meinte: »Waltraud, in der Kinderklinik in Aschau suchen sie Krankenpflegerinnen, das könnte ich mir gut für dich vorstellen.« Brav wie ich war, erzählte ich von unserem Kramerladen und dass meine Eltern mir dieses Schuljahr geschenkt hätten, unter der Bedingung, dass ich danach mitarbeiten würde. Also fuhr ich erst mal nach Hause, doch die Sache mit der bezahlten Stelle im Kinderkrankenhaus ging mir nicht aus dem Kopf.

»Wir brauchen dich hier«, sagte die Mutter energisch, deren Berufsplan für mich schon feststand. Doch nach zwei Wochen besuchte die Oberin meine Eltern und führte mit ihnen eine intensive Unterredung. Das Ergebnis: Ich durfte die Stelle in Aschau annehmen. Während die Mutter zerknirscht im Laden stand, begleitete der Pap mich zu meiner ersten Arbeitsstelle. Doch die Enttäuschung war groß, als ich feststellte, dass ich mir dort ein winziges Zimmer mit einer Kollegin teilen musste – also in keine besseren Wohnverhältnisse kommen würde als daheim.

Als ich meine Sachen auspacken wollte, kam die junge Krankenschwester auf mich zu und meinte: »Fahr bloß wieder heim, hier stirbst du fast vor lauter Arbeit. Dieses Zimmer wirst du nur bei Nacht sehen.« Wollte ich das wirklich? Da konnte ich tatsächlich gleich zu Hause bleiben, wo ich zumindest kein Wohngeld zahlen musste.

Die Eltern staunten nicht schlecht, als ich noch am selben Abend wieder vor der Haustür stand. Und so bekam die Mutter doch noch, was sie wollte: Mich als Hilfskraft im Kramerladen, der von Montag bis Sonntag geöffnet hatte und die ganze Nachbarschaft mit Lebensmitteln versorgte. Hautnah bekamen wir täglich den neuesten Klatsch und Tratsch aus der Siedlung präsentiert. Meine Welt war es nie, doch ich schaffte es, mich in diesem begrenzten Rahmen ein wenig zu verwirklichen. Ich überredete die Mutter, Kurse besuchen zu dürfen, die die Edeka-Genossenschaft anbot. So kam ich wenigstens mal raus und brachte neue Ideen mit, wie man den Laden auf breitere Beine stellen und professioneller betreiben könnte. In den sechziger Jahren habe ich einen Umbau durchgesetzt, um mit der Zeit zu gehen.

Der Pap wäre vielleicht stolz auf mich gewesen, aber er starb 1958 im Alter von 66 Jahren an einem Krebsleiden. Lange hat er das vor uns und vor mir verheimlichen können, doch in den letzten Monaten vor seinem Tod ging es mit seiner Gesundheit rasch bergab. Während die Mutter im Laden stand, kümmerte ich mich um unseren Vater, der schließlich das Bett nicht mehr verlassen konnte. Ich pflegte ihn, fütterte ihn, flößte ihm Wasser ein, las ihm aus der Zeitung vor.

»Siehst, war doch gut, dich auf die Klosterschule zu schicken, jetzt kannst du dein Wissen anwenden«, scherzte der Pap in den Momenten, in denen er bei klarem Verstand war.

Doch die meiste Zeit dämmerte er dahin und litt kurz vor seinem Tod starke Schmerzen. Da wünschte ich mir schließlich, der liebe Gott würde ihn zu sich holen, und mein Wunsch wurde erhört. Es war für uns alle schwer, ihn gehen zu lassen. Er war kein Mann großer Umarmungen gewesen. Doch wenn er mir seine Hand auf die Schultern gelegt hatte, war es, als würde er mir einen warmen Umhang umlegen. Sogar die Mutter zeigte sich bei seinem Tod von einer uns bis dahin unbekannten tieftraurigen Seite. Hatte sie den Pap oft herumkommandiert, ihn angeherrscht und ihn innerlich vielleicht für die große Kinderschar verflucht, so waren sie doch ein gutes Paar gewesen. Jeder von beiden hatte seinen Platz in dieser Beziehung, sie standen immer zueinander.

Vom Pap habe ich viel gelernt. Dass man immer und unter allen Umständen versuchen sollte, ein aufrechter Mensch zu bleiben, zum Beispiel. Das hatte er mir nicht nur als Fünfjährige gezeigt, als er am Galgen gehängt werden sollte, sondern auch durch seine Haltung den Nazis gegenüber.

»Man jubelt keinem Menschen zu«, hatte er stets gesagt, wenn zu Kriegszeiten in der Zeitung mal wieder frenetische Massen abgebildet waren, die Adolf Hitler die Hände entgegenreckten. Daran hatte ich mich auch in meiner Zeit im Kloster erinnert, als wir Schülerinnen den Siegelring der Oberin küssen sollten und ich die einzige war, die sich weigerte!

Der Pap war auch derjenige gewesen, der mit unserem Bruder Ernst nach dessen schwerem Stromschlag ein paar Tage verreiste, als Wiedergutmachung. Und der sein Lebtag zu Lois gehalten hatte, auch wenn unser ältester Bruder inzwischen sein eigenes Leben lebte und nur noch selten in Kolbermoor vorbeikam.

Ja, der Lois! Er sollte mir noch großen Kummer bereiten. Seine Depressionen ist er leider nie losgeworden. Die Vergangenheit holt einen ein, dem kann man nicht entkommen. Aber man kann seine Einstellung zu dem, was geschehen ist, ändern. Ich konnte die Schläge, welche die Mutter uns Kindern oft ausgeteilt hatte, irgendwann verzeihen. Doch der Lois schaffte es nicht, das Vergangene zu bewältigen. 1974 kam er bei einem Unfall mit dem Lkw ums Leben, er wurde 51 Jahre alt. Das hat mich schwer getroffen und bis heute frage ich mich, was ich noch hätte tun können, um meinen Bruder zu retten. Es ist schwer zu verstehen, dass es vermutlich nicht in meiner Macht stand, dies zu tun. Ich denke fast jeden Tag an ihn.

Auch Ernst wurde nur 52 Jahre alt. Obgleich ihm das Leben nicht so schwere Prüfungen auferlegt hat wie dem Loisl, war mein Bruder Ernst in seinen letzten Jahren schwermütig und war verzweifelt auf der Suche nach einer inneren Heimat.

Oft hat er mich in Kolbermoor besucht, was für ihn wohl ein Nachhausekommen war – bin ich doch immer in unserem Elternhaus geblieben. Dann saß Ernst mit mir auf der Hausbank und wir schwelgten in Erinnerungen.

»Weiß du noch, wie wir in dem Wäldchen, wo jetzt Häuser stehen, auf die Bäume geklettert sind?«, fragte er mich, oder: »Was meinst du, ob es noch so viele Schlangen gibt wie früher?«

Dann lachte ich und meinte, dass ich das nicht glaube: »Du und deine Spezln, ihr habt sie ja reihenweise auf dem Gewissen.« Und vor unserem geistigen Auge sahen wir die Schlangen, von den Buben an Ästen aufgereiht, um uns Mädchen zu erschrecken. Vorher hatten sie die Tiere mit einem Stock getötet – ganz ohne schlechtes Gewissen, für sie war es eher eine Mutprobe.

»Es gab einfach überall Schlangen, wo man auch spielen wollte«, seufzte Ernst, der sonst keinem Lebewesen etwas zuleide tun konnte. Bevor er sich das Leben nahm, rief er mich noch einmal an. Er würde mich gern besuchen, sagte er. Mir war nicht bewusst, dass dies unser letztes Gespräch sein würde.

»Dann komm doch einfach«, sagte ich leichthin, aber es war schon abends. Er wollte sich nicht mehr ins Auto setzen, um von München nach Kolbermoor zu fahren.

Am nächsten Tag erfuhr ich, dass mein lieber Bruder von uns gegangen war. Warum nur?, frage ich mich bis heute oft.

Ich war das letzte Kind in unserem Elternhaus, und so ist es auch geblieben. Als ich meinen Mann Toni kennenlernte, zog er bei mir und der Mutter ein. Das Haus wurde im Lauf der Jahrzehnte immer wieder etwas umgebaut, sodass wir unseren eigenen kleinen Bereich hatten. Unsere Tochter und unser Sohn wuchsen dort auf, wo auch ich groß geworden bin.

Die Mam hat es uns als Ehepaar nicht immer leicht gemacht. Aber inzwischen wusste ich ja, welche Mühen sie ihr Leben lang in Kauf genommen hatte, um den ganzen Laden – und damit ist nicht nur das Geschäft gemeint – am Laufen zu halten. Vielen Kindern hat sie das Leben geschenkt, auch denen, die nicht ihre eigenen waren. Sie starb mit 84 Jahren daheim in ihrem eigenen Bett, und dass sie nie in ein Pflegeheim musste, dafür habe ich gesorgt. Ich habe sie einige Jahre lang gepflegt, währenddessen den Laden weitergeführt, meine eigenen Kinder großgezogen. Sie blieb zwar bis zuletzt so, wie wir sie seit Kindertagen kannten, aber tief in mir drin wusste ich, dass sie ein gutes Herz hat. Und als sie mir an ihrem letzten Lebenstag ganz sachte mit einem Finger über meine Wange strich, hat sie sie mir doch noch gezeigt, ihre Mutterliebe.

# Eine Liebe, die für immer währt

## Ida und Hermann

Für immer sollte es sein, als wir uns das Ja-Wort gaben. Doch 1931, bei meiner Hochzeit mit Hermann, ahnte ich zum Glück nicht, dass uns nur zwölf gemeinsame Jahre bleiben würden. Wir waren innig ineinander verliebt und kauften uns ein kleines Haus mit einem wunderschönen Garten in Mediasch, einer Kleinstadt im rumänischen Landkreis Sibiu. Siebenbürger wie wir nannten unsere Stadt auch Medwesch. Eigentlich war es die Heimatstadt von Hermann, nicht meine. Ich wurde 1911 im 150 Kilometer entfernten Kronstadt geboren und bin zeitlebens eine stolze Kronstädterin geblieben. In Mediasch sollte nach der Heirat dennoch unser Lebensmittelpunkt sein.

Hier war Hermann 1905 als eines von fünf Kindern geboren worden. Seine Eltern, Hermine und Hans, wohnten nicht weit weg von uns. Meine Schwiegermutter war eine warmherzige Frau, der das Leben jedoch viele Schicksalsschläge zumutete. So hatte sie bereits ein Kind recht früh wegen einer Masernerkrankung verloren, die nach ihr benannte Tochter Hermine starb ebenfalls in jungen Jahren an einer Lungenentzündung. Später sollte sie auch noch Hermanns Bruder Herbert an den Krieg verlieren. Am Ende blieb ihr nur eine Tochter. An Hermann hing sie sehr.

Mein Schwiegervater Hans war evangelischer Pfarrer und zugleich leidenschaftlicher Imker. Am liebsten stellte er Akazienhonig her, wofür er seine Bienenstöcke inmitten eines verwunschenen Akazienhains setzte, in dessen Schatten auch Hermann und ich gern die eine oder andere lauschige Stunde verbrachten. Ich brauche nur die Augen zu schließen und an den Duft der Akazienblüten zu denken, dann sehe ich uns beide wieder ganz vertraut unter den schlanken Bäumen sitzen und schmecke noch heute den fein-süßen Honig auf meiner Zunge.

Hermann leitete in Mediasch eine Filiale der österreichischen Kaffeerösterei Meinl. Zugleich war es ein Feinkostgeschäft, ein Paradies für alle, die nicht nur Kaffee, sondern auch Schokolade, guten Wein, Tee, Gewürze und vieles mehr liebten.

Ich war bei unserer Hochzeit erst zwanzig Jahre alt und fühlte mich noch zu jung, um schon die Verantwortung für eine Familie zu übernehmen. Hatte ich doch in meiner Kindheit unmittelbar erfahren, wie entbehrungsreich das Leben einer Mutter sein kann. Kinder wollten Hermann und ich natürlich trotzdem.

»Das gehört für mich zum Leben dazu«, hatte er mir schon vor unserer Verlobung mehrfach versichert, »je mehr, desto besser«. Da er sechs Jahre älter war als ich, wollte er mit der Familiengründung nicht mehr allzu lange warten.

»Gib mir ein Jahr«, bat ich ihn, und er willigte ein. Ich wollte mich zunächst ganz meiner jungen

Ehe widmen und uns ein schönes Zuhause einrichten, ehe Kinder kommen sollten.

Meine Mutter Katharina und mein Stiefvater hatten mir eine Ausbildung zur Buchhalterin ermöglicht, obwohl dies mit insgesamt 14 Kindern sicher nicht leicht für sie gewesen war. Mein leiblicher Vater, ein Handwerker, war gestorben, als ich noch sehr klein war. Als jüngstes von sechs Geschwistern aus dieser ersten Ehe, war ich diejenige, die am wenigsten von den Sorgen und Nöten meiner verwitweten Mutter mitbekam, und ich wurde von meinen älteren Geschwistern liebevoll umsorgt. Bei uns daheim wurde viel gesungen und musiziert, und mir wurde immer wieder versichert, was für eine glockenreine Stimme ich doch hätte.

»Ida, sing uns etwas vor«, hieß es oft, und ich setzte dann zu den Liedern an, die ich in der Schule gelernt hatte oder die ich aus der Kirche kannte.

Mutter ging einige Zeit nach Vaters Tod eine neue Ehe ein. Unser neuer Papa war ebenso verwitwet und hatte selbst vier Kinder, die damals schon auf der Schwelle zum Erwachsenenalter standen. Er war Schneidermeister und führte in Kronstadt eine große Werkstatt mit vielen Gesellen, die an eng gestellten Tischchen vor ihren Nähmaschinen saßen. Dort ratterte es von früh bis spät, und in den Regalen an der Wand stapelten sich bunte Stoffballen.

Mittags saß unser Stiefvater am Kopf der langen Tafel, an der nicht nur unsere wachsende Familie, sondern auch noch die Schneidergesellen und Lehrlinge Platz nahmen. Meine Mutter verköstigte sie alle. Weiß der Himmel, wie lange sie dafür täglich in der Küche stehen musste und wie sie mit all ihren Aufgaben zurechtkam.

Mag sein, dass es für meine Mutter eine Vernunftehe gewesen war. Aber die beiden waren ein zufriedenes Paar und aus dieser Verbindung sollten noch vier weitere Geschwister für uns hervorgehen.

Zu unserem Leidwesen starb mein Stiefvater kurz vor meiner Hochzeit mit Hermann, sodass Mutter zum zweiten Mal Witwe wurde. Zum Glück waren da schon alle Kinder aus dem Gröbsten heraus, und wir Erwachsenen unterstützten sie mit unseren Einkommen.

Mutter behielt weiterhin alle Fäden in der Hand. Sie hielt Kontakt mit all ihren Stiefkindern und unseren Halbgeschwistern. Feierten wir ihren Geburtstag, so konnte es gut sein, dass rund hundert Leute zusammenkamen, bei all den Schwestern, Brüdern, Schwagern, Cousins, Enkeln und Urenkeln.

»Familie ist das wichtigste, das wir haben«, war immer Mutters Motto, und wie sehr sollte sie recht behalten.

Ursprünglich wollte ich Kindergärtnerin werden. Doch ich ließ mich von meinen Eltern überzeugen, dass Buchhaltung die bessere Wahl für mich sei.

»Damit kommt man immer irgendwo unter«, war ihre Devise, womöglich ging es aber auch insgeheim darum, dass ich dafür nur ein Jahr auf die Berufsschule gehen musste. Ich fügte mich, und nach meiner Hochzeit sollte sich die Wahl meiner Eltern für mich als sehr praktisch erweisen.

Als ich Hermann erklärte, dass ich gern noch eine Weile arbeiten wollte, war er gleich Feuer und Flamme: »Dann hilf mir doch im Laden, ich wäre mehr als froh, mich nicht um die leidigen Zahlen kümmern zu müssen.«

Er beschäftigte noch einen Angestellten, den freundlichen Franz, doch trotz dieser Hilfe verbrachte Hermann jeden Tag 12 bis 14 Stunden im Laden. Meine Mithilfe war eine willkommene Erleichterung für ihn. Und wir hatten noch mehr Gelegenheit, zusammen zu sein.

Hermann war ein hochgewachsener, gut aussehender Mann mit glänzendem, braunem Haar. Auch andere Frauen fanden ihn durchaus attraktiv, wie ich schnell merkte. Auffallend viele Kundinnen hielten sich länger im Geschäft auf, als es ihr Einkauf erforderlich machte. Liebend gern ließen sie sich von ihm Häppchen zum Probieren über die Theke reichen, sich einen Wein zum Dessert empfehlen oder sich die Art und Weise erklären, wie Kaffee geröstet wird. Ich saß derweil im kleinen Büro hinter der Theke, die Tür einen Spalt breit offen, und hörte schmunzelnd den Gesprächen zu. Eifersüchtig brauchte ich nicht zu sein, denn mein Mann versicherte mir jeden Tag, wie sehr er mich liebte.

»Mögen andere schön und reich sein, du bist für mich die Schönste und machst mich damit zu einem reichen Mann«, witzelte er stets. Ich lernte, mich sogar daran zu erfreuen, wenn ich sah, wie geduldig, charmant und höflich Hermann zu seinen Kunden war. Es war für ihn selbstverständlich, den Damen die Ladentüre aufzuhalten. Auf sein Äußeres legte er großen Wert. Im Feinkostgeschäft erschien er stets mit Krawatte, gestärktem weißen Hemd, sauberer Weste und einer Schürze. Davon hatte er mehrere, täglich musste es eine frisch gewaschene und penibel gebügelte sein. Er fühlte sich hingezogen zu allem Schönen und Feinen, ob es nun Blumen und Pflanzen waren, guter Kaffee, ausgewähltes Gebäck, erlesene Pralinen, besondere Pfeffersorten, exotische Tees oder klassische Musik. Fehlen durfte dabei nicht ein guter Tropfen Wein, vorzugsweise aus unserem eigenen Land, der im Laden einen besonderen Teil einnahm.

Für mich war das alles Neuland. In meiner Kindheit wurde gegessen, was auf den Tisch kam, und Gedanken über den perfekten Schwarztee oder die Frage, ob es lieber Gelee oder Konfitüre sein sollte, waren purer Luxus. Umso mehr genoss ich es, wenn Hermann mich in diese Welt entführte. Er kochte auch hin und wieder für uns, und es war jedes Mal ein kleines Fest.

Im Geschäft waren Hermann und ich ein gutes Team. Ich wachte über Rechnungen und Einkäufe, half ihm bei Bestellungen und saß über dem Zahlenwerk. Im Grunde meines Herzens sehnte ich mich aber danach, mehr mit Menschen zu arbeiten, und so stand ich schließlich immer öfter mit meinem Mann hinter der Theke und übte mich darin, mich mit unseren Kunden zu unterhalten.

»Du musst alles Wichtige über unsere Waren lernen, damit du den Leuten immer die richtige Auskunft oder eine Empfehlung geben kannst«, verlangte Hermann von mir. Ich ließ mich darauf ein und verbrachte viel Zeit im Laden. Hier duftete es herrlich nach den braunglänzenden Kaffee-Bohnen, die in großen Jutesäcken in einem eigenen Raum gelagert wurden, um in einer besonderen Mühle für die Kunden frisch gemahlen zu werden. Wie stolz war Hermann, dass er die bekannte Marke Meinl vertreten durfte. Diese Lizenz musste man sich mit Fleiß und einem entsprechenden Absatz erarbeiten. Ein Tässchen Kaffee gönnten wir uns täglich zu unserer morgendlichen Pause, wenn die ersten Kunden wieder fort waren.

»Mit dir verbringe ich meine Kaffeepause am liebsten«, scherzte Hermann oft, gab es doch außer uns sonst nur den Franz.

Obwohl wir privat und beruflich all unsere Zeit gemeinsam verbrachten, wurde uns miteinander nie langweilig. Da wir uns für viele Dinge interessierten, ob Kunst, Musik oder Literatur, hatten wir immer ein Gesprächsthema. Und wenn gerade kein Kunde im Laden war, konnte es schon einmal vorkommen, dass Hermann Franz unter einem Vorwand ins Lager schickte und mich dann ungestüm hinter das Regal mit der Konfitüre zog, um mich leidenschaftlich zu küssen. Wir waren ein schönes Paar und bekamen viele Komplimente.

1933 wurde ich schließlich schwanger. Nun ja, dachte ich, dann soll es eben so sein! Immerhin: Aus einem »freien« Jahr waren fast zwei geworden. Wir freuten uns sehr auf unser erstes Kind. Alles war aufregend für mich. Ich ließ es mir trotzdem nicht nehmen, weiter die Buchhaltung zu führen.

Als unsere Tochter Ritta auf die Welt kam, war ich stolze Mama und entdeckte in mir meinen alten Wunsch wieder, mich mit Kindern zu beschäftigen, ihnen etwas beizubringen und sie beim Heranwachsen zu begleiten. Besonders liebte ich es, Ritta in meinen Armen zu wiegen und ihr etwas vorzusingen. Wenn sie mich dann mit ihren blauen Babyaugen aufmerksam betrachtete, war ich die glücklichste Mutter der Welt.

1936 wurde ihre Schwester Krista geboren. Fünf Jahre lang lebten wir zu viert in unserem Häuschen mit dem hübschen Garten, wo wir Gemüse anbauten und viel Zeit auf unserer sonnigen Terrasse verbrachten. Hermann liebte es vor allem, Paprika anzubauen. Ich erinnere mich an eine rote Sorte, deren pralle Schoten senkrecht nach oben in die Luft wuchsen. Die Mädchen hatten großen Spaß daran, sie zu ernten und sofort in den Mund zu stecken. Sie lachten dabei bis über beide Ohren und hatten vom Lachen, aber auch von dem saftigen Paprika, ganz rote Wangen.

1941 bekamen wir unsere dritte Tochter, Sigrun, und alles hätte perfekt sein können. Inzwischen aber hatte sich unsere kleine, heile Welt stark verändert. Der Zweite Weltkrieg war ausgebrochen und wir spürten, dass etwas Bedrohliches in der Luft lag.

Ein Jahr vor Sigruns Geburt hatten sowjetische Truppen Teile Rumäniens besetzt, die nach dem Ersten Weltkrieg an unser Land abgetreten worden waren, und forderten sie wieder zurück. Dasselbe taten Bulgarien und Ungarn, denen es um die

Bukowina, Siebenbürgen, das östliche Banat sowie um die Dobrudscha ging.

Wir Siebenbürger gerieten zunehmend in den Fokus dieser Machtspiele, war es doch noch gar nicht so lange her, dass das Königreich Rumänien »unser« Siebenbürgen vom aufgelösten Österreich-Ungarn erhalten hatte. Unter Hochspannung verfolgten wir täglich die Nachrichtenlage, so manches besorgte Gespräch fand nun über die Ladentheke hinweg statt. Auch zahlreiche Kunden waren Siebenbürger, sodass der Austausch mit ihnen über die politische Lage bald wichtiger wurde als die Frage, welchen Wein man zum Sonntagsbraten reichte.

Als unser Nachbarland Ungarn Rumänien mit Krieg drohte, erschien uns dieser so populäre deutsche Führer Adolf Hitler als Retter, dem es offenbar gelungen war, den Streit zwischen Rumänien und Ungarn zu schlichten. Außerdem sahen wir die Wehrmacht als schützendes Bollwerk gegen die drängenden Sowjets an. So herrschte bei uns zunächst, wie in fast allen Familien, die wir kannten, eine pro-deutsche Stimmung. Doch Rumänien sollte im Gegenzug für die deutsche Schützenhilfe wiederum Gebiete abtreten, was in der Bevölkerung nicht gut ankam. Dazu ereignete sich in Rumänien ein politisches Erdbeben.

General Ion Antonescu wurde von unserem König Carol II. nach einem Putschversuch als Ministerpräsident eingesetzt und errichtete 1941 eine Militärdiktatur in Rumänien. Der König hatte abdanken müssen, ihm folgte sein Sohn Mihai I. auf den Thron. Hitler blieb vor dieser Entwicklung weiterhin derjenige Partner, der uns vor den Russen schützen sollte. Die Wehrmacht warb nun in unserem Land dafür, mit rumänischen Soldaten gegen die Sowjets vorzugehen. Hitler entsandte deutsches Militär, was seine Wirkung nicht verfehlte: Die strammen Soldaten in ihren Wehrmachtsuniformen machten Eindruck auf uns. In der Stadt tauchten nun überall Plakate auf, die unsere Männer dazu aufriefen, sich der Wehrmacht anzuschließen. Niemand konnte sie übersehen, und so wurde auch daheim rege darüber diskutiert. Immer mehr Nachbarn, Bekannte und Kunden, die wir kannten, schlossen sich dem deutsch-rumänischen Pakt an und meldeten sich in den Kasernen der Wehrmacht, die in zahlreichen größeren Städten Stützpunkte errichtete.

Auch Hermann trug sich mit dem Gedanken, teilte sie mir jedoch nur zaghaft mit. Beim Sonntagsbraten mit seinen Eltern war es dann ausgerechnet sein Vater, der Pfarrer, der ihm den letzten Zweifel ausräumte.

»Worauf willst du warten, Junge«, sagte er geradeheraus zu Hermann. »Alle Männer in deinem Alter schließen sich dem Bündnis an, Seite an Seite mit Deutschland können wir es schaffen, die Russen zurückzudrängen. Du willst doch nicht, dass deine hübsche Frau und deine Töchter in die Hände dieser dreckigen Sowjets fallen?« Damit hatte er einen Nerv bei Hermann getroffen.

»Natürlich nicht«, entgegnete Hermann seinem Vater, »ich hatte mich schon entschieden, es aber noch nicht in Ruhe mit Ida klären können.«

Ich fiel bei diesen Worten vor Schreck fast vom Stuhl. Wohl war mir bewusst, dass viele Männer sich der Anziehungskraft der sagenumwobenen Wehrmacht nicht entziehen konnten, aber doch nicht mein Hermann!

»Wann hättest du mir das denn sagen wollen?«, stammelte ich, bemüht darum, vor den Mädchen ruhig zu bleiben, die schon die Ohren spitzten. Ich konnte unserer Ältesten ansehen, dass sie Fragen auf den Lippen hatte, nur ihre guten Tischmanieren hielten sie davon ab, sie ihrem Vater zu stellen.

Hermann öffnete den Mund, als meine Schwiegermutter die Situation erkannte und zu ihrem Mann sagte: »Warum gehst du nicht mit den Mädchen nach draußen und siehst mit ihnen nach deinen Bienen?«

Als die Kinder außer Hörweite waren, wandte sich Hermann zu mir und nahm meine Hände in die seinen. »Ich kann doch nicht im Laden stehen und Pastete verkaufen, während unsere Nachbarn, Freunde und Verwandten in den Krieg ziehen und unser Land verteidigen«, versuchte er, mir seine Beweggründe zu erklären. Das verstand ich einerseits, aber was sollte aus mir und den Mädchen werden? Ich konnte ein paar Tränen nicht unterdrücken.

»Du könntest solange zu deiner Familie nach Kronstadt«, schlug Hermann vor und gestand mir, dass er seinen Arbeitgeber in Wien schon von seinen Plänen unterrichtet hatte. Er hatte sich offenbar bereits konkret mit der nahen Zukunft auseinandergesetzt, noch bevor ich davon nur ansatzweise etwas geahnt hatte.

»Um Gottes Willen«, rief ich entsetzt aus, »wovon sollen wir denn leben, wenn du deine Stelle im Laden aufgibst?«

Hermann versuchte, mich zu beruhigen: »Ich habe in den vergangenen Monaten etwas Geld für euch zur Seite gelegt, und außerdem werden meine Eltern euch unterstützen«, erklärte er mit Blick auf seine Mutter, die stumm nickte. Es war also beschlossene Sache.

Und Hermann war sich sicher: »In ein paar Monaten ist der Spuk vorbei, dann bekomme ich meine Stellung bei Meinl zurück, das hat man mir versprochen. Mit der Wehrmacht an unserer Seite machen wir den Russen schnell den Garaus.« Er gab sich kämpferisch.

Ich dagegen konnte mir meinen feinsinnigen, humorvollen und höflichen Mann nicht in einer Uniform und mit einer Waffe vorstellen. Meine Schwiegermutter versuchte, mich aufzumuntern: Es sei eine gute Sache, und Hermanns Bruder Helmut habe sich schließlich auch zum Dienst gemeldet. Ich fügte mich also Hermanns Entscheidung.

Wir beschlossen, noch ein Familienfoto machen zu lassen, bevor er zur Kommandobehörde der deutschen Heeresmission nach Bukarest fuhr.

Die Mädchen waren sehr aufgeregt, als es hieß: »Wir gehen zum Fotografen!« Sie ließen sich artig frisieren und ordentlich anziehen, ich zog meine beste Bluse an, Hermann seinen Sonntagsanzug. Auf dem Bild schmiegt sich Krista an ihren Vater, Ritta sitzt lächelnd in der Mitte und Sigrun auf meinem Schoß hält ihre Puppe. Hermann blickt ernst in

*Ida und Hermann mit ihren drei Töchtern*

die Kamera, ich versuche mich an einem Lächeln. Meinen Augen sieht man an, dass ich mir Sorgen mache.

Ich wollte Hermann, der so überzeugt von der Sache war, ohne schlechtes Gewissen ziehen lassen. An einem trüben Montagmorgen verließ er uns, um mit dem Zug nach Bukarest zu fahren und von dort aus zu seinem ersten Einsatz. Zuvor hatte er die noch halb schlafenden Mädchen geküsst. Eigentlich hatte er sie nicht aufwecken wollen, doch ich bat ihn, es zu tun.

»Stell dir vor, sie wachen auf, und du bist einfach weg, das kannst du doch nicht machen!« Schließlich setzte er sich noch zu jedem Kind an die Bettkante und streichelte minutenlang die seidigen Mädchenzöpfe, die ich jeden Abend vorm Zubettgehen flocht.

Als er schließlich auch mich zum Abschied zärtlich in die Arme nahm, sah ich in seinen Augen nur eines: seine wilde Entschlossenheit, den von ihm gewählten Weg zu gehen.

»Wir sehen uns bald wieder, hab Vertrauen«, waren seine letzten Worte an mich.

Die rumänischen und deutschen Truppen kämpften inzwischen im Osten um Odessa und beteiligten sich an der Eroberung der Krim. General Antonescu bereitete eine militärische Offensive für den Sommer 1942 an der Ostfront vor, für die man mehr Soldaten benötigte. Es wurde also jeder Mann genommen, der sich meldete.

Überraschend besuchte Hermann uns noch einmal im Frühjahr 1943 in Mediasch. Seine Eltern kamen sofort zu uns, als sie das erfuhren, und immer wieder versicherte Hans ihm, wie stolz er auf seinen Sohn sei. Es könne sein, dass er zu denjenigen gehöre, die nach Stalingrad einrücken würden, deutete Hermann an. Was er mir nicht sagte: Zu welchem Dienst man ihn berufen hatte, ob er zum Bukarester Jagdgeschwader gehörte oder zum Nachrichtenregiment. Dass es gar die Waffen-SS sein konnte, die zu der Zeit so viele Rumänen anwarb, glaubte ich nicht. Uns blieben nur zwei Tage, und diese wollte ich uns nicht mit bohrenden Fragen verderben, denselben Wunsch hatte Hermann: »Wir wollen lieber von etwas Schönem reden, wenn die Kinder dabei sind«. Schließlich stieg Hermann wieder in den Zug nach Bukarest zu seiner Truppe.

Ich blieb nicht allein zurück. Einen Monat nach Hermanns Abreise bemerkte ich, dass ich erneut schwanger war. Sofort schickte ich ein Briefchen mit der Neuigkeit nach Bukarest, in der Hoffnung, es würde ihn noch erreichen. Doch ob Hermann es je erhalten hat, weiß niemand. Auf dem Postamt in Mediasch gab es einen Fernsprecher, den ich schließlich nutzte, um in der Kaserne anzurufen.

»Alle Divisionen sind ausgerückt«, bekam ich als knappe Antwort, eine Auskunft zu einzelnen Soldaten gab man mir nicht.

Ein erstes, schreckliches Weihnachten ohne Hermann verging. Wir verbrachten es bei meinen Schwiegereltern, doch es wurde ein tränenreiches Fest. Bevor wir uns zu Tisch begaben, deckte ich noch Teller und Besteck für Hermann auf: Irgendwie fühlte es sich dadurch so an, als wäre er nur Brennholz holen gegangen und wir würden uns schon einmal ohne ihn setzen. Doch dieses Gefühl war nur von kurzer Dauer.

»Für wen ist denn der übrige Teller?«, fragte meine Schwiegermutter erstaunt, als sie uns die traditionellen Krautwickel auftat, auf die mir der Appetit leider vergangen war.

»Für Hermann«, flüsterte ich.

Sofort sprangen die Mädchen freudestrahlend von ihren Stühlen auf und riefen durcheinander: »Papa kommt? Ist er schon im Flur? Er feiert mit uns Weihnachten?« Als sie die versteinerten Mienen von mir und ihrer Oma sahen, verstummten sie verschämt und setzten sich wieder. Keiner wusste, was er sagen sollte, und Hermine reichte uns schweigend die Sauciere.

Hans fasste sich schließlich ein Herz und sagte: »Nun denn, so lasst es euch schmecken. Ich bin sicher, euer Papa kann dort, wo er jetzt ist, auch

Weihnachten feiern. Er hat nichts davon, wenn eure Krautwickel kalt werden.« Seine Stimme wurde brüchig, und wir griffen schnell alle zu unserem Besteck. Inzwischen waren seine beiden Söhne an der Front, und ich war mir nicht sicher, ob er nicht doch bereits heimlich Zweifel hegte.

Ich war so erschöpft von dem ereignisreichen und beschwerlichen Jahr, dass ich die Großeltern und die Mädchen nicht zur Kirche begleitete, sondern meine Gebete für mich im Stillen sprechen wollte. Im Fenster brannte die ganze Nacht eine einsame Kerze für Hermann. Wie im Nebel erlebte ich den Jahreswechsel 1943/44, ohne dass bis dahin eine Meldung von meinem Mann eingetroffen war.

Mir blieb also nur, zu warten. Ich schaffte es, unseren Alltag noch ein paar Wochen am Laufen zu halten. Wie Hermann versprochen hatte, blieb mir etwas Geld, doch über kurz oder lang würde ich nach Kronstadt fahren müssen. Ich wollte nicht von der knappen Rente seiner Eltern leben. Viel mehr Sorgen bereitete mir, dass Hermann bis zur Geburt unseres Babys wohl nicht wieder zurück sein würde. Ich hatte mir schon ein Köfferchen für das Spital bereitgestellt. Doch das Kleine ließ sich Zeit.

»Dein Kind spürt, dass du auf den Vater wartest«, meinte meine Hebamme, die inzwischen täglich bei uns vorbeikam, um nach mir zu sehen. Mit jedem Besuch hatte sie mehr Sorgenfalten auf der Stirn: »Wenn es nicht bald kommt, wird es auch für dich gefährlich.« Ihr Worte trafen mich ins Mark, aber sie brachten mich dazu, aus meiner Starre zu erwachen: Wollte ich etwa, dass die Mädchen mich auch noch verlieren?

Nur drei Tage später kam ich schließlich im Spital mit unserer vierten Tochter nieder. Alles war noch einmal gut gegangen. Ich gab der Kleinen den Namen Gerlinde und brachte ihre Taufe ohne Hermann an meiner Seite hinter mich. Ab jetzt würde ich mich zusammenreißen und mein Leben wieder in die Hand nehmen, schwor ich mir.

Dazu hatte ich sehr bald Gelegenheit, wenn auch auf hochdramatische Weise. Die politischen Ereignisse überstürzten sich in den Wochen nach Gerlindes Geburt geradezu. Der Sieg über Russland, den uns Hitler versprochen hatte und für den sich unsere Männer geopfert hatten, wollte sich nicht einstellen. Im Gegenteil. Russische Truppen waren schon vom Osten her auf dem Vormarsch, überrollten unser Land.

Mein Schwiegervater verfiel in lethargische Trübsinnigkeit.

»Alles war umsonst, wenn die Wehrmacht uns nicht mehr Soldaten schickt. Nimm die Mädchen und macht euch so schnell es geht auf den Weg nach Kronstadt zu deiner Mutter«, bat er mich eindringlich. Noch aber war das deutsche Militär auch in Mediasch stationiert, man würde doch nicht zulassen, dass die Russen die Stadt einnahmen?

Es wurde Sommer und ich stellte täglich Gerlindes Kinderwagen in den Garten, in dem sich Hermann so gern aufgehalten hatte. Über den Gartenzaun sprach mich eine Rumänin an, die zu unseren

Kundinnen gehört hatte. Ich erkannte sie als die Frau, die gegenüber dem Laden wohnte und fast täglich gekommen war, um eine Kleinigkeit zu kaufen. Nun aber erschien sie mir nicht mehr so nett, wie ich sie in Erinnerung hatte. Ihr Gesichtsausdruck war ein ganz anderer, hatte etwas Kaltes, Berechnendes.

»Sie wohnen doch nun ganz allein in dem Haus«, meinte sie zunächst und wurde schnell konkreter. »Wenn die Russen kommen, sollten Sie sich und die Kinder lieber an einen sicheren Ort bringen. Warum gehen Sie nicht nach Deutschland? Mein Mann und ich haben übrigens Interesse an Ihrem Haus.« Ich war perplex angesichts dieser Ruchlosigkeit und wandte mich brüsk von der Frau ab. Wie konnte sie es wagen!

Doch im August geschah das Unglück: Rumänien kapitulierte und durchschnitt damit das Bündnis mit seinem deutschen Partner. Es gab ein großes Durcheinander. Das deutsche Militär bleibe trotzdem vor Ort, Seite an Seite mit den Rumänen, hieß es erst. Dann wieder: Deutsche Truppen seien als Verstärkung unterwegs, Mediasch sei sicher. Doch in unserer Nachbarschaft verließen die Frauen rumänischer und deutschstämmiger Soldaten über Nacht fluchtartig ihre Häuser. Unser Bürgermeister, ein Siebenbürger Sachse wie wir, wurde verhaftet. An seine Stelle wurde ein rumänisches Stadtoberhaupt gesetzt. Die deutschen Soldaten zogen mir nichts, dir nichts ab. Angst und Schrecken verbreiteten sich, als die rumänische Polizei binnen kürzester Zeit Dutzende Volksdeutsche ohne ersichtlichen Grund aus ihren Häusern holte und sie am Bahnhof in Viehwaggons sperrte.

»Es heißt, sie kommen nach Târgu-Jiu, dort soll es ein Internierungslager geben«, raunte mein Schwiegervater, der selbst Angst davor hatte, dass es ihn treffen könnte. Doch er war schon über sechzig Jahre alt und hatte Glück – sie deportierten nur Männer und Frauen im arbeitsfähigen Alter. Nun hatte ich keine ruhige Minute mehr in unserem Häuschen: Wann würden sie an unsere Tür hämmern, um mich zu holen? Was würden sie den Kindern Grausames antun? In den Straßen herrschte eine gespenstische Stimmung. Wer deutschstämmig war und deshalb um sein Leben fürchten musste, floh oder verbarrikadierte sich.

Ich tat, was ich längst hätte tun müssen: Kaum hatte ich auf die Klingel des Stadthauses gegenüber dem Feinkostgeschäft gedrückt, ging die Tür auch schon auf und die ehemalige Kundin sah mich mit gespieltem Erstaunen an.

»Also haben Sie es sich überlegt«, stellte sie zufrieden fest und bat mich in ihr Wohnzimmer. »Wir wollen raus aus dieser städtischen Wohngegend und freuen uns besonders auf den Garten, den Ihr Mann ja so schön angelegt hat«, plauderte sie, ohne echtes Interesse an mir zu zeigen. Sie bot mir nichts zu trinken an, auch keinen Stuhl, sondern kam unumwunden aufs Geschäftliche zu sprechen. Sie nannte eine unverschämt niedrige Summe, die sie und ihr Mann für unser Haus zu geben bereit wären, und resümierte, ohne den Blick von mir abzuwenden: »Die Zeiten sind ja sehr schlecht für Sie als Deutsche, Sie können Ihr Geld wohl nicht zur Bank bringen, und allzu viel Bares können Sie auch nicht mit sich herumtragen.«

Als ich das Stadthaus verließ, fühlte ich mich zutiefst gedemütigt. Mein Versuch, einen höheren Verkaufspreis auszuhandeln, war gescheitert. Insgesamt hatte es keine halbe Stunde gedauert und ich hatte unsere Existenz verraten, so kam es mir vor. In meinen Händen hielt ich ein Bündel Bares und den noch vor wenigen Minuten per Hand aufgesetzten Vertrag, mit welchem ich den Verkauf des Zuhauses meiner Kinder besiegelte. Zum Feinkostladen wagte ich nicht hinüberzusehen. Schnurstracks lief ich zum Postamt und schickte eine eilig geschriebene Karte an meine Mutter ab, in der ich uns ankündigte. Ich suchte unseren Notar auf, deutschstämmig wie wir. Er war im Alter meines Schwiegervaters und unter den Glücklichen, die scheinbar nichts zu befürchten hatten. Ich bat ihn, den Verkauf möglichst schnell abzuwickeln.

»Der Grundbucheintrag allein wird schon drei, vier Wochen dauern«, dämpfte er meine Hoffnungen. Ich weinte, dass ich Todesangst hätte und die Stadt so schnell wie möglich verlassen musste. Ich drückte ihm den Kaufvertrag des Ehepaars in die Hand und bat ihn, die weiteren Umstände für mich zu regeln. Dazu stellte ich meinen Schwiegereltern eine Vollmacht aus.

Die beiden wussten schon bei meinem Anblick Bescheid, als ich nach Einbruch der Dunkelheit die Mädchen bei ihnen abholte. Hermine weinte, Hans blieb gefasst.

»Wir haben einen Transport für euch organisiert«, erklärte er mir mit rauer Stimme, als die Kinder außer Hörweite waren. »Morgen früh geht es los. Du kannst nur das Allernötigste mitnehmen. Niemand darf davon erfahren. Und noch etwas: Ihr müsst getrennt fahren. Es gibt Bekannte von uns, die auch nach Kronstadt wollen, ihnen musst du zwei der Mädchen anvertrauen.«

Dafür gab es einen triftigen Grund: Mütter mit Kindern bis zu zwei Jahren, hatte er in Erfahrung gebracht, wurden von den Deportationen verschont. Damit sowohl ich als auch das Ehepaar wohlbehalten am Ziel ankommen würden, bräuchte jeder ein kleines Kind in seiner Obhut. Nachdem ich Gerlinde noch stillte, musste Sigrun wohl oder übel mit den Leuten im Zug reisen. Ich bestand darauf, die elfjährige Ritta mit ihr mitzuschicken. Eine Bürde für meine Große, über die ich in diesem Moment nicht nachdenken konnte.

Um 3 Uhr morgens kletterte ich zitternd mit Krista an der Hand und Gerlinde im Arm in einen mit Plane abgedeckten Lkw, der Weinfässer transportierte. Auf ihnen saßen bereits dicht an dicht ein Dutzend anderer Menschen.

Als sich der Lkw schwankend in Bewegung setzte, fing Krista an zu schniefen. Ich wusste, warum, und mein Herz schmerzte. Während unser Fluchtfahrzeug in der kalten Morgenluft dieses Septembertages auf Nebenrouten von Schlagloch zu Schlagloch rumpelte, begann das achte Lebensjahr meiner Tochter. Für sie war es ein Geburtstag ohne Kuchen, Freunde und Geschenke, aber uns wurde an diesem Tag ein zweites Leben geschenkt, denn kurz nachdem wir Mediasch verlassen hatten, fielen die Russen in die Stadt ein. Wir waren keine Minute zu früh aufgebrochen.

Wie durch ein Wunder wurden wir nicht aufgehalten und kamen am Abend des nächsten Tages hungrig und durstig in meiner Heimatstadt an. Wir hatten nichts als das, was wir am Leib trugen und einer hektisch gepackten Tasche, in der ich neben ein paar Papieren das kostbarste mitgenommen hatte, das ich noch besaß: unser Familienfoto. Ritta und Sigrun waren bereits wohlbehalten bei meiner Mutter abgeliefert worden, und wir fielen uns, überwältigt von den Ereignissen, in die Arme. Erst viel später sollte mir Ritta gestehen, wie viel Angst sie während der Zugfahrt mit dem fremden Ehepaar gehabt hatte. Sie hatte die ganze Zeit über gefürchtet, mit Sigrun entführt zu werden.

Bei meiner Mutter wurde mir sofort leichter ums Herz. Seit dem Tod meines Stiefvaters bewohnte sie eine Dreizimmerwohnung, die jetzt ganz schön eng wurde.

Zum ersten Mal seit Monaten konnte ich mich ein wenig ausruhen. Insgeheim hoffte ich jeden Tag auf eine Nachricht von Hermann. Mutter umsorgte uns liebevoll, und täglich kam jemand aus unserer großen Familie vorbei, um nach uns zu sehen und um mich zu trösten. Die Mädchen waren schnell abgelenkt durch die vielen Cousins und Cousinen, mit denen sie spielen konnten und von denen wir Kleidung bekamen. Ich teilte meine Sorgen mit meinen Schwestern und Schwägerinnen, von denen viele dasselbe durchlitten wie ich. Radiosendungen und Zeitungen, sofern sie verlässliche Meldungen brachten, wurden zu meinem Lebenselixier. Wir schickten an die Bukarester Kaserne eine Nachricht mit unserer neuen Adresse in Kronstadt, mehr konnten wir nicht tun. Wir bekamen nun mit, dass rumänische Truppen bereits im Sommer schwere Verluste an ihren Einsatzorten erlitten hatten. In der Nachbarschaft meiner Mutter waren viele Todesfälle zu beklagen. Hoffnung schöpfte ich, als es hieß, rumänische Soldaten würden von ihrem Einsatz auf der Krim nach Hause kommen. Würde Hermann unter ihnen sein? Kurz darauf aber verbreiteten sich Gerüchte über die 24 Divisionen, die man in die Südukraine geschickt hatte.

»Stellt euch vor, man sagt, keiner von ihnen kehrt lebend nach Hause zurück«, flüsterte meine Mutter, die mit diesen Neuigkeiten vom Einkauf zurückkam.

Ging es um den Krieg, versuchten wir zu vermeiden, dass die Kinder allzu viel mitbekamen. Nachts teilten sich die Mädchen das Sofa, ich lag neben meiner Mutter im Bett, die kleine Gerlinde in einem Körbchen neben mir am Boden. Wenn ich, wie so oft, nicht einschlafen konnte, stellte ich mir vor, wie Hermann sie in seinen Armen hielt.

Weihnachten 1944 feierte ich zum ersten Mal seit meiner Heirat wieder im Schoße meiner Großfamilie, doch so sehr ich mich darauf gefreut hatte, der schwere Stein in meinem Magen wollte sich nicht auflösen. Als unsere Tafel für das Festessen gedeckt wurde, bestand ich wieder auf einem Teller für

Hermann. Diesmal fragten die Mädchen nicht mehr nach ihm. Meine Mutter wusste sie geschickt abzulenken und band sie in das traditionelle Backritual unseres heiß geliebten Baumstriezels ein.

Als vor Mitternacht Glockengeläut zum Kirchgang aufrief, versammelten wir uns dick eingepackt in Stiefel, Mäntel und Schals vor dem Kirchturm in unserem Viertel, um den Weihnachtsgesängen zu lauschen. Die Mädchen schmiegten sich an mich, die kleine Gerlinde hielt ich unter meinem Mantel warm. Als wir so dastanden, schwor ich mir eines: Egal wie lange Hermann von uns getrennt sein würde, ich wollte unerschütterlich sein. Ein Fels in der Brandung für meine Kinder und kein heulendes Häuflein Elend.

»Ich nehme an, was du mir gibst«, sprach ich in Gedanken zum lieben Gott, »aber sorge du dafür, dass Hermann jetzt, in diesem Moment, nicht leiden muss.« Ob er mir diesen Wunsch erfüllt hat? Ich habe es nie erfahren. Denn auch Neujahr und der darauf folgende Frühling, der sich am Fuße der Karpaten in Kronstadt 1945 nur langsam einstellen wollte, vergingen ohne Nachricht von meinem Mann.

Nach Kriegsende kamen so gut wie alle überlebenden Soldaten in russische Gefangenschaft. Die ersten Nachrichten über den Verbleib ihrer Männer trafen nach und nach bei meinen Schwestern und Schwägerinnen ein. Es gab darunter viele schlechte Neuigkeiten, etwa, dass einer der Männer im Krieg schwer verwundet worden war, oder dass Hunger und Krankheiten in den Lagern herrschten. Meine

Schwester Eva weinte bittere Tränen, als sie erfuhr, dass ihr Mann trotz einer schlecht heilenden Beinverletzung in einem Bergwerk in der Ukraine schwerste Arbeit unter Tage verrichten musste. Aber immerhin wusste sie, dass er lebte und wo er sich befand.

Nur ich wartete vergebens. Mir war längst egal, ob mein Mann als Krüppel, wie so viele, zurückkommen würde – Hauptsache, er war am Leben. Würde man etwas in seiner einstigen Kaserne wissen? Doch es hatte vermutlich keinen Zweck, dorthin zu fahren: Bukarest war im Laufe des Krieges schwer bombardiert worden, die Kaserne war ein Trümmerhaufen, alle Papiere wohl im Feuer vernichtet.

Dann sprach sich unter den Frauen herum, dass es einen neuen Anlass zur Hoffnung gab: Das Rote Kreuz und sein Suchdienst. Dafür musste man eine Suchanfrage per Post nach Berlin schicken, mit allen Angaben, die man zum Vermissten machen konnte. Doch ich konnte nicht einmal schreiben, in welcher Funktion mein Hermann gedient hatte. Wochen vergingen. Schließlich wurden sechs Monate daraus, bis eine erste Antwort des Roten Kreuzes eintraf. Es war nur ein Satz: »Vermutlich an der Ostfront verschollen«.

Inzwischen bemerkte ich bei unseren älteren Töchtern, dass die Erinnerung an ihren Vater langsam, aber sicher zu verblassen drohte. Die beiden Jüngsten hatten gar keine Vorstellung von Hermann. Wir stellten unser Familienbild gut sichtbar in die Mitte der Anrichte in Mutters Wohnzimmer.

Gab es einen Anlass zum Feiern, einen Geburtstag etwa, bekam Hermann ein Gedeck. Machten wir einen Spaziergang oder einen kleinen Ausflug, hielten wir stets an einem der größeren Friedhöfe. Wenn man sich in den Umsturzzeiten, die Rumänien nach dem Krieg durchmachte, auf eines verlassen konnte, dann darauf, dass es dort mit Sicherheit ein »Grab des unbekannten Soldaten« gab. Dort verharrten wir dann still ein paar Minuten, legten eine Blume nieder, die wir unterwegs gepflückt hatten, und gaben uns unseren Gedanken hin.

Es war mir von Behördenseite her nicht mehr erlaubt, noch einmal nach Mediasch zu fahren. Zu gern hätte ich trotz der unsympathischen neuen Besitzer um Zutritt zum Haus gebeten. Hätte versucht, das gerahmte Hochzeitsbild, das in unserem Schlafzimmer gehangen hatte, an mich zu nehmen. Was hatten die neuen Bewohner wohl mit all dem, was ich zurücklassen musste, gemacht? Zu meinen Schwiegereltern hielten wir bis zu ihrem Tod engen Kontakt, wir schrieben uns, sooft es ging.

»Denk nicht so viel an euer Haus«, schrieb mir Hermine außerdem, als ahnte sie, was in mir vorging. Die beiden taten mir leid, war ihnen von ihren vier Kindern doch nur eines geblieben, von Hermann einmal abgesehen. Die Briefe handelten fast immer von ihm, den Gedanken, die sie sich um ihn machten, und den Nachrichten, auf die sie von ihm warteten. Manchmal war es deswegen betrüblich für mich, Post aus Mediasch zu bekommen. Oft wurde ich wehmütig, etwa wenn Hans uns seinen Honig schickte. Wenn ich den Deckel vom Glas abschraubte und schnupperte, war es, als säße ich wieder neben Hermann unter den blühenden Akazienbäumen.

Abends, wenn die Kinder auf dem Sofa lagen, beendeten wir den Tag mit einem Gebet, in das wir Hermann mit einbezogen.

»Lieber Gott«, schloss Ritta dabei stets, »mach bitte, dass unser Papa wieder nach Hause kommt.« Und ich schickte in Gedanken hinterher: Egal ob du ihn uns zurückbringst, sorge dafür, dass er es gut hat.« Die Vorstellung, Hermann würde krank und leidend in einem russischen Lager vor sich hin vegetieren, war für mich schlimmer als der Gedanke, er könnte längst irgendwo sein Grab gefunden haben.

Inzwischen mussten wir in der Wohnung meiner Mutter Platz machen für zwei meiner jüngeren Schwestern, die ihre Bleibe verloren hatten, und ich zog mit den Mädchen zu einer Verwandten in eine ländliche Gemeinde vor den Toren von Kronstadt. Dort hatten wir mehr Platz, es gab einen großen Garten mit Hühnern und Enten, und besonders Sigrun und Gerlinde blühten auf. Ritta und Krista jedoch mussten eine überfüllte Landschule besuchen, die in keiner Weise meinen Erwartungen an Bildung gerecht wurde.

Zwischen meinen immer aufwendiger werdenden Versuchen, Hermann ausfindig zu machen, mich durch Gartenarbeit und Putzdienste bei den Verwandten erkenntlich zu zeigen und der Betreuung der Jüngsten, traf ich schließlich die Entscheidung, wieder zurück in die Stadt zu gehen. Unser

Schicksal durfte sich nicht nachteilig für Ritta und Krista auswirken.

Es sollte nicht das letzte Mal sein, dass ich uns eine neue Bleibe suchte. Jedes Mal wurde es ein Spießrutenlauf für uns Siebenbürger, denn in den Jahren nach dem Krieg hatten die rumänischen Behörden überall Menschen einquartiert, die der Krieg oder die politischen Umstände durchs Land getrieben hatten. Mal waren es russische Militärangehörige, mal Rumänen. Ich hatte gelernt, hartnäckig und unnachgiebig zu sein, wenn es um das Wohl meiner Kinder ging, und so kamen wir am Ende doch stets an eine Wohnung. Immer, wenn ich dachte, diese Bleibe sei endlich gut für uns, kam ein neuer Hieb.

Einmal konnten wir zu einer Großtante ziehen, in deren Haus bereits eine rumänische Familie einquartiert worden war. Meine Tante war alt und pflegebedürftig, und ich holte sie zu mir in mein Schlafzimmer, um ihr eine Hilfe zu sein, aber auch, damit meine Töchter den etwas größeren Raum für sich haben konnten. Doch als wir eines Tages von einem Einkauf zurückkamen, hatten die Rumänen mit behördlicher Genehmigung dieses Zimmer für sich in Beschlag genommen und einfach alle Möbel daraus in mein Schlafzimmer geschoben.

Trotz dieser widrigen Umstände führten meine Töchter und ich unser Leben tapfer weiter. Jedes Jahr aufs Neue erhielt ich vom Roten Kreuz die Nachricht, mein Mann sei vermisst. Mit jedem Jahr wurde der Schmerz darüber nicht kleiner, aber die Schockwirkung, wenn ich mal wieder einen Brief mit dem roten Kreuzsymbol erhielt, ließ nach. Ich erwartete nicht mehr, darin etwas Neues zu lesen. Wie sehr jedoch die Tatsache an uns nagte, dass Hermann nicht bei uns war, wurde mir klar, als erst Ritta, dann Krista und schließlich Sigrun vor den Traualtar traten. Meine Töchter, zu hübschen jungen Frauen herangewachsen, hatten keinen Vater, der sie stolz an ihren Bräutigam übergeben konnte.

»Ich vermisse ihn so«, weinte Krista noch am Tag ihrer Hochzeit. Da waren fast 15 Jahre vergangen, seit sie ihn das letzte Mal gesehen hatte. Nichtsdestotrotz machten alle Mädchen ihren Weg: Unsere Älteste fand Arbeit in der großen Kronstädter Schokoladenfabrik. Krista hatte sich durchgesetzt und Lehramt studiert, aber weil das Geld knapp war, arbeitete auch sie in der Fabrik. Sigrun, die wie ihr Vater schon immer einen Hang zu Büchern gehabt hatte, wurde Bibliothekarin. Und als Gerlinde soweit war, machte sie eine Ausbildung zur Kindergärtnerin.

Damit trat sie in meine Fußstapfen. Denn gegen Ende der fünfziger Jahre hatte ich endlich das Gefühl, wieder stark genug für eine neue Zukunft zu sein. Da es sehr viele Frauen in meinem Umfeld gab, ob sie nun deutschstämmig oder rumänisch waren, die die Rolle der Ernährerin übernehmen mussten, setzte ich in Kronstadt meine schon länger gehegte Idee eines privaten Kindergartens in die Tat um. Es war undenkbar, dafür einen extra Raum anmieten zu können, also räumte ich einfach mein Schlafzimmer in unserer damaligen kleinen Wohnung frei, in der nur noch Sigrun, Gerlinde und ich lebten, und schlief fortan auf dem Sofa. Ins Schlafzimmer hielten nach und nach kleine Tischchen und Stühlchen Einzug. Es dauerte nicht lange, da sprach sich herum, dass es nun eine Alternative gab zur staatlichen Kinderbetreuung, mit der sich manche Kreise nicht anfreunden konnten. So waren es vor allem die während des Kriegs an den Rand der Gesellschaft gedrängten Intellektuellenfamilien, die mir ihre Kinder anvertrauten. Es war ihnen sogar recht, dass ich den Buben und Mädchen Deutsch beibrachte, denn nicht alle Menschen hatte der Krieg spalten können. Meine eigene Geschichte hielt ich jedoch bewusst im Hintergrund.

»Und was macht Ihr Mann?«, war oft die obligatorische Frage, wenn ich mit den Müttern ins Gespräch kam. Manch eine hielt sich dann taktvoll zurück, wenn sie merkte, dass meine Antwort stockend kam. Irgendwann gelang es mir, meinem Gegenüber bei dieser Frage in die Augen zu sehen und mit fester Stimme die Wahrheit zu sagen: »Mein Mann ist noch nicht zu uns zurückgekehrt. Wir wissen leider nicht, wo er ist.«

Nach ein paar Monaten hörten die Frauen auf, zu fragen. Zu meiner großen Freude kam die Sprache dagegen nun immer öfter auf die gute Betreuung, die ich leistete, und auf die große Mühe, die ich mir mit Singen, Musizieren und Kinderspielen gab. Ich wollte diesen Kindern Lebensfreude schenken, und mir selbst auch. Bald genoss mein kleiner Kindergarten einen hervorragenden Ruf. Tagsüber betreute ich nun ein halbes Dutzend Zwei- bis Fünfjähriger, und mittags kamen meine Töchter aus der

Schule und erledigten nach den Hausaufgaben kleine Aufträge im Haushalt. Es war eine schöne Zeit, in der ich nicht nur von meiner Hoffnung auf eine Nachricht von Hermann zehrte, sondern auch wieder zu leben begann.

Die Jahre vergingen. Hin und wieder drangen Gerüchte zu mir vor, der eine oder andere ehemalige Soldat aus der Bukarester Kaserne habe Informationen über Hermann. Mal wollte der eine Heimkehrer ihn in einem Lager in der Ukraine gesehen haben. Ein anderer schwor, Hermann habe zuletzt in einem Lazarett an der rumänischen Grenze gelegen. Doch jede Spur, die ich daraufhin fieberhaft weiterverfolgte, verlief im Sand.

Tapfer stellte ich dennoch jedes Jahr zu Hermanns Geburtstag eine Kerze auf und backte einen Kuchen, den unsere Töchter und ich dann gemeinsam verspeisten, nicht ohne einen Teller für Hermann aufzudecken. Während Ritta, Krista und ich dabei stille Tränen vergossen, machten die beiden Jüngeren das Ritual mit, aber ich konnte ihnen anmerken, dass sie es befremdlich fanden. Wie lange würde ich ihnen noch von ihrem Vater erzählen können, bis auch meine Erinnerung schwand?

»Das Leben muss weitergehen, Ida«, ermahnte mich eines Tages meine Schwester Eva. »Für die Kinder, aber auch für dich! Schau dich um, deine Cousinen haben sich neu verheiratet, warum machst du es dir nicht leichter? Du brauchst wieder einen Mann an deiner Seite.« Das wollte ich nicht hören und erstickte solche Gespräche meist im Keim.

»Was, wenn Hermann eines Tages doch vor meiner Tür steht und ein anderer Mann öffnet ihm? Das würde ich mir nie verzeihen«, brachte ich hervor. »Außerdem habe ich vor Gott geschworen ...«

Eva unterbrach mich: »Ja, bis dass der Tod euch scheidet. Aber was, wenn er schon tot ist, Ida? Dann wärst du frei für eine neue Beziehung.« Der Gedanke daran war für mich schier unerträglich.

»Ich brauche Zeit«, sagte ich zu Eva.

Doch sie erinnerte mich an etwas, das mir auch schon Sorgen bereitete: »Du brauchst einen sicheren Status, Ida, jetzt bist du nur die Frau des Vermissten. Wärst du wenigstens offiziell Witwe, würdest du dir nicht immer so schwertun, wenn du ein Formular ausfüllen sollst oder die Leute dich fragen. Vielleicht bekommst du sogar eines Tages eine Entschädigung.« Dies sollte zwar für viele Jahrzehnte ein frommer Wunsch bleiben, aber Eva hatte recht: Ich hing im luftleeren Raum.

Silvester 1958 feierten wir mit vielen unserer Verwandten im Haus von Eva und ihrem Mann. Wie in den Jahren zuvor füllte ich etwas Sekt in ein Glas, das ich Hermann widmete. Als ich nach Mitternacht die anderen fröhlich beisammenstehen und miteinander lachen sah, fasste ich für mich einen einsamen Beschluss: Vor rund 15 Jahren hatte ich Hermann das letzte Mal lebend gesehen. Wie lange sollte ich noch einen leeren Teller mit aufdecken? Wie lange wollte ich noch mit dem Gedanken einschlafen: Morgen vielleicht kommt eine Nachricht, oder er steht vor der Tür?

Ich ging zu Eva, und sie sah mir sofort an, dass ich gerade die schwerste Entscheidung meines Lebens getroffen hatte.

»Ich werde es tun«, flüsterte ich und merkte, wie meine Beine schwach wurden. »Ich lasse ihn für tot erklären.«

Sie legte fürsorglich ihren Arm um mich. »Hermann würde es sicher verstehen. Du kannst es jederzeit rückgängig machen, sollte er heimkehren«, tröstete sie mich. Doch es klang nicht so, als würde sie ernsthaft daran glauben.

»Ich weiß«, sagte ich matt.

Der trübe und kalte Tag im Januar, an dem ich diese Prozedur hinter mich brachte, verschwindet in meiner Erinnerung im Nebel.

Als ich die Polizeikommandantur, in der ich Hermanns Tod offiziell besiegelt hatte, verließ, fühlte ich nichts. Aber als ich abends mit meinen Töchtern am Tisch saß, sie beim Essen betrachtete, ihren Gesprächen lauschte, war es, als fiele ein tonnenschwerer Stein von meiner Brust. Ich blickte zu unserem Familienbild auf der Geschirrkommode und schickte ihm ein inneres Lächeln. Sei mir nicht böse, bat ich ihn in Gedanken, du bist trotzdem immer bei uns.

Zu sehen, dass sich alle unsere Töchter ihr eigenes Leben aufbauen konnten, hat mich mit großer Befriedigung erfüllt. Zehn Enkel haben mir meine Töchter geschenkt, und immer, wenn ich an unserem Familienfoto aus der Zeit in Mediasch vorbeikomme, sage ich zu Hermann: »Siehst du, ich habe es mit deiner Hilfe von da oben geschafft.«

Meine Töchter sind mit ihren Familien nach und nach dem rumänischen Sozialismus entflohen und konnten sich in Deutschland niederlassen. Selbst meine Mutter hat es auf ihre alten Tage noch mit Hilfe von einem meiner Cousins aus dem Land geschafft, das nicht mehr unsere bekannte Heimat war. Als 1983 nur noch ich zurückblieb, bin ich Krista und ihrem Mann nach Bayern gefolgt. Es gab nach wie vor kein Grab für Hermann in Rumänien, für das ich mich hätte verantwortlich fühlen können. Und nicht viel, was sich für mich mitzunehmen gelohnt hätte. Eines aber hat mich immer begleitet: unser gemeinsames Foto.

# Von den Toten auferstanden

## Theresia und Hans

Liebe auf den ersten Blick – dass mir das einmal passieren würde, daran hätte ich im Traum nicht gedacht.

Der äußerst höfliche und charmante Soldat, der im Mai 1944 zu mir an den Bahnschalter im Nordbahnhof in Wien kam, hatte ein dringendes Anliegen. Mit seinen Eltern im schlesischen Breslau wollte er telefonieren, aber zu dieser Zeit gab es in Wien aufgrund des Kriegsgeschehens bereits große Probleme mit dem Fernsprechnetz. Vor dem Krieg war es unser ganzer Stolz gewesen, über 600 öffentliche Münzfernsprecher zur Verfügung zu haben. Aber seit sich Österreich ans nationalsozialistische Deutsche Reich angeschlossen hatte, wurde unser Telefonwesen über Berlin gesteuert.

Ein Großteil des Netzes war zusammengebrochen. Die Fernsprechanlagen der Bahnhöfe galten aber noch als einigermaßen verlässlich. So hatte der junge Soldat schon halb Wien nach einem funktionierenden Apparat abgesucht und war schließlich bei mir gelandet. Er tat mir leid.

»Eine Verbindung nach Polen herzustellen, kann eine Weile dauern«, warnte ich ihn.

Er lächelte mich an: »Ich warte gern.«

Ich war damals 24 Jahre alt und ganz zufrieden mit meiner Anstellung bei der Bahn, wo ich zuvor eine Ausbildung durchlaufen hatte. In armen Verhältnissen war ich in der kleinen, niederösterreichischen Waldgemeinde St. Corona am Schöpfl aufgewachsen, wo vornehmlich Holzfällerfamilien lebten. Die dortige Wallfahrtskirche ist der Heiligen Corona gewidmet und zusammen mit einem Heilbrunnen heute noch im ganzen Land bekannt. Für uns Einheimische war die Kirche ein Zufluchtsort, an dem auch ich gern ein Gebet sprach.

Mein Vater war Schuster und hatte meine ältere, von mir sehr geliebte Halbschwester Josefa in die Ehe mit meiner Mutter gebracht. Ich war das vierte von insgesamt fünf Geschwistern. Für uns alle überraschend starben unsere Eltern beide nacheinander im Jahr 1937. So musste ich mich bereits mit 16 Jahren im Haushalt fremder Leute verdingen, bis ich 1938 zur Bahn kam. Dass ich bei Josefa wohnen konnte, war für uns beide ein Glück. Wir teilten uns in Wien ein gemietetes Zimmer.

Von dem kleinen Erbe, das meine Eltern mir hinterließen, hatte ich mir ein Fahrrad gekauft, das ich hegte und pflegte. Damit fuhr ich jeden Morgen zum Bahnhof. Dort konnte ich nur durch ein kleines Fenster zu den Passanten sprechen. Dazu musste ich auch noch auf einen Schemel steigen, denn der liebe Gott hat mich nicht besonders groß werden lassen. Normalerweise war mir das völlig egal, aber diesmal hoffte ich, der nette Soldat würde nicht merken, dass ich ohne meinen Schemel nur ganz knapp an das Fenster heranreichte. Er wartete ge-

*Hans in seiner Uniform*

duldig fast eine Stunde lang, bis es mir endlich gelungen war, über das Amt in Berlin eine Verbindung nach Breslau herzustellen. Während ich die Kabel steckte und immer wieder ein Signal sandte, schielte ich zu ihm hinüber. Und wenn er mich just in diesem Moment ansah, drehte ich meinen Kopf schnell wieder weg.

»Sie haben mir wirklich sehr geholfen, Fräulein«, bedankte er sich nach seinem Telefonat, »ich würde mich gern bei Ihnen erkenntlich zeigen. Darf ich Sie vielleicht zu einem Essen einladen?«

Ich war unsicher, ob ich das annehmen durfte. Als er merkte, dass ich mit einer Antwort zögerte, fragte er: »Wie wäre es wenigstens mit einem Spaziergang heute Abend? Ich heiße übrigens Hans.«

Es war Mai, die Luft war mild und alle zog es nach draußen. Also sagte ich einfach zu.

Es wurde ein wunderschöner Spaziergang, und es sollte nicht der letzte sein mit Hans, der damals Unteroffizier bei einem Nachrichtenregiment der Wehrmacht war. Er war stets zuvorkommend und holte mich nach Dienstschluss ab. Obwohl meine Schwester und ich ein Herz und eine Seele waren, war ich froh, durch Hans raus aus den engen Verhältnissen zu kommen. Und ich genoss es sehr, von ihm hofiert zu werden. Übrigens verlor er kein Wort darüber, dass ich recht klein geraten war. Ich hatte ja noch vor dem ersten Spaziergang befürchtet, er würde sein Angebot zurückziehen, wenn er mich sehen würde. Aber nichts da.

Hans war bis zu diesem Zeitpunkt als Soldat schon viel herumgekommen. Er hatte am Polenfeldzug teilgenommen und war mit dem Westfeldzug in Frankreich gewesen. In Breslau hatte er bei der Bahn Arbeit als Begleiter von Soldatentransporten nach Wien gefunden.

Wir beide wussten jedoch, dass unsere schönen Stunden bald gezählt sein würden, denn ihn rief die Offiziersausbildung.

Bis November 1944 sahen wir uns regelmäßig, doch dann war es soweit: Er hatte einen Platz in der Heeresschule im von den Deutschen besetzten Hohensalza in Polen bekommen. Dort sollte er Männer als freiwillige Einsatzkräfte für den sogenannten Volkssturm ausbilden.

Ich litt unter unserer Trennung und wir schrieben uns viele Briefe. Auf Wien waren unterdessen die Bomben niedergegangen, und ich verbrachte viele schreckliche Stunden im Luftschutzkeller. Selbst unsere schöne Oper war zerstört worden. Hans erkundigte sich stets besorgt nach mir. Ich wiederum schickte ihm zur Aufmunterung Zigaretten.

Für Ende Dezember dann planten seine Generäle einen weiteren Einsatz – noch wusste er nicht, wo. Diese Ungewissheit nagte an mir, und obgleich ich immer zuversichtlich sein wollte, sagte ich mir: »Du musst ihn noch mal sehen, wer weiß, was kommt.«

Hans wollte Weihnachten in Posen bei seiner Schwester verbringen, und ich beschloss kurzerhand, zu ihm zu reisen. »Du bist verrückt, das ist doch gefährlich«, warnte mich Josefa zuerst. Doch sie wusste, was für ein Dickkopf ich sein konnte, und freute sich schließlich für mich, dass ich bei meinem Liebsten sein würde. Dank meiner Arbeit bei der Bahn kam ich ohne größere Probleme an eine Fahrkarte hinüber nach Polen. Die anstrengende Fahrt, die gut eineinhalb Tage dauerte, verbrachte ich mit den Gedanken an Hans.

Die wenigen Tage rund ums Fest mit ihm und der Familie seiner Schwester sollten für mich eine sehr wertvolle Zeit werden. Hans war, wie ich, im katholischen Glauben erzogen worden, und auch, wenn wir beide nicht streng religiös waren, genoss ich es, ihn an Heilig Abend in die Kirche zu begleiten. Mir war schon zuvor bei unseren Spaziergängen durch

Wien aufgefallen, dass er gern spontan eine Kerze in einem Gotteshaus anzündete und ein kurzes Gebet sprach, in das er auch seine Familie mit einschloss. Das gefiel mir, war ich doch auch sehr familienbezogen und hielt stets engen Kontakt zu meinen Geschwistern und anderen Verwandten.

Hans' Eltern befanden sich zum damaligen Zeitpunkt schon nicht mehr in Schlesien, sondern waren in Erahnung der späteren polnischen Vorherrschaft zu einer weiteren Tochter nach Kitzbühel geflohen. Daher konnte ich sie erst spät kennenlernen. Anfangs hatten sie Vorurteile, was mich betraf. In Hans' Familie gab es einige Akademiker, er selbst hatte vor dem Krieg die höhere Laufbahn bei der Bahn eingeschlagen. Ich dagegen hatte nur die nötigste Schulbildung und entsprach in dieser Hinsicht nicht ihren Vorstellungen als Schwiegertochter.

Hans und ich fanden aber viele Gemeinsamkeiten, welche solche Unterschiede in den Hintergrund rückten. Das bestärkte uns in dem Gedanken, dass wir zusammengehörten. »Wir sind doch füreinander gemacht, lass uns heiraten, sobald die Lage besser ist«, sagte er nicht nur einmal zu mir in diesen Tagen rund um Weihnachten. Ich wollte auch nichts lieber, als seine Frau zu werden. Ich hatte früh gelernt, einen ordentlichen Haushalt zu führen, und träumte davon, uns ein schönes Heim zu schaffen. Und Hans versprach mir, er würde gut für unsere kleine Familie, die wir haben wollten, sorgen. Es war ihm egal, dass ich keine große Aussteuer mitbrachte. Ich war zuversichtlich, dass wir es schaffen konnten. Ich hatte ja erfahren, was Armut bedeutet und dass man auch mit wenig gut auskommen konnte. Hans gefiel, dass ich mich an kleinen Dingen erfreute, fast immer gut gelaunt war und jeder Lebenslage etwas Positives abtrotzen konnte.

Dass ich diese Eigenschaften bald sehr stark brauchen würde, ahnte ich noch nicht. Wir dachten stets, dass der Krieg bald vorbei wäre, und malten uns aus, wie wir endlich ein normales Leben führen würden. So legten wir kein konkretes Hochzeitsdatum fest, doch das bereute ich spätestens an dem Tag, als ich wieder nach Wien reisen musste. Denn ich brachte ein »kleines Geheimnis« mit nach Hause, über das ich Hans noch in Kenntnis setzen konnte, bevor unsere Wege sich zwangsläufig wieder trennten. Er war hoch erfreut, Vater zu werden, zumal er schon fünf Jahre älter war als ich. Doch unser beider Befürchtung, er würde meine Schwangerschaft nur aus der Ferne miterleben, bewahrheitete sich leider sehr bald: Woche um Woche verging, und Hans konnte sich nur in Briefen nach »unserem kleinen Jungen« erkundigen.

Freud und Leid lagen für mich Anfang des Jahres 1945 eng beieinander. So fiel Ende Januar mein Bruder Fritz beim Angriff der Weißrussischen Armee auf Königsberg. Er wurde nur 36 Jahre alt und hinterließ neben seiner Frau auch seine kleine Tochter. Auch eine meiner künftigen Schwägerinnen traf dieses Schicksal.

Dieser schmerzhafte Verlust machte mich sehr nachdenklich, wollte ich doch gern gemeinsam mit Hans unser Kind großziehen.

»Du musst unbedingt seine Familie in Kitzbühel besuchen«, drängte mich meine Schwester Josefa, »vielleicht wirst du eines Tages ihre Hilfe brauchen.« Mir lag dieser Gedanke zwar fern, wollte ich doch niemandem zur Last fallen. Bis ich meine künftigen Schwiegereltern kennenlernte, sollte es aber noch dauern.

Die Fliegerangriffe auf Österreich nahmen zu und Hans war in steter Sorge um mich. Es dauerte oft lange, bis wir gegenseitig Post voneinander erhielten. In jedem Brief, den ich nun bekam, versprach er mir, er werde mich gewiss bald heiraten.

Am 12. März 1945 flogen die Briten einen verheerenden Angriff auf Wien und versetzten die Stadt in Angst und Schrecken. Auch die Gegend um den Nordbahnhof blieb nicht verschont. Hans' Eltern hatten recht gehabt mit ihrer vorzeitigen Flucht, denn Breslau war nun unter polnische Verwaltung gestellt. Wer deutsch war, setzte alles daran, nicht deportiert zu werden. Hans hätte gern gehabt, dass auch ich mich nach Kitzbühel in Sicherheit begab. Ich aber wollte meine Schwester in Wien nicht allein lassen und außerdem ging ich, obwohl mir die Schwangerschaft etwas zu schaffen machte, noch jeden Tag zur Arbeit.

Dass ich ein Kind erwartete, sah man mir lange nicht an. Während ich mir nichts dabei dachte, ohne Ehering am Finger in anderen Umständen zu sein, bat mich Hans immer wieder, »noch niemandem etwas zu sagen«. Ein Heim wollte ich uns allerdings schaffen, und so war ich im zerbombten Wien auf der Suche nach einer Wohnung für uns. Ich rechnete fest damit, dass es nicht mehr lange dauern würde, bis Hans endlich bei mir sein konnte. Meine Kollegin und gute Freundin Grete konnte mir schließlich helfen. Gegenüber ihrer eigenen Wohnung stand ein nicht mehr bewohntes Haus mit Wohnungen. Es hatte schwere Schäden erlitten und war in einem schlechten Zustand, ich aber war mir sicher: Auch das kriegen wir hin.

Meine jüngste Schwester Wetty und ihr Mann, die sehr zu mir hielten, wollten mit mir zusammen in das Haus einziehen. Sie und einige Freunde halfen mir bei der mühsamen Renovierung der Wohnung. Handwerker waren schwer zu bezahlen. Baumaterial war kaum zu kriegen, auf Fensterglas zum Beispiel musste man teils monatelang warten. So packten wir selbst an, wo es ging, und nagelten offene Fenster erst einmal zu. Möbel gab es anfangs nicht viele – ich selbst besaß nur ein Bett und ein Nachtkästchen, nach und nach konnten wir uns immerhin ein paar Einrichtungsgegenstände anschaffen. Das Kinderbettchen war mir das Wichtigste!

Ich war stolz darauf, es von meinem eigenen Geld kaufen und auch die Miete aufbringen zu können. Zunächst aber musste ich weiter bei Grete wohnen, denn die Renovierungsarbeiten zogen sich hin. Zum Glück hatte ihr Vater Beziehungen, über die er uns ab und zu etwas Fleisch zukommen lassen konnte. So mussten wir nicht allzu viel hungern.

Inzwischen hatte ich das untrügliche Gefühl, dass unser Kind ein Mädchen wird, und ließ es Hans in meinen Briefen wissen. Bis Ende März bemühte er sich noch darum, die für eine Hochzeit erforderlichen Dokumente zusammenzukriegen. Sie sollten nach Kitzbühel kommen, doch die zivile Postzustellung über die Landesgrenzen hinaus war durch die Kriegswirren schon zum Erliegen gekommen. So erhielt ich einen letzten Brief von Hans, in dem er immer noch auf baldigen Kurzurlaub für unsere Hochzeit hoffte und guter Dinge schien. Doch ab da verlor sich seine Spur, ich wartete vergeblich auf ein Lebenszeichen.

Die Russen hatten Ostpreußen erobert, und unsere Männer waren noch einmal in erbitterte Kämpfe verwickelt. War mein Hans so kurz vor dem Ende dieses Schreckens etwa doch gefallen, oder war er in russische Gefangenschaft geraten? Ich lag nachts wach und malte mir aus, was schlimmer sein konnte.

Von den Russen hatten wir nur das Schlechteste gehört. Etwa, dass sie ihre Kriegsgefangenen folterten, sie in Steinbrüchen oder unter Tage schuften ließen und ihnen Nahrung verweigerten. In den russischen Lagern sollten Seuchen grassieren. Es hieß, dass dort mehr Wehrmachtssoldaten ums Leben kamen als in anderer Gefangenschaft. Nachdem die Russen weiter gen Westen vorgerückt waren, ging auch bei uns die Angst vor der Roten Armee um. Im April war es soweit: Russische Truppen hatten Berlin eingenommen und erreichten wenige Tage später, am 6. April 1945, auch Wien. Die Schlacht um die Stadt hatte schon im Vorfeld im Wiener Umland begonnen, und wir Städter fühlten uns wie Gefangene. Schnell noch die Flucht ergreifen war unmöglich, wenn man den Russen nicht direkt in die Arme laufen wollte. So harrten wir voller

Schrecken aus, bis die Truppen ins Stadtgebiet vordrangen und sich dort einen tagelangen, erbitterten Kampf mit der Wehrmacht lieferten. Wenige Wochen zuvor, als sich abgezeichnet hatte, was passieren würde, hatte es noch Evakuierungen aufs Land gegeben, aber ich hatte mich geweigert, Wien zu verlassen. Aus Sorge um meine Geschwister und weil ich dachte, Hans würde mich sonst nicht finden.

Nun war Wien in russischer Hand und ich konnte meiner Arbeit nicht mehr nachgehen, denn die Bahnhöfe waren besetzt worden. Junge Frauen und Mädchen verließen abends nicht mehr das Haus. Wer dennoch hinaus musste, versuchte gar nicht erst, sich hübsch zu machen: Die Furcht, von einem Russen vergewaltigt zu werden, war weit verbreitet unter den Frauen. Statt uns zu schminken, rieben wir uns die Wangen mit Ruß ein. Hier kam mir meine zierliche Statur zugute: Da ich die Haare kurz trug, konnte man mich leicht für einen Kerl halten, trotz meiner Schwangerschaft! Mir selbst passierte in dieser Zeit nichts Schlimmes, anders als einem Nachbarsmädchen, dem das Schicksal so übel mitspielte, dass es an den Folgen einer Vergewaltigung starb.

Als unsere Tochter Johanna im August 1945 in einem Wiener Spital zur Welt kam, hatte ich zu meinem großen Kummer immer noch nichts von Hans gehört. Den Namen unseres Kindes wählte ich in seinem Gedenken, weil er mich einst darum gebeten hatte, sollte er im Krieg sterben. Doch daran wollte ich nicht glauben!

Da ich nun keinen Mann hatte, der mich und Johanna versorgte, war ich gezwungen, schon bald nach der Geburt wieder arbeiten zu gehen.

Während ich fort war und bei der Bahn meinen Dienst verrichtete, passte meine Schwester Wetty auf die Kleine auf. Immer noch war die Wohnung, die ich beziehen wollte, nicht fertig. Ich wohnte mit dem Baby bei Grete, stets darauf bedacht, dass das Kind nicht zu viel schrie und wir ihr nicht zu viele Umstände machten. Das wäre mir unangenehm gewesen. Und noch immer wussten Johannas Großeltern nichts von der Existenz ihrer Enkelin.

»Das geht so nicht weiter«, redeten mir meine Schwestern ins Gewissen.

Als sich für mich im März 1946 die Gelegenheit ergab, Grete und einen Bekannten in deren Urlaub bei Innsbruck zu begleiten, benachrichtigte ich Hans' Schwester in Kitzbühel und ließ mich dort absetzen. Die kleine Johanna hatte ich aber in der Obhut von Wetty zurückgelassen, weil ich ihr die lange Fahrt nicht antun wollte. Ich hatte Fotos von ihr im Gepäck und mein einziges, gutes Sonntagskleid.

In Kitzbühel nahm ich mir ein Zimmer und ging zum Friseur. Ich wollte unbedingt einen guten Eindruck auf Hans' Eltern machen. Am nächsten Tag suchte ich das Haus seiner Schwester, wo auch die Eltern untergekommen waren. Ich war ein wenig eingeschüchtert, denn meine künftige Schwägerin hatte gut geheiratet, und der Anblick des Hauses ließ vermuten, dass es ihr an nichts mangelte.

»Sie sind also die Theresia«, begrüßte mich Hans' Mutter etwas steif. »Sie können mich Reserl

*Theresia mit ihrer Tochter Johanna*

nennen«, antwortete ich, so nannten mich daheim in Wien alle.

Die erste Unterhaltung mit seinen Eltern kam nur holprig zustande, aber als ich die Fotos von Johanna herausholte, war das Eis gebrochen. Am liebsten wäre es ihnen gewesen, ich hätte das Kind gleich mitgebracht.

»Wie hübsch sie ist!«, freute sich besonders Hans' Mutter über die Bilder, und ich hatte nun ein schlechtes Gewissen, weil sie so lange nichts von dem Kind gewusst hatten. So fuhr ich einerseits froh über die neue Beziehung wieder nach Hause, aber auch traurigen Herzens, weil auch in Kitzbühel keine Neuigkeiten von Hans eingetroffen waren. Tag für Tag wartete ich auf Nachricht von ihm. Doch der Briefkasten blieb leer. Ich versuchte, tapfer zu bleiben und für unsere Tochter da zu sein.

»Es geht vielen Frauen so wie dir«, sagte ich mir immer wieder. Doch im Stillen fragte ich mich, was werden würde, sollte Hans nie wieder heimkehren.

Tatsächlich war er ungefähr zu dem Zeitpunkt, als unsere Tochter zur Welt gekommen war, in Frankfurt an der Oder in russische Hände gefallen. Wie Abertausende deutscher Kriegsgefangener war er nach Russland in ein Gefangenenlager abtransportiert worden. Beim besten Willen hätte er mir von dort nicht schreiben können.

Mehr als ein Jahr verging ohne weitere Nachricht über Hans' Verbleib. Ich gab mich aber nicht damit zufrieden, die Unwissende zu sein, und schrieb auf der Suche nach meinem Bräutigam allerhand Anlaufstellen an. Zum Beispiel das Büro des Österreichischen Gesandten in Moskau, denn ich wollte lieber glauben, Hans sei in russischer Hand, als irgendwo begraben zu liegen. Ich stellte mir vor, wie Tausende Briefe russische Büros überfluteten, die verzweifelte Frauen wie ich schrieben. Würde man jeder antworten? Zumindest brauchte man einen langen Atem, erwartete man tatsächlich Auskünfte. So bestätigte man mir aus Moskau erst im August 1946, meine Anfrage erhalten zu haben. Man setzte Hans auf eine Suchliste.

Die Wochen vergingen, und ich war vollauf damit beschäftigt, mich und meine Tochter durchzubringen. Da warf mich ein unerwarteter Brief im September 1946 aus der Bahn. Ein ehemaliger Kamerad von Hans schrieb mir ausführlich, er habe mit eigenen Augen gesehen, dass mein Hans verstorben sei. Die beiden hatten sich angefreundet und Adressen ausgetauscht, damit der eine die

Familie des anderen benachrichtigen konnte, falls etwas passierte.

Nachdem die Sowjets im Sommer 1946 zahlreiche deutsche Soldaten aus ihren Lagern entlassen hatten, war auch Hans mit einem Transportzug in Richtung Westen unterwegs. Ein großer Umschlagplatz war damals die Grenzstadt Brest-Litowsk zwischen Russland und Polen. Hier mussten die Soldaten in andere Züge umsteigen. Die Bedingung für eine Weiterfahrt war eine gesundheitliche Überprüfung durch einen Arzt. Dieser schickte meinen Hans, geschwächt vom Lager und stark unterernährt, erst einmal in ein nahes Erholungslager. Nach einigen Wochen schien er körperlich in der Lage, mit dem nächsten Zug Richtung Heimat zu fahren.

Doch jener Zug stand drei Tage lang unbewegt auf den Gleisen, wobei sich Hans eine schwere Lungenentzündung zuzog und in das Lazarett in Brest-Litowsk eingeliefert wurde. Der Kamerad schrieb mir, Hans habe sich dort zusätzlich eine Erkältung eingefangen, was er nicht überlebt habe. Er sei sehr rasch auf dem Friedhof für Kriegsgefangene in Brest-Litowsk begraben worden. Mir wünschte er in dem Brief alles Gute für die Zukunft.

Während ich die Todesnachricht in meinen zitternden Händen hielt, hüpfte meine kleine Johanna vergnügt in ihrem Bettchen auf und ab. Sie besaß eine Soldaten-Puppe, von der ich im Spiel immer sagte, sie sei der »Papa«. Auch jetzt herzte sie ihre Puppe, rief »Papa« und gab ihr Küsschen. Mir brach fast das Herz, als ich sie so sah.

»Johanna«, weinte ich und nahm sie auf den Arm, »hast du den Papa sehr lieb?«

Die Kleine schaute mich mit ihren großen Augen an und lächelte selig: »Papa lieb!« Mir rannen die Tränen nur so über die Wangen. Ich gab mir große Mühe, sie für Johanna zu trocknen, sie sollte mich nicht so traurig sehen. Sie war ja viel zu klein, um zu verstehen, was passiert war.

Ich lief mit ihr und dem Brief zu Grete, mit der ich mich immer gut austauschen konnte.

»Der Hans soll tot sein!«, rief ich völlig durcheinander. »Ich glaub das alles nicht.«

Grete war sehr mitfühlend und hörte mir geduldig zu. »Da hab ich nun die ganze Zeit gewartet, gehofft und gebangt, und dann ... soll es das einfach so gewesen sein?«, schniefte ich.

»Jetzt hast du wenigstens Gewissheit«, meinte Grete, »das ist doch gut, manche Frauen warten jahrelang und wissen gar nicht, ob ihr Mann noch lebt. Jetzt kannst du noch mal neu anfangen«, riet sie mir.

Irgendetwas in mir schaltete aber auf stur: »Ich will keinen Neuanfang, sondern, dass es wieder so wird wie vorher. Da ist was faul, das spüre ich.«

Grete wollte mich nicht ernst nehmen: »Aber er soll doch schon begraben sein. Er ist tot!«

Ich aber blieb bei meiner Meinung, die sich in den kommenden Wochen verfestigte: Wenigstens Hans' Eltern hätten eine offizielle Todesnachricht erhalten müssen, denn jeder Soldat war registriert. Aber es kam keine Meldung.

Ich schrieb mir die Finger wund, um an weitere Informationen über den Verbleib von Hans zu kommen. So wandte ich mich wieder an unsere Vertreter in der UdSSR. Doch ich erfuhr zu meiner großen Enttäuschung nur, dass die Suche nach Einzelpersonen noch nicht möglich wäre.

Wieder regte sich in mir Widerstand. »So ist es nun mal, Reserl, es ist besser, du lernst damit zu leben. Allein schon für Johanna«, sagte Grete zu mir. Auch meine Schwester Josefa, die sonst immer zu mir hielt, bat mich, doch endlich Ruhe zu geben.

»Lasst's mich«, wehrte ich sie ab, »ihr versteht mich nicht. Ich bin erst zufrieden, wenn man mir seine Sachen zurückschickt. Ich fahre bald selbst in den Osten und gehe persönlich zum Bürgermeister!«

Das ging freilich damals nicht oder wäre zumindest sehr gefährlich gewesen. Von Kolleginnen hatte ich aber erfahren, dass in aller Regel versucht wurde, den Angehörigen die letzten Habseligkeiten des Verstorbenen zu senden. Gerade bei jenen, die in einem Lazarett gestorben waren. Solange ich nichts von ihm in meinen Händen hielt, wollte ich weiter an ein Missverständnis glauben.

Nachts, wenn ich nicht schlafen konnte, betete ich, Hans möge mir ein Lebenszeichen senden. Ich hörte zu, wie mein Töchterlein neben mir leise atmete, und bat: »Mach, dass sie nicht ohne ihn aufwachsen muss!« Wenn die Sprache tagsüber zufällig auf Hans kam, bekräftigte ich, so oft es ging: »Und er kommt doch wieder.« Die anderen warfen sich dann Blicke zu und seufzten.

Zu meiner Erleichterung teilten auch meine künftigen Schwiegereltern meine Ansicht. Das brachte uns einander näher und gab mir Kraft, im Alltag für meine kleine Johanna stark zu sein.

Während all der Zeit, in der ich fieberhaft versuchte, etwas über Hans' Verbleib zu erfahren, hatte Hans eine wahre Odyssee durchgemacht. Im Lazarett in Brest-Litowsk, wo er tatsächlich mit Lungenentzündung gelandet und im Fieber ins Delirium gefallen war, hatte man ihn eines Tages für tot befunden. Sein Puls war so schwach, dass man ihn wohl nicht mehr fühlen konnte, und die Zuständigen gaben sich keine Mühe, einen deutschen »Kriegsverbrecher« noch mal genauer zu untersuchen. Er wurde in einen der Leichen-Waggons geworfen, die am Bahnhof auf Abtransport nach Deutschland warteten. Angehängt an einen Viehtransporter der Bahn, der Kranke und Verwundete nach Hause brachte, kamen die Waggons zunächst in Hof an. Beim Ausladen der Leichen entdeckte ein aufmerksamer Mensch meinen Hans, der ganz schwach atmete. Am Ende dieser schrecklichen Fahrt landete er schließlich in einem Gefangenenlager der Amerikaner in Dachau. Dort blieb er erst einmal, immer noch schwer versehrt, mehr tot als lebendig. So hatte er starke Wassereinlagerungen und seine Rippen waren gebrochen, weil man die Leichen achtlos aufeinandergeworfen hatte. Er litt unter Gedächtnisverlust, vielleicht weil er beim Transport fast verdurstet wäre. Man wusste im Lager zunächst nicht, wohin er gehörte, denn seine Papiere waren verloren gegangen. Weil er zum Arbeiten zu schwach war, steckte man ihn zum Helfen in die Küche – das war wohl sein Glück!

Dann plötzlich überschlugen sich die Ereignisse: Hatte ich noch im Oktober 1946 das Bürgermeister-Amt von Brest-Litowsk gebeten, im Sterberegister nach meinem Bräutigam zu suchen, erhielten Hans' Verwandte in Kitzbühel nur kurze Zeit später eine persönliche Nachricht von Hans aus Dachau. Ich fuhr so schnell es ging zu ihnen nach Tirol, und sie zeigten mir freudestrahlend seinen Brief. Ich rannte sofort zum nächsten Postamt und telegrafierte an Grete und Josefa nach Wien: »Hans lebt!«

Nun war das Warten und Hoffen aber noch nicht vorbei: Hans durfte Deutschland nicht verlassen, er hatte ja keine Ausweisdokumente. Über die österreichische Grenze zu kommen, war für ihn ausgeschlossen. Mehrmals versuchte ich bei den Wiener Behörden, für meinen Bräutigam eine Zuzugsgenehmigung zu erwirken, blieb aber damit erfolglos.

Im März 1947 zog Hans' ehemaliger Kamerad seine zuvor abgegebene, eidesstattliche Erklärung, er könne Hans' Tod bezeugen, zurück. Denn Hans hatte sich in Dachau so weit erholt, dass er sich an diesen Freund und das gemeinsame Versprechen erinnerte, gegenseitig in Kontakt zu bleiben. Er schrieb ihm, nichtsahnend, was in all der Zeit während seiner langwierigen Krankheitsgeschichte passiert war. So stattete ihm sein Freund sogar einen Genesungsbesuch ab und konnte nicht glauben, dass Hans quicklebendig vor ihm saß: »Ich hab doch mit eigenen Augen gesehen, wie sie dich in den Leichen-Zug gebracht haben«, wiederholte der andere immer wieder, »es muss ein Wunder sein!«

»Mir ist nur wichtig, dass mein Reserl weiß, dass ich sie bald in die Arme schließen werde«, sagte Hans: »Nicht, dass sie inzwischen einen anderen hat!« Doch daran hatte ich nicht mal im Traum einen Gedanken verschwendet.

Hans schaffte es, sich über die Evangelische Kirche in ein Flüchtlingslager nach Rosenheim verlegen zu lassen, die Soldaten für Aufräumdienste suchte. So konnte er näher bei uns und an Tirol sein. Auch erfuhr er nun erstmals, dass er Vater einer gesunden, quirligen Tochter war. Treffen konnten wir uns nur im Niemandsland an der bayerisch-tirolerischen Grenze, wo der Polizist am Schlagbaum öfter mal ein Auge für uns zudrückte. Hinter der König-Otto-Kapelle am Ortsrand von Kiefersfelden konnten wir uns unbeobachtet küssen und eine Weile allein sein. Mehr romantische Momente waren uns nicht vergönnt.

Hans versuchte alles Mögliche, um uns in Kitzbühel besuchen zu dürfen. Man musste dazu Kontakte haben, also fragte er alle Männer, die mit ihm im Lager waren.

Einer steckte ihm: »Die meisten von uns sind beim Zoll, wir dürfen dir nicht helfen, da kommen wir in Teufels Küche. Aber in Rosenheim gibt's einen amerikanischen Kommandeur, der ist deutschfreundlich, frag den mal!«

Bei ihm erwirkte Hans tatsächlich eine Genehmigung, nach Tirol fahren zu dürfen.

»Ich habe noch nie mein Kind gesehen«, erzählte er dem Kommandeur wahrheitsgemäß, und so ließ dieser ihn an Ostern über die Grenze. Hier sah

Hans unsere knapp zwei Jahre alte Johanna das erste Mal.

»Ein Bub hätte mich nicht glücklicher machen können«, versicherte er mir. Die Kleine war allerdings schüchtern und wollte ihrem Papa erst einmal kein Busserl geben. Auch die Großeltern lernten ihre Enkelin erstmals leibhaftig kennen. Sie schlossen sie zu meiner Erleichterung gleich ins Herz. Hans durfte uns zurück nach Wien begleiten, wo er unsere Wohnung, die in der Zwischenzeit endlich bezugsfertig geworden war, besichtigte.

»Da hast du aber ganze Arbeit geleistet«, staunte er.

»Weil ich immer gewusst hab, dass du wiederkommst«, antwortete ich. Bleiben durfte er nur zwei Tage – zu kurz für eine Hochzeit. Das waren dann auch die einzigen beiden Tage, die wir je zusammen in der Wohnung verbrachten, die unser Zuhause als Familie hätte werden sollen.

So blieb ich mit Johanna in Wien, er fuhr schweren Herzens zurück nach Rosenheim.

Als ich dachte, wir hätten das Schlimmste hinter uns, erkrankte Hans im September 1947 an Malaria und kam in Rosenheim ins Krankenhaus. Ausgelöst worden war das Wechselfieber durch die feuchtwarmen Sommer in den ersten Nachkriegsjahren. Besonders in zerstörten Städten konnten sich Mücken gut vermehren, welche die Krankheit auf den Menschen übertrugen. Doch Hans überstand auch diese Prüfung.

Am 2. Februar 1948 läuteten endlich die Hochzeitsglocken. Wir hatten die erforderliche Genehmigung und heirateten in Kufstein, weil das für Hans einfacher war. Es wurde ein wunderschöner Tag. Er durfte allerdings nur für diesen nach Österreich reisen und musste gleich nach der Hochzeit wieder zurück nach Rosenheim. Bayern befand sich schließlich unter amerikanischer Besatzung, Tirol unter französischer, und praktisch für jeden Schritt brauchte man eine behördliche Genehmigung, besonders als ehemaliger deutscher Soldat und wenn man die Zonen- und Landesgrenzen überqueren wollte.

Wir beschlossen dann, dass ich mit Johanna zu ihm nach Bayern ziehen würde. Wie stolz waren wir, als wir im November 1948 ein kleines Zimmer zur Untermiete in der Rosenheimer Innenstadt beziehen konnten. Das Ehepaar, das dort wohnte, nahm uns sehr freundlich auf, und unsere Johanna hatte im Sohn unserer Vermieter gleich einen Spielkameraden. Hans fand Arbeit bei der Sozialversicherung der Eisenbahn.

Am ersten Weihnachtsfeiertag 1949 kam unsere zweite Tochter, Christa, zur Welt. Als die Bahn in Rosenheim Wohnungen baute, konnten wir schließlich unsere beengte Bleibe verlassen. 1954 bekamen wir eine dritte Tochter, Margit.

Obgleich wir in Bayern glücklich geworden sind, war mir immer wichtig, die Erinnerung an unsere Heimatländer aufrecht zu erhalten und sowohl die österreichische als auch die schlesische Kultur und Geschichte an unsere Kinder weiterzugeben. Mit Vorliebe verwöhnte ich meinen Mann und die Kinder zum Beispiel mit Gerichten, wie man sie schon in meiner und in Hans' Kindheit gerne aß: Marillenknödel und Mohnkuchen, schlesische Heringshäckerle und die traditionelle Weihnachtspute.

War ich in meinen jungen Jahren in Wien noch stolz darauf gewesen, arbeiten zu gehen, genoss ich es nun, uns ein schönes Zuhause zu schaffen und für die Kinder da zu sein. Wir führten einen Haushalt, in dem alle Freunde ein- und ausgehen durften, und nahmen später sogar Austauschschüler aus England und den USA auf. Ich arbeitete gern in unserem Schrebergarten, der direkt an einem Bahndamm lag, wo ich viele Sorten Gemüse anbaute.

Mit Andrea und Daniel bekamen wir zwei Enkelkinder. Hans verstarb leider für uns alle zu früh im Jahr 1986, so konnte er das Aufwachsen seiner vier Urenkel nicht mehr miterleben.

Ich für meinen Teil meine, alle Wirren gut überwunden zu haben. Im Leben bin ich noch reich beschenkt worden mit meiner Familie und vielen schönen Erlebnissen. Ich konnte immer Kraft aus meinem Glauben schöpfen und daraus, anderen Menschen eine Hilfe zu sein. In meinem Fall war das, anderen Leuten mit meiner Arbeitskraft unter die Arme zu greifen. Ob es nun Wäsche war, die gewaschen und gebügelt werden musste, ein gekochtes Essen oder Zeit für Gespräche. Weil ich selbst in der schwersten Zeit meines Lebens nie allein sein musste und Unterstützung von Freunden und Verwandten hatte, war es mir immer wichtig, etwas zurückgeben zu können. So, wie mir mein Hans damals auch zurückgegeben wurde.

Im Rosenheimer Verlagshaus bereits erschienen

**Ruth**
208 Seiten
ISBN 978-3-475-54930-4

Zunächst wächst Ruth in der Nähe von Dresden behütet und gut situiert auf, dann stürzt der Zweite Weltkrieg über die junge Frau herein. Sie möchte Ärztin werden, doch ihr Studium endet jäh im unmittelbaren praktischen Tun – Dresden wird vom 13. bis 15. Februar 1944 Opfer von Angriffen der Westalliierten. Ein Alptraum, den es zu überstehen gilt. Auch die Angst um den Ehemann und die Familie treibt Ruth an und weckt in ihr ungeahnte Kräfte. Ihre abenteuerliche Flucht führt in eine ungewisse Zukunft.

**Meine Berliner Jugend**
304 Seiten
ISBN 978-3-475-54902-1

Im Arbeitermilieu im Berlin der 50er Jahre lebt die Jugendliche Helene mit ihrer kranken Mutter und ihren drei jüngeren Schwestern in prekären Verhältnissen. Hunger und Not sind an der Tagesordnung. Hannes, ihr Freund, ist ihr Lichtblick. Doch sie muss viel zu früh viel zu viel Verantwortung übernehmen: Helene muss die Schule abbrechen und eine Lehre im Obst- und Gemüsehandel beginnen. Als die Mutter einen französischen Koch kennenlernt, der die ganze Familie nach Frankreich mitnehmen will, wird die Beziehung zwischen den beiden auf die Probe gestellt: Werden sich Helene und Hannes jemals wiedersehen?

**Meine verlorene Heimat**
208 Seiten
ISBN 978-3-475-55455-1

Sonjas einfaches, aber schönes Leben in Mähren endet, als ihre große Liebe, der deutsche Soldat Franz, eingezogen wird, denn der Krieg beginnt. In den folgenden Jahren, schaffen sie es, in kurzen Phasen des Wiedersehens, zu heiraten und eine eigene Wohnung zu finden, in der ihr Sohn Peter zur Welt kommt. Ein Lichtblick, der jedoch zunichte gemacht wird, als Sonja mit Peter und ihrer Mutter aus der Heimat fliehen muss, da die Russen auf dem Vormarsch sind. Die Suche nach einem neuen Zuhause ist nicht einfach, aber wird Sonja ihren Franz je wiedersehen?

**Fort, nichts wie fort**
240 Seiten
ISBN 978-3-475-54857-4

Mit dem Ende des Krieges beginnt für viele Deutsche die Katastrophe ihres Lebens. Sie fliehen aus ihrer angestammten Heimat, um den Gräueltaten der Besatzer zu entkommen. Nur mit dem Allernötigsten ausgestattet machen sie sich auf den Weg in den Westen. Die größte Last der Flucht müssen die Frauen tragen, viele ihrer Männer sind nicht aus dem Krieg zurückgekehrt. Ergreifende Schicksale, wie nur das Leben sie schreiben kann.

**Morild**
208 Seiten
ISBN 978-3-475-54832-1

9. April 1940. Deutschland überfällt das neutrale Norwegen und damit endet das bisher sorglose Leben der jungen Norwegerin Morild. Obwohl der Kontakt zu Besatzungssoldaten von ihren Landsleuten verachtet wird, verliebt Morild sich Hals über Kopf in den deutschen Soldaten Max, bekommt sein Kind und heiratet ihn schließlich in Oslo. Mit ihrer Tochter flieht sie über Schweden durch das kriegsgebeutelte Deutschland in die Heimat von Max im Süden des Landes und Jahre bangen Wartens auf Max' Rückkehr beginnen für sie …

**Über Nacht war alles anders**
320 Seiten
ISBN 978-3-475-54148-3

Elfi wächst ohne Sorgen auf dem elterlichen Gut in Polen auf. Der Ausbruch des Zweiten Weltkrieges verändert ihr ganzes bisheriges Dasein. Ihre Familie wird aus Polen vertrieben. In den Wirren dieser schwierigen Zeit muss Elfi lernen sich anzupassen, um ihr Überleben zu sichern. Aus dem unbedarften Kind wird eine starke Frau, die sich tapfer allen Schwierigkeiten dieses neuen Lebens stellt. Die Hoffnung aufzugeben, kommt für sie trotz bitterer Armut und harter Arbeit, nicht in Frage. Elfriede Mosenthin lässt uns in diesem bewegenden Roman ihre Erinnerungen an diese, von Entbehrungen und Angst geprägte Zeit, zuteilwerden.

**Ins warme Licht der Freiheit**
256 Seiten
ISBN 978-3-475-53867-4

Es hätte eine behütete, schöne Kindheit und Jugend sein können im sächsischen Dreiländereck. Doch nach und nach brechen die Schatten der Zeitgeschichte in Ursulas Leben ein: der Nationalsozialismus und der Zweite Weltkrieg. Schorsch, ihre erste Liebe, fällt in den Kämpfen gegen Kriegsende. Als die Niederlage besiegelt ist, flieht die junge Frau wie viele andere Menschen aus dem Dorf vor der Roten Armee. Man will sich nach Prag in Sicherheit bringen – ohne zu ahnen, dass diese Flucht geradewegs in die Hölle führt.